JN027751

超好みな奴隷を買ったがこんな過保護とは聞いてない

人物紹介
CHARACTER
鏑《かぶら》木《き》樹《いつき》
異世界に転移して兎の獣人に
なってしまった元社畜SE。
市民権を買うために
ダンジョン攻略で金を稼ぐことに。
カイル
イツキが買った奴隷。
制御不可能と恐れられる
悪魔だが、次第に
イツキに惹かれていき……？

ラベッタ
ギルドで働く
狐の獣人。
フェルク
古本屋を営む
フェレットの獣人。
クインシー
イツキが滞在する
都市マーシャルの
領主の息子で豹の獣人。
兎が大好き。
レジオット
クインシーの部下。
雷魔法が得意な
狐の獣人。
テオ
クインシーの部下。
人懐っこい犬の獣人。

第一部　異世界で奴隷を買うことにした

(おい、どういうことだよこれ……)

見たことのない道、知らない風景。

それだけならまだよかった。

おかしなものが頭の上に生えている。ついでに尻までもぞもぞする……

視界の端にモカブラウンの兎の耳がチラついた。鬱陶《うっとう》しいそれをむんずと掴《つか》む。

「いてっ」

痛いだと……？　神経が通っているのか。どういうことなんだ、身体改造でもされちまったのか？

道行く人が俺のほうを怪訝《けげん》そうに見ながら通り過ぎていく。通り過ぎたオッサンには犬の垂れ耳と、ついでに細い尻尾もついていた。

荒く敷かれた石畳、レンガでできた家の群れ。道行く人は猫耳やら熊耳やら、なにかしら動物の耳がついている。周りを見渡すとヤツらも俺を見てくる、大通りにいると視線がうるさい。

静かな路地に隠れて一人になると、混乱からか独り言が口をついて出た。

「獣人の国ってやつか……はは、笑えねえ」

笑えないが、どうやらそれが一番真実に近い気がする。映画の中でしか見たことのない世界が眼前に広がっていて、動物特有の臭いまで漂ってきているのだから。

道を歩いていたら突然落ちたのだ。なにか穴があったわけじゃない。気がついたら地面が消えていて、次の瞬間にはここに立っていた。

「とにかくこういう時はパニックになるのが一番まずいな。確認するか……」

まさか記憶までおかしなことになっちゃいねえだろうなと、これまでのことを振り返る。

俺は鏑木《かぶらぎ》樹《いつき》、二十六歳の元ＳＥ。先日あまりのブラック企業ぶりにブチギレて、会社を辞めてニートになり、実家へ帰ろうとしていたところだ。

あいつら人のことをなんだと思ってんだ、要望をコロコロ変えやがって。挙げ句、そのくらいすぐにできるでしょ？　一日あればできるよね？　だと？　人の仕事を舐《な》め腐《くさ》ってやがる……と、それは今はどうでもいいな。

湧いてきた怒りは一旦置いといて、耳と尻尾のほかに異常がないか確認する。

着ている服は俺のもので間違いない。大量生産された、どこにでもある綿の長袖シャツとカーゴパンツだ。

荷物は……ある。中身も変わらない。黒のゴツめのリュックには、久しぶりに実家に顔を出すために仕入れたご機嫌伺いの品、もといい土産が詰められていた。

実家の住人はみんな口うるさいから、変な物を持っていったら文句をつけられて面倒だからな。

もっとも、こんな場所に来た上に耳まで生えちまった以上、無事に帰れるかどうかもわかんねえが。

ほかに異常は……体の中心になにか違和感がある。腹の中が熱い。

もっと感覚を研ぎ澄ますためリュックを背負いなおそうとした時、誰かがぶつかってきた。

「っと」

あぶね、チャックを閉めていたから中身を落とさずに済んだな。素早くリュックを背負う。

「チッ」

ぶつかってきたのは人相の悪い猫耳の男だ。今の手の動き、怪しかった気がする。まさか俺の荷物をとろうとしたのか？

にらみつけると男は踵《きびす》を返して去っていった。あまり治安がいいところじゃなさそうだ。日本と比べるのが間違っているのかもしれないが。

「これは早急に安全な宿を探すべきだな」

体の違和感を探りつつ大通りに戻る。

さっきから続く、熱いなにかが腹ん中をグルグル駆けめぐる感覚に眉をひそめるが、止まれと命じた瞬間大人しくなった。いったいなんなんだ。

首をかしげながらも賑《にぎ》やかなほうへ足を向けた。

少々肌寒いので早足で歩く。空を見上げると太陽は真上にあった。

おかしいよなあ、さっきまで俺は夕暮れの町を歩いていたはずなんだが。

前を歩く熊耳と狐耳の男二人の会話を、聞くともなしに聞く。

「今日は久々に休みがとれたな」

「ゆっくりしようぜ。お前また火傷《やけど》したんじゃないだろうな」

「してねえよ、もう炉の扱いを任されるくらいにはうまくなったんだ」

「おっ、ならこの前言ってた店行くか⁉　かわいい子紹介するぜ」

「兎か？　リスか？」

「兎っ娘だ」

「行く」

……こんな昼間から元気だなあ、お前ら。よりによって兎か。

距離を空けつつ、気をとりなおして道行く人を観察する。

ここは庶民街っぽいな。髪や目は色とりどり、服もかなり色彩豊かだ。雰囲気は中世ヨーロッパのようだが、それよりは染色技術やその他諸々が発達してるのか。

顔立ちや服装はアジアよりヨーロッパ寄りだな。老若男女問わず耳と尻尾が生えている。一人だけ角が生えていて耳のない少年がいたが、身につけた首輪が鎖で繋がれていた。

（なんだあれ。奴隷ってやつか？）

そう思って見てみると、ほかにも首輪をしている獣人とすれ違った。鎖に繋がれちゃいないが、主人らしきヤツにつき従うようにして歩いている。

（ふうん、奴隷ねえ……まずは金を手に入れないと話にならねえが、一考の余地アリだな）

やたらとよく聞こえるようになった耳から情報を仕入れつつ、素知らぬフリで歩き続ける。

「やはりこんな辺境都市より王都に向かうほうがよかったのでは……」

「マーシャルは領主が真面目だし悪くはないよ、息子は変わり者だって聞くが……」

「カジュ村の住人が一夜にしていなくなった話、もう聞いた？　なんでも魔物の襲撃で……」

「気の毒ね、兎族の村でしょう？　生き残りはもう……」

ああ、いろいろ聞こえすぎてうるせえ。

様々な話を聞きすぎても訳がわからなくなるので、途中から兎耳をひっぱって音をシャットアウトした。

店を探し歩き、人通りの多いほうへ足を進めると、ほどなくして露店が見えてきた。様々な商品を置く店が雑多に並んでいる。

「いらっしゃい兄さん、芋はいらんかね？」

「うちの織物は丈夫だよ！」

店ごとに商品のカテゴリー分けなどがされているわけではないようで、酒屋で果物を売っていたりもした。

賑《にぎ》わっている店で順番待ちするフリをして、硬貨のやりとりを盗み見る。酒を買うために小袋をとりだす猿の獣人が、赤や緑の金属で造られたお金をやりとりするのが確認できた。

「ありがとさん、また来てくれ！」

支払いを終えた猿は、彼の背丈ほどあるタルを余裕で担ぐ。俺より背が高いとはいえ屈強だな？

（そうか、俺はここでは背が低いほうになるのか。日本じゃ平均以上あるのに）

ますます宿を探さねえとマズイ気がしてきた。こんなところで夜に路上で寝たらなにをされるかわかったもんじゃない。人がはけたタイミングで、気さくそうな酒屋の店主に話しかけた。

「よく売れているみたいだな。ここの酒はそんなに美味《うま》いのか？」

ネズミっぽいがそれより短い耳の、イタチ顔のおっちゃんはニカッと笑った。

「そりゃもう、丹精こめて作ってるしな。今年のは特に出来がいいんだ！」

「へえ、あのタル一つでこの値段なのか？」

値札らしき木の板には赤い線で棒が二本、緑の線で棒が三本引いてある。

さっきの猿が出していた硬貨の色と対応しているんだろうとわかったが、あえて聞いてみた。

「ああ、言っておくがかなり利益を抑えているからな。二ピン三ブェン、これ以上は値切れねえぞ？」

へえ。てことはピンが赤、ブェンが緑の硬貨なわけだ。

「二タル買うと四ピン五ブェンになったりはしねえの？」

店主は一瞬悩む素振りを見せたが、首を横に振った。

「四ピン五ブェン八ヘンなら考えなくもないが」

俺は店主と会話をして、この世界の通貨をざっくりと理解した。おそらくピンは万、ブェンは千、ヘンは百の単位っぽい。腕を組んで考えこんでいると、おっちゃんも同じポーズをとった。

「そんなかわいい顔でお願いされても、これ以上は負けられねえぞ」

「悪いな、値段交渉までしといてなんだが、金持ってねえんだ。売り物ならあるんだが」

「なにい⁉　先にそれを言え」

おっちゃんは露骨に嫌そうな顔をした。俺はにっこりと笑いかけてやる。日本じゃ言われたことねえのに、かわいい顔なんて称されたってことは、俺の容姿はここでの交渉に有利に働くような気配がしたのだ。

「おっちゃん、買ってくれねえ？　珍しい掘り出し物があるんだけど」

彼はうっ、とたじろいで、頬《ほお》を染めつつ視線を逸らした。

「馬鹿言うな、勝手に買って衛兵に見つかりでもしたら、ここで商売できなくなっちまう。売りたいならあの赤のテントの隣に行け。看板が見えるだろ」

親切なイタチ顔のおっちゃんに別れを告げて、教えられた通りに看板まで急ぐ。簡素な木の板には見たことのない曲がりくねった文字が綴《つづ》られていた。

うーん、読めねえな。残念だ。

読めたら便利だったのにと思った瞬間、腹の中の熱が目を焼く。混乱して目をつぶると、熱さはすぐに引いていった。痛みもなにもない。

「……なんだ？　えっ」

目を見開くと、先ほどまで読めなかった看板の文字が読めるようになっていた。

どういうことなんだこれは。魔法ってやつか？

わからねえが助かった。早速文字を読んでみる。店の上にある看板には、『旅人歓迎！　公認買取店、ダンジョン素材高価買取中』と書かれていた。

（ダンジョン……はは、ここは剣と魔法と獣人のファンタジー世界なわけだな？　冗談キツいぜ）

しばらくのあいだ腹の熱の正体を探ったり、近くの露店の店主と客のやりとりを聞いたりして気持ちを落ち着けた後、改めて店に入る。木の扉は建てつけがよくないのか、押すと軋んだ。

骨董品店っぽいような雑然とした倉庫のような佇《たたず》まいの店を奥に進むと、古い木でできたカウンターに突きあたる。カウンターの向こう側で、黒いローブのひょろっとした獣人が逆さまのまま俺を出迎えた。

……なんで天井にぶら下がってんだ、こいつは。

木の棒に巻きついていたソイツはヒラリと床におりる。ローブが風でめくれて、やたらと大きい耳が見えた。兎のように長く幅広の耳はすぐにローブで隠されてしまったが、シルエットはそのままなので、めちゃくちゃ頭がでかい人みたいになってる。

目元を隠した店主らしきその人は、ニヤリと口の端をつりあげた。

「いらっしゃいお客人……売りたい？　買いたい？」

「……売るほうだ」

今が夜じゃなくてよかった。夜にこんな不審者に遭遇したら、反射的に殴ってしまいそうだ。

「商品はどこ？」

売るべき物はもう決めてある。露店の商品を見比べて厳選してきた、買い取ってもらえそうな物をテーブルの上に置く。瓶詰めの琥珀糖《こはくとう》、缶入りクッキー、竹で作られた扇子《せんす》、シルクと綿混のスカーフ、赤白ワインセット桐箱入りの、計五点だ。

親父、母さん、姉貴、すまんな。あんたらに用意した手土産は、俺が生きのびるために売っぱらうことにしたわ。久々に大枚はたいて買った、気合いの入った贈り物だったんだが。命あっての物種って言うだろ？

店主は見知らぬ品々を見て困惑した様子だったが、中身を説明するとすごい勢いで食いついてきた。

「これが砂糖？　宝石じゃなくて？　それにこの缶、いったいどんな技術が使われて……こっちのは風で涼をとるだって？　貴族のお嬢様用ではないの？」

あらかた説明した後、琥珀糖《こはくとう》とクッキーの試食をさせてみると、手に抱えて離さなくなった。どんだけ気に入ったんだよ。

「食べたからには買うよな？」

圧をかけながら微笑むと、店主はフヒィと変な声を上げた。

「買う、買いたい！　ぜひ買わせていただきます！　ちなみに在庫はいかほどで……」

「今はないな」

琥珀糖《こはくとう》やクッキーなんかは作れなくはない。寒天や小麦粉があれば……そもそも砂糖がすげえ高級品だとしたら、買えないかもしれないが。

扇子《せんす》の和柄に感嘆のため息をつき、スカーフの肌触りに恍惚《こうこつ》とし、ワインを一口飲んで唸《うな》り声が止まらなくなった店主は、かなり悩んだ末に金額を口にした。

「……六十ピン八ブェンでどう？」

だいたい六十一万か……悪くはないが、もう一声欲しい。ここにしかない一点物なんだぞ。

「それじゃ売れねえなあ」

「え……で、では、八十ピンで……」

おいおい、こいつ舐《な》めてるのか？　いきなり二十ピンも上げてきたってことは、相当な安値で買い叩こうとしたんじゃねえの？

「あ、そう。じゃあほか当たるわ」

「まっ！　待って、待ってください！　百ピン！」

「ん？　なんだって？」

「……二百ピンです！　それ以上はご勘弁を……！」

二百万か、そんだけあれば半年はもつか。ここらで手打ちとしよう。

「それで売ろう」

「あ、ありがとうございます……」

すっかりしょぼくれた店主は、俺のほうを物言いたげに見つめて一言漏《も》らした。

「全然、兎獣人らしくない……顔はとびきりかわいいのに」

「悪かったな」

「ヒエ!?　き、聞こえちゃいましたか」

「あいにく耳がいいもんでね」

兎の耳が生えてからというもの、やたらと音がよく聞こえるんだ。今日通りを歩いただけでも隣の家の晩御飯の献立から、ここの領主の息子が物好きだって噂まで耳に飛びこんできた。

少しばかりうるせえが、悪いことばかりじゃない。今晩の宿にも当たりがつけられたしな。旅人らしき家族連れの商人が、白枝《しらえだ》のせせらぎ亭は子ども連れでも安全だと言っていたから、後で当たってみるつもりだ。

金を抱えて持ってきた店主に、小銭入れを買うからその分を引くように申しつけると、白い硬貨も渡された。これがヘン、百円単位の硬貨だな。

コインを数えているあいだ、ビクビク震える店主に鼻白む。

別にとって食いやしねえよ？　タイプじゃねえし。俺はどうせなら、頼り甲斐のある男に抱かれたい派だ。なぜかネコ側希望者が擦り寄ってくることが多いのが困り物だがな……と、今はそんなこと考えている場合じゃないな。

「いい取引だったよ。もし次に同じ物を手に入れたら、ここで売ってもいい」

「あ、ありがとうございます！　お待ちしてます」

コウモリ獣人がペコリと頭を下げる。俺は背を向けて店を後にした。


まだ日の位置は高く、宿にこもるには少し早そうだ。宿の予約だけして腹ごしらえをしながら、奴隷の購入について考えるか。

一歩路地裏に入っただけでスリにあうようなところだ。俺よりガタイのいいヤツがほとんどだし、大金を持ち歩いていると知られたらまずい。それにまだこの世界について知らないことだらけだ。

多少値が張ったとしても、護衛代わりに奴隷を連れ歩くのが安全だろう。ここの常識を得るための助けにもなる。

まずは白枝のせせらぎ亭を探すぞ。

俺は努めて普段通りの足どりで、露店が並ぶ通りから離れた。


無事に宿はとれた。一泊二ピンだった。一泊二万とか高級ホテルかよ、高くね？

いやいや、高いってことはそれだけ安全ってことだろう。俺の判断に間違いはないはずだ……

だが手持ちに限りがある以上、どうにかして稼がないとな。

また外に出かけて露店で紫がかった肉の串焼きを購入し、話し好きそうな店主から情報収集する。

「なあ、マーシャルにはダンジョンがあるんだろ？　やっぱ儲かるのか？」

マーシャルというのは、この都市の名前だ。ダンジョンがあることも道行く人の噂話から聞いたが、一攫千金がどうの、行方不明者がどうのという話ばかりで要領を得なかった。

やはり直接聞くのが一番だろうと、質問代金を兼ねてファンタジックな色の肉の串焼きに挑戦してみたのだ。おそらく魔物の肉でも使っているのだろう。狼っぽい灰色耳の兄さんは、チラッと俺の耳を見て小馬鹿にしたように笑った。

「肉食獣人や大型獣人なら儲かるかもしれないが、君じゃなあ……兎ちゃんが稼ぐなら、やっぱり娼館じゃゃない？」

おいおい、マジで言ってんのか？　ジロリとガンを飛ばすと、店主はおお怖いとおおげさに腕をさすってみせた。

「気が強いんだね、怖いなあ。そんなににらまないでよ。俺は君を心配しているだけなのに」

兎獣人がダンジョンに行くのは、そんなにナシな話なのか。

店主はちょっと困ったように眉尻を下げた。同情するかのような視線が鬱陶《うっとう》しい。

「君は旅人かな？　真面目な話、町で暮らしたいんだったら市民権を得たほうがいいよ。最低でも七年かかるけど、ここの領主様ならちゃんと拾ってくれるさ」

「市民権か……」

住みたいって言って住めるもんでもないのか。

彼の話によると、市民権は都市公認の安月給の仕事を七年こなすか、二ハンという大金を払うことで得られるらしい。

安月給のほうは本当に安月給で、これはそもそも親戚などを頼ってほかの土地から来た、というような住む場所がある者が前提で、ギリギリ暮らせるか暮らせないか程度の金額しかもらえないらしい。しかも肉体労働が多いので、小型獣人にはつらいときた。

ネズミや兎、リスっぽい獣人は小型獣人の括りに入るっぽいが、俺くらいの背かそれより少し低いくらいの小柄な者が多かった。そういうヤツらは仕事に困ったら、男でも女でも娼館で春を売るのが通例で、そう恥ずべき仕事という感覚でもないようだ。

だからこの兄さんも軽い調子で勧めてくるんだな。俺はお断りだが。仕事だからって趣味でもない男どもに抱かれたくはねえ。

二ハンはだいたい二千万らしい。それプラス住む場所を買わなきゃいけないので、即金で都会に家を買える値段をポンと出せないと市民権は得られないときた。

無理ゲーかよ。

「市民権がないとまともな町の仕事につけないし、大変だよねえ。旅人扱いのままだと有事の際は町から追い出されたりするし」

町の外には魔物がいるらしい。定期的に魔物避けをしながら暮らす者もそこそこいるが、噂に聞いたカジュ村のように滅ぼされることもあると。

そりゃ誰でも町の外より、中で暮らせるようになりたいと思うよな。

「男娼として稼いで市民権を買うって道もアリだと思うよ？　なんなら俺も客として協力するし」

「ごちそうさま」

「あっ、どうもー」

だから男娼はやらねえってば。でも、そうか……市民権は魅力的だな。自然の中とか閉鎖的な村よりそれなりの都会に住んで、美味《うま》い飯をダチと食べ歩く毎日を過ごしたいんだよな。

この世界の食べ物はまあまあ美味《うま》いし、マーシャルで家を買って暮らすのも面白そうだ。

ごく自然とここで暮らしていく思考になっているが、やっぱまずは飯や住む場所の心配をせず、生計を立てられる状態になりたい。

日本に……なぜかそこまで積極的に帰りたくならないが、帰る方法を見つけるために行動するとしても、先立つものはいる。

まずは将来の心配がなくなるくらいに稼いで、この世界で生きていくことを目標にしよう。

「やっぱ買うか、奴隷」

安全を確保するためには絶対に必要だ。一人より二人のほうが遥かに安全度が高い。この際人道がどうのなんて言っちゃいられない。

あのよさげなランクの宿にすら、金庫の類いはなかった。銀行は信用がない者、つまり市民権のない者は使えないらしいし、あの二百ピンはさっさと奴隷購入資金として使ってしまおう。

これまで噂話などで仕入れた知識を総動員して、どのような奴隷を買えばいいのか考える。

つっても、奴隷について話題にしている者はほとんどいなかった。

宿で奴隷連れでも泊まれるか聞いた時にも、わざわざ声を潜めて可能だと教えてくれたくらいだ。奴隷について公共の場所で話すのはタブーなのだろう。

奴隷商の店が町の西側にあるという情報を小耳に挟んだだけじゃ、ぶっちゃけどんな奴隷を買えばいいのかなんて全然わからん。

最低限、移動が不自由になるような欠損がなく、生きる気力を失っていないヤツにしようってことは決めているが。

『奴隷、買い方』ってスマホでググりてえな……念のため宿でスマホを確認したが、もちろん電波は繋がっちゃいなかった。そりゃそうだ。

細く曲がりくねった路地を、西に向かってさまよい歩いた。

（奴隷売り場はどこなんだよ、おい……）

娼館やら謎の薬屋やらがある通りに目を凝らすが、一向にそれらしき店は見当たらない。町の西側っていうざっくりした情報だけで探すのは、無理があったか……

町の外壁が間近に見えてくると、いよいよ店すら見当たらなくなってきた。

(どうしたもんかな……俺の新たに目覚めた能力、こういう時に使えねえのかな?)

集中しながら目を閉じる。腹の熱が体の中をグルグル回り、頭が熱くなる。

すると、知らないはずの知識が頭の中に浮かんできた。この腹の熱には、やっぱり不思議な力があるらしい。ここが剣と魔法のファンタジー世界だとしたら、多分これが魔力ってやつなんだろう。

腹の底にたゆたう熱に意識を寄せていると、気がついた時には柄の悪い男たちに囲まれていた。

「お嬢ちゃん、ここは危ないぜ? お家の人とはぐれたのかなー?」

「重そうな荷物持ってどこ行くんだよ、俺が持ってやろうか」

「へへっ、イイ声で鳴きそうだなあ?」

ああ、油断した。緊張の糸が切れたとでも言うべきか。このけったいな世界に飛ばされてから、体感で三時間は経っている。もう少し宿で休憩をとるべきだった。

冷静なつもりでいたが、俺も混乱しているってことか。

「おい、なんか言えよ」

「ビビりすぎだろ」

「かわいいうさちゃん、こっちにおいでー」

……どうなるかよくわかんねえが、試すしかないな。

無遠慮に距離を詰めてくる眼前の無頼漢《ぶらいかん》に、腹の中の力を解放しようとした瞬間。

「ふげっ」

「おごっ⁉」

「なんだお前⁉」

建物の二階の窓から出てきた誰かが、流れるような動きで男たちの一人を目がけて飛び蹴りし、もう一人に蹴りを放った。残された一人がナイフを構える中、華やかに装飾された片マントをひるがえし、豹《ひょう》柄の耳の青年が俺に向かって微笑む。

「やあ、待たせたね。怪我はない？」

は？　誰だお前。俺はお前のことなんぞ一ミリも知らねえし、待ってもいないぞ？

「お、おい！　誰だって聞いてるんだ！」

俺の心の声を代弁したチンピラがナイフを持って彼に襲いかかる。ヒラリと余裕でかわした青年は、やれやれと言いたげに肩をすくめた。

「無粋だなあ。デートの邪魔をすると馬に蹴られるよ？」

その言い回し、この世界にもあるんだな。デートじゃねえけど。

彼はチンピラの腹に重い蹴りを放つ。ヤツはいとも簡単に地に伏せた。

金の髪が印象的な長身の青年は、くるりと芝居がかった仕草で振り向いた。ヘーゼルの瞳が爛々《らんらん》と輝いている。

「いやあ、危ないところだったね。間一髪ってヤツ？」

「誰だお前」

「嫌だなあ、君まで同じことを言うの？　俺はずっと君みたいな人を待っていたのに」

「新手のナンパか」

「そうとも言うね」

一難去ってまた一難ってとこか？　警戒し身構えると、彼は困ったように苦笑いをした。

「ああ、別に君が嫌ならつきまとったりしないよ。見ての通り俺はモテるし」

「あっそ。じゃあな」

謎の人物を避けて通り過ぎようとすると、スッと目の前に回りこまれる。

「待ってよ。せっかく助けたんだし、用件くらい聞いてくれてもいいじゃないか？」

「俺一人でなんとかなったところに、アンタが横槍入れただけだろうが」

「手厳しいねえ。じゃ、前置きは省こうか。君みたいに裏社会に縁遠そうな人がこんなところにいるその訳は、ズバリ奴隷を買いに来たんだろ？　それ、手伝ってあげるよ」

胡乱《うろん》げに睨《ね》めつけると、ヤツはニコリと完璧な笑みを作った。

「俺みたいに身元がしっかりしてる高身長な肉食獣人イケメンを連れていけば、ナメられずに済むよ？」

すげえ自信家だなあオイ。言うだけあって確かに整った顔をしている。

上品で貴族的な印象……本当に貴族って可能性もあるか。

だとしたら、見ず知らずの旅人に声をかける理由はなんなんだ？　厄介事は勘弁だぜ。

「おあいにくと交渉は得意なんでね。アンタの手を借りずともうまくやるさ」

俺が断り文句を口にすると、彼は水仕事をしていなそうな美しい手をゆっくりと動かし、余裕たっぷりに腕を組んだ。

「そううまくいくかな？　奴隷を買うのは初めてなんだろう？　あの業界は暗黙の了解ってのが多くてね。わかっていないヤツはカモにされるよ」

彼はサッと俺の全身に視線を走らせた。そんな珍妙な服装で行くと相手にされないぞ、とでも言いたげだ。しょうがねえだろ、布屋はあっても服屋は見つからなかったんだ。

こいつは正論を説いており、なおかつ奴隷の買い方も心得ているのだろう。連れていけば役立つのは間違いなさそうだが、どうにもうさんくさい。

「信用ならないな。俺に協力してアンタになんの得がある」

そう尋《たず》ねると、彼は形のいい眉をひょいと上げて意外そうな顔をした。

「君は俺のことを知らないのか、旅人だもんなあ。じゃあ白状するけど、俺って兎フェチなんだよね」

頬《ほお》を指先でかきながら、恥ずかしそうに打ち明けられたが……なんだそりゃ？　理解が及ばず真顔で黙りこんでいると、彼は急激にテンションを上げて高らかに宣言する。

「特に垂れ耳でふわふわ茶色の耳のコが大好き。そう！　まさに君みたいな見た目のね！」

俺に指先を向けながら、バチッとウインクを飛ばしてくる。間髪容《かんぱつい》れず正直な感想を口にした。

「気持ち悪いな」

「ひどい！　俺なんてせいぜい恩を売って仲良くなれたら、ちょっとだけうさ耳を撫でさせてくれないかなーっ、くらいしか思ってないのに～」

「キモい」

「ちょっと、もう少し歯に衣着せてくれない？　さすがに傷つくんだけど」

泣きマネをする金髪野郎に白けた視線で応える。

（いや、考えようによっては悪くない取引か）

彼の言っていることが本当であれば、たかだか耳を撫でさせるだけで、質のいい奴隷を手に入れられる可能性が高まる。

顔の横で揺れるモカブラウンが鬱陶《うっとう》しくて、手で払う。別に尻とかじゃねえし許容範囲だ。

こういうヤツは、腹の底ではなにを考えているかわからねえことが多いが……今までの経験を踏まえると、そう危ない気配は感じられない。

たっぷり三十秒は迷って、最終的にこのうさんくさい野郎の提案を受け入れることにした。

「……いいだろう。耳は奴隷購入後に少しだけ触らせてやるよ。ただし、アンタの仕事ぶりに問題がなかったらだ。ついてきてくれ」

「えっ、ほんとに？　やった！」

即座に泣きマネをやめてパッと笑顔を見せる優男《やさおとこ》。やっぱり曲者《くせもの》だな。

「交渉成立だね。俺はクインシー。見ての通り豹《ひょう》の獣人だ。クインって呼んでくれてもいいよ」

「樹だ」

「イツキ、イツキ……不思議な響きの名前だね、もしかしてカジュ村出身？」

カジュ村？　どこかで聞いたような……ああ、最近滅びたらしき兎獣人の集落だっけか。

異世界から来たと知られるよりはいいかと、思わせぶりに言葉を濁《にご》した。

「さあな。俺がどこから来たかなんて重要じゃないだろ」

「まあ、そうだね。俺は君の出身地の話よりも、君自身のことが知りたいし。ねえ、マーシャルには来たばかり？　宿はもう決めた？」

「そんなに詮索《せんさく》するなよ、心の壁がどんどん厚くなっちまう」

「えー、そんなあ」

クインシーは唇を尖《とが》らせた後、しょうがないなあと言いたげに笑って、細い路地を歩きはじめた。

俺も無言でそれに続く。

「結構入り組んだ路地の奥まで行かなきゃならないから、初見だと迷うよね。君は運がいいよ。なんたって俺に出会えて道案内してもらえる上に、奴隷の買い方まで伝授されるんだから」

ペラペラと口を動かすクインシーに、適当な相槌《あいづち》を打つ。

やがて道の行き止まりにある暗い路地に入ると、ひっそりと佇《たたず》む金属製の扉の前につく。クインシーが扉のノッカーをリズミカルに五回叩くと、中からガチャリと施錠を解く音がした。

「さあどうぞイツキ」

「ああ、どうも」

重たい扉を開けて先に通してくれるクインシーにお礼を告げて、店内に足を踏み入れる。

（動物臭が濃いな……）

薄暗い店内は書き物机と椅子が三脚、書類がまとめられた棚には分厚い本が何冊か置かれている。奥の部屋から人の気配がするが、厚いカーテンで仕切られていて様子はわからない。

俺たちを出迎えたのは、顔の大きさに見あわぬ小さな耳を持つカバ顔の中年男性だ。たっぷりとしたローブで太った体を包んでいる。

「いらっしゃいませ、おや貴方様は……」

「久しいね。今日は彼のための奴隷を買いに来たんだ」

カバ顔の奴隷商はつぶらな瞳を大きく見開いて、俺の兎耳からスニーカーまでを検分した後、パチパチと瞬きをした。

「ははあ……かしこまりました。どのような奴隷をお求めですかな？」

「ダンジョンで戦えるヤツがいい」

俺は金を稼いで市民権を買うと決めた。町の中は治安が悪いが、命をおびやかす魔物が出る外よかマシには違いない。金を稼ぐためには春を売るか、ダンジョン探索者になるしかねえ。

男娼かダンジョンかだったら、俺はダンジョンを選ぶ。

安全に暮らすために市民権を買いたいって言ってるのに、ダンジョンに潜るのは我ながら矛盾してると思うけどな……ほかに手段がなさそうだから仕方がない。

「かしこまりました。少々お待ちください」

……あいつ予算もなにも聞かずに行ったが、大丈夫なのか？

クインシーを見上げると、ニコリと微笑まれた。

「まずは店のオススメを連れてくるだろうから、気に入った者がいれば購入すればいい。そうでなければ、希望の能力や種族を伝えるといいよ」

「まだるっこしいな。直接見てまわれないのか」

「それでも気に入る者がいなければ、希望すれば見せてくれる。手順を踏まないと売り渋られることもあるから、行儀よくするんだよ？」

(郷に入っては郷に従えってか。しょうがねえな、大人しくしていよう)

奴隷商はほどなくして戻ってきた。首輪に繋いだ三対の鎖を持ち、三人の奴隷を引き連れている。

「お待たせいたしました。お客様の希望される商品はございますかな？」

三人とも大柄で筋肉質だ。耳から推測するに犬、猿、象かな。

残念、一匹種族が違うから鬼退治はできそうにない。そもそも俺の手持ちのきび団子で仲間にできるのかが問題か。

「いくらだ？」

奴隷商は七と指でジェスチャーした。

なんだそれは、単位がわかんねえ。新規客にとことん優しくない店だな。

クインシーが呑気な口調で感想を呟く。

「結構するね、全員七百ピン？」

「おおよそそうですな。気になる者がいれば詳細な値段をお伝えしますが」

「どうイツキ、気に入るのはいた？」

俺は静かに首を横に振った。

七百万なんて手持ちにねえよ。奴隷って思った以上に高いんだな。

「もしかしてお金ない？　俺が代わりに払ってあげようか」

ギョッとする申し出に一瞬言葉が詰まる。

おいおい、金の代わりになにを要求するつもりだ。絶対借りねえよ。

「いや、必要ない。ほかのも見せてくれ。欠損がなければ多少貧相でもいい、種族も問わない」

「さようでございますか」

カーテンの奥に奴隷商が消えると、クインシーは不満げに呟く。

「遠慮せず俺に頼ってくれていいのに。こんな端金《はしたがね》で君の歓心を買えるなら安いものだ」

……やっぱこいつ貴族だな。間違いねえ。

「なぜそこまで俺に構うんだ？」

「君、ギフト持ちだろ？」

ギフトってなんだ。もしかして、俺の腹にある力のことか？

「さっき男たちから追われている時、妙に落ち着いていたからさ。役に立つ戦闘スキルか、魔法スキルを持っていそうだなと思ったんだ」

「……」

「有用なギフト持ちなら、得体の知れない身元不明人でも、俺が個人的に雇ってやるのも一興かなあと思ったんだよ。ま、考えといてくれ」

さっきから俺にやたらと構うのはそれが理由か？　だとしても物好きなヤツだ。

次に連れてこられた三人の奴隷はそれぞれ、山羊《やぎ》、鹿、猪《いのしし》だった。ジビエにしたら美味《おい》しいヤツらだな。怯《おび》えきった表情をしていて、本当にダンジョンで役に立つのか疑問が残る。

「こいつらは？」

奴隷商は四本指を立てた。さっきよりは安いがまだ買えそうにない。こんなことならスマホも売っぱらっておくべきだったか。オーパーツだろうからと遠慮しちまった。

「ほかのも見たい。直接見せてくれないか」

「かしこまりました」

大人しくしていたおかげか、すんなりカーテンの奥へ通してくれた。動物臭がよりキツくなり、鼻を覆いながら檻《おり》の中を見てまわる。家事奴隷は百万程度からそろっていたが、戦闘奴隷は値段が高い。

一通り見たところ、四肢《しし》が欠損しておらず病気持ちでもなくダンジョン探索ができそうで、手持ちの金で買えそうなのが一人だけいた。

そいつは獣人じゃなかった。大きな山羊《やぎ》の角が生えているが耳は頭上についておらず、人間の耳より尖《とが》ったエルフみたいな耳が生えている。

悪魔だそうだ。

クインシーがへえと声を上げた。

「こんなに育った個体なんて初めて見たかも。手元に置いても大丈夫なの？」

「もちろん制御内ですよ。珍しく尾がないタイプの異形でして、まだ若いので安全です」

「本当に？　俺には危うく思えるけれど」

なんの話をしてるんだこいつらは。悪魔は子どもじゃないと危ないのか？　制御がどうとか言っていたが……

奴隷を見ながら考える。灰色にくすんだ髪の奴隷はうつむいていて薄汚れているが、生気を失ってはいなかった。よくよく観察して気づいたが、奴隷たちにつけられた首輪には、微量に魔力がこめられているようだった。だがこの奴隷からは首輪よりも大きな魔力を感じる。

魔力を使って奴隷を観察していると、彼から反応があった。

薄暗いから見えにくいが、赤みを帯びた紫の瞳だ。それと目があう。

……ごくりと、彼の喉が鳴った。極限の飢えの果てに、ご馳走を目の前に差し出されたかのような顔をしている。先ほどまで地に視線を這わせて力なく座りこんでいたのが嘘のように、こちらをギラギラした目で見つめてくる。

気づけば俺は、ニヤリと口角を上げていた。

「なあ、俺、こいつを買いてえな」

クインシーはギョッと目を見開いた。

「えっ本気？　悪魔の大人なんて、奴隷紋の制御が効かずに逆襲されかねないよ？」

奴隷紋って、この首輪についてるやつのことだろうな。確かにこの悪魔の魔力に比べたら、首輪のほうはちっぽけな量の魔力しかこめられていない。

これでは行動の制御も効かなくなるだろうさ、わかってる。

（問題ないぜクインシー。俺にはそれをどうにかできそうな、ギフトとやらがあるからな）

心配そうな表情の彼に、返事代わりに不敵に笑って問いかける。

「なあクインシー、悪魔の主食はなんなのか知ってるか？」

「飢えれば獣人と同じ物でも食べるらしいけれど、ひどく偏食だって聞いたことがあるよ」

「おお、さすが博識でいらっしゃる！　悪魔の好物は新鮮な果物や採れたての魚で、新鮮であれば」

豹《ひょう》獣人は面食らった表情をしたが、きちんと質問には答えてくれた。奴隷商が会話に割りこむ。

あるほど力が満ちるそうですぞ。一説によれば命あるものの魔力を喰らっているのだとか……」

「へえ、そうなんだ。面白そうな話だね、もっと聞かせてよ」

クインシーが続きを促すと、奴隷商はイキイキと話を続けた。

「実際に試した者はおりませんので、嘘か真かわかりませぬが。誰だって命は惜しいですからな！

悪魔に魔力を与えるなど、自殺行為にほかならない……高明なる貴方様であれば、重々ご承知なされているとは存じますが」

「はは、まあね。君ほど悪魔について知らないけど」

「扱う商品について熟知しておくのは、商人としての務めですから！　ですので、悪魔の奴隷を買う時の注意点としましては……」

饒舌《じょうぜつ》に話す奴隷商の言葉を、にこやかに聞きながら情報を引きだすクインシー。楽でいいわ。

奴隷商は最初に悪魔を買う上での注意点を告げた後、悪魔についての魅力を語りだした。

いわく、魔力が満ちておらずとも並の獣人より強く、見目も麗しい者が多いとか。

それに対して、クインシーが魔力が多すぎると奴隷紋が機能しなくなり反抗されるとか、見目が麗しいからって性奴隷にしようとして寝首をかかれたヤツもいる、なんて話をにこやかにぶっこんでいた。

厄介な奴隷の在庫処分をしたい店主と、俺に悪魔を買ってほしくないクインシー、二人の舌戦を興味深く聞きとる。

なるほどな、筋力は大型獣人より劣るが中型獣人よりは強く、魔力を使えればそこらの獣人なんぞ相手にならない、と。しかし魔力を与えすぎると危ないので、成長して魔力量が増えてくると危険だという話だった。

俺にとっては理想の奴隷だな。百二十万くらいで買える奴隷で、これ以上の条件の者はいないだろう。魔力が満ちると反抗される件についても、解決する手立てはもう思いついている。

それぞれの主張をぶつけあう二人を置いて、俺は悪魔に問いかけた。

「お前、ここから出たらなにがしたいんだ」

「……」

悪魔はギラギラとした瞳のまま、俺を穴が空くほど凝視している。

「なあ、なにがしたい」

「……別に、なにも」

なんもねえのかよ。腹が減りすぎて思考が鈍っているのかもな。質問を変えるか。

「俺はダンジョンを攻略したいんだが、つきあってくれるか？」

彼は赤紫の瞳を瞬かせ、戸惑ったような目で俺を見た。いつまでもだんまりで返事をしないので、強めに催促してみる。

「協力するならここから出してやる。なあ、答えろよ」

「……ダンジョン。いいだろう、つきあってやる」

不遜《ふそん》な口調でそう返答があった。強気そうでいいね。こういうヤツはやる気を焚きつければ扱いやすいだろう。

その瞳からは、魔力の飢えを満たしたいという願望が痛いほどに宿っているのを読みとれた。

アンタの望みが魔力ならば、俺が満たしてやる。代わりに俺の用事にもつきあってもらうぞ。言質はとったからな。

「こいつにする。購入手続きがしたいんだが」

「やめたほうがいいって！　俺の話聞いてた？　こんな扱いにくくて危険な奴隷より、ほかの優良奴隷を買うべきだよ。お金なら出すから」

「必要ないって言ってるだろ。さあ早く」

奴隷商を急かすと、彼はカバ鼻を膨らませて速やかに対応した。

「かしこまりました旦那様。引き渡しの用意のあいだ、契約書に記入をお願いいたします」

「あ〜、ちょっとちょっと……もう、どうなっても知らないよ？」

「どうにもならねえから」

「なにその根拠のない自信！　怖いんだけど！」

根拠ならある。お前には教えてやらねえが。

「こちらの契約書にサインをお願いします」

渡された厚い紙に記された契約事項を読みとる。

万が一、奴隷紋の整備を怠《おこた》り奴隷に殺された場合は自己責任、遺族からの慰謝料請求には応じない、という文面に失笑する。心配しなくても家族はいねえよ。

奴隷を解放するのも主人の好きにしていいが、返品の場合は奴隷商にお声をおかけください、買い取らせていただきます、か。タダで解放するより、売って儲けようとする主人のほうが多そうだな。

一通り読み終えておかしなところはなかったため、サインをする。クインシーも口を挟まなかったし、これでいいのだろう。初めて書く字なので少々歪《いびつ》な形になったが、問題なく受理された。

「では、奴隷を連れてまいります」

奴隷商が出ていくと、クインシーは俺の頭上に手を伸ばした。なにをするつもりだと戸惑ったが、そういや奴隷購入に協力したら耳を触らせてやるって言ったんだったわと、つい避けそうになるのを踏みとどまる。

わしゃわしゃと遠慮なく、髪ごと耳を撫でるクインシー。

「ああっ、めちゃくちゃ肌触りがいい毛並みだなあ……！　この毛並みが失われるかもしれないと思うと、正気ではいられないよ！」

なんで失うこと前提に考えてるんだお前は。俺は死なねえよ。

「イツキ、困ったことがあればいつでも俺を頼ってくれ。遠慮はいらないからね」

いきなり手をとられてギョッとしてひっこめようとすると、手の中になにか硬い物を握らされる。

「マーシャル家のクインシーに用事だと伝えてこれを見せたら、俺んちに入れるようにしとくから。絶対失くさないでね？」

「いや、いいって」

「いいからもらってよ、俺の心の安寧《あんねい》のために！」

渡されたのはシンプルなペンダントだった。黄色の石がついていて高そうだ。こんな高価そうな物、預かりたくはねえんだが。

「物取りに真っ先に狙われそうじゃねえか、こんなもん」

「ちゃんと首に巻いて、しっかり服の中に隠すんだ。わかったね？」

「だからいらないって言うのに」

「ダメだよ！　こんなにかわいい兎ちゃんが、死……うわあぁ！　やっぱり今からでも考え直さない!?」

「嫌だね」

「この頑固ちゃん！　でもかわいい！」

執拗《しつよう》に指先で毛並みをとかされる。ふわっわしゃっ、もふもふっ、もふぁふぁふぁふぁ……

「しつこい！　もう終いだ」

「ええー⁉」

いつまでも触ってんじゃねえよとにらみつけると、本気でショックを受けていた。そんなに俺の耳が気に入ったのか。なんかくすぐったいし落ち着かないから、これ以上は触らせねえぞ。

（それにしても、マーシャルね。厄介そうなのと関わりを持っちまったな。いや、味方にできるならそう悪い話でもねえか？）

この都市の名を持つ家の御子息様は、まだ俺の耳に名残惜しげな視線を送りながら忠告をよこした。

「本当に気をつけてよ？　そもそも耳だって、本来は家族や恋人にしか触らせないものなんだからね？　もちろん知ってると思うけど……こんな不用心に触らせて俺は心配だよ～」

お前の常識が俺の常識と一緒だと思うなよ？　もちろん知らなかったぜ、そんなこと。今度からは土下座されても触らせねえ。

やっと奴隷商が戻ってきた。貫頭衣《かんとうい》というのか、灰色の粗末な布を身につけた悪魔が、首輪についた金属鎖に引きずられてついてくる。ボロボロのズボンも身につけていた。

奴隷は立っているとかなり背が高いことがわかった。長身のクインシーよりわずかに背が高い。

「旦那様、こちらをどうぞ」

「ああ。世話になったな」

クインシーにペンダントを突き返すのはやめて、手早く首に下げ服の中にしまいこむ。持っていてくれと懇願《こんがん》されたし、なにかの役に立つかもしれない。一応もらっておくことにした。

奴隷商から受けとった手鎖はズッシリと重かった。早くとりてえ、こんな重いもん。

「ところで、マシな服は売っていないのか」

「でしたら古着屋を紹介いたしましょう。あの店でしたらその奴隷にあうサイズの服もございます」

ああ……この悪魔は長身細身だもんな。大型獣人はムキムキマッチョが基本で、クインシーやこの悪魔みたいな体型は珍しいから、この奴隷館には用意してないのか。

古着屋の場所を聞いた後、ついでに紙も数枚買わせてもらえるよう交渉し手に入れた。奴隷商には変な顔をされたが、俺には必要なんだよ。

建物から出てもクインシーはなにか言いたげな表情だったが、暮れてきた空を見上げるとなにやら慌てだした。

「おっと、もうこんな時間か……イツキ、少しでも制御に綻びがあったら迷わず俺を頼るんだ、わかったね？」

「心配しなくても俺はどうもならねえよ」

「あーもう、君ってヤツは……！　とにかく俺はもう行くから。そこの奴隷、イツキになにかしたら俺が容赦《ようしゃ》しないからね！」

ビシッと奴隷に指を突きつけてから、クインシーは走り去っていった。

騒がしいヤツだったな。だがあいつのおかげで助かったのも事実だ。

本当にのっぴきならない事態になったら、あいつに雇ってもらう選択肢もありか……どんな無茶を押しつけられるかわかったもんじゃねえが。

尊い血のお貴族様にとっては、俺みたいな市民権すらない小物、使い潰すのに良心は痛まないだろう。大勢のために少数の犠牲を決断する必要のある立場にいるからな、貴族ってやつは。

俺は今、社会的弱者な立場にいるわけだし、ここの法制度は日本に比べてまだまだ未整備のようだから、用心は忘れないようにしておこう。それにしてもずいぶん粘着質に心配されたが……なんだろうなあいつは。深く考えてもわからねえし、ひとまず置いておくか。

「さてと、行くか」

俺が歩きはじめると彼もついてくる。肉食獣が足音を殺して歩くようなしなやかな歩き姿からして、歩行に支障はないようだ。今のところ暴れだしそうな気配もない。

無闇に主人に逆らう馬鹿でもないらしい、やはりいい買い物をしたな。

「アンタの服を買いに行く。なにか希望はあるか？」

「……窮屈《きゅうくつ》でなければなんでもいい」

古着屋で服を数着選んだ。あまり選ぶ余地もなかったが。予想した通り悪魔にしっくりきそうなサイズの服は、そんなに数がなかった。どれも貴族が身につけていたかのような衣装で、値が張ったが仕方ない。悪魔ということを隠す必要がある時用にとローブも買う。

俺も数着平民着を選んで購入した。必要かもしれないので貴族っぽい服も探したが、俺のサイズだと女性用か子ども用しかない……仕方なく子どもサイズを一着買っておいた。

意外と散財したな。手持ちの金は四分の一まで減ってしまった。明日ダンジョン用の装備や武器を買う金があるだろうか。

物価を確かめたいところだがもう日が落ちる。夜はさらに治安が悪くなるだろうから、大人しく宿に戻ることにした。

白枝のせせらぎ亭には裏口から入った。奴隷とわかるような身なりの者を連れて表から堂々と入ると、面倒くさそうな気配がしたからだ。

借りた部屋に入りベッドに腰かける。さて、どっから話すかな。

立ったままの悪魔を前にして、話の前にすることがあると気づいた。

「おい、まずは体を洗ってこい」

綺麗な宿の部屋の中にいると、汚い姿が余計に浮き彫りになった。檻《おり》の中の動物臭がまだ漂っている気さえする。彼も汚れている自覚はあるのか、大人しく俺についてきて浴室へ足を向けた。

「蛇口は……あるな。水も出るし、石けんもあるのか。コレを使って汚れがすべて落ちるまで洗えよ。服は新しいのを置いとくから」

悪魔は無言でうなずき、浴室で体を洗いはじめた。これでしばらく考えをまとめられるな。ベッドに戻ってスニーカーを脱ぎ胡座《あぐら》をかく。

奴隷商とクインシーの話を思い出してみる。そもそも悪魔とは獣人と違う生態を持ち、山脈を隔てた隣国で暮らしているものらしい。彼らの独り立ちは五歳と早い。

あまりにも生態が違いすぎて相容れず、獣人を襲う者が多いことから、見つけたら討伐すべきという風潮だ。子どもなら奴隷にしてしまう。

なるほど、獣人が悪魔を恐れるわけだな。しかしあの悪魔は理性があるように思えたし、すぐに獣人を襲うような輩《やから》は魔力に飢えていたんじゃないかと思う。

彼らは好奇心から、または獣人を襲うためにこの国を訪れると言われている。実際のところは故郷から追い出されたか、腹が減ってメシを探しに来たってとこだろうか？　頃合いを見て本人に聞いてみてもいいな。

悪魔は子どもでも危険な存在だ。奴隷にした後でもうっかり魔力を与えすぎると反抗され、逃げ出されたり最悪殺されたりすることもある。

それでも悪魔は貴重で、見目も麗しくコレクションとして見栄えがする。魔力を研究するのにも都合がいい。だから子どもの奴隷は需要がある。

しかし大人になると魔力が増え、奴隷紋の制御が効かなくなる。必然、大人の悪魔は買われることなく値段は暴落し……制御が完全に効かなくなる前に殺処分になる者も多いんだとか。

あいつは若いが子どもには見えない。青年になりたてってところか。だから貴重な悪魔といえど、俺でも買えるほどに安かったんだな。

魔力を蓄え成熟した悪魔は、獣人が束になっても勝てないほど強いと聞いた。

だとしたら、俺はあいつを育てて使いこなしてみせる。

気合いを入れてから、奴隷商のところで仕入れた紙にボールペンで魔法陣を描きはじめた……別に厨二病を極めているわけではないからな？

そうではなくて、俺にはこの世界の魔法の理《ことわり》が手にとるようにわかるのだ。

この世界に来た瞬間から腹の中にある力の正体は、魔力で間違いなかった。そして俺は、すでにその魔力を使いこなしている。

クインシーが言っていたギフトなるものは、この魔力自体のことではなく、もっと特別な力を指していた。

俺が持つギフトは『魔力の支配』だ。魔力について意識するだけでその知識を得られる。

それだけでなく、魔力の検知、譲渡、使用に対して常に最高の効率で使役できるし、魔力を帯びた攻撃や精神支配を受けても、そのすべてをねじ伏せ、思いのままに魔力の方向性や力の種類を変えられる。経験したわけではなくとも、自分にはそれができるのだと本能でわかった。

魔術師って職業があるかは知らんが、あるとしたら垂涎《すいぜん》ものの能力だ。俺自身の魔力もおそらく多いほうだろう。あの弱っている悪魔はそれでもほかの獣人より魔力が多いようだが、俺の魔力はさらにその十倍近い。

この魔力を餌《えさ》にしてあいつと契約を結ぼうと思う。奴隷紋で一方的に縛るのでなく、お互いに利のある対等な契約をな。

考えをめぐらせてほくそ笑んでいると、濡れ髪の悪魔が浴室から出てきた。首筋を覆う程度の長さで途切れた髪と鼻筋にかかるほどに長めの前髪は、灰色ではなく鈍く光る銀色だったようだ。

いぶし銀とでも表現すればいいのか、派手すぎない色だ。今は濡れているせいか、黒っぽく見える。均整のとれた体はかなり痩《や》せているものの、目立った傷はない。煤《すす》を落とした肌は眩《まぶ》しいほど白く、顔立ちも悪くなかった。

いや、悪くないどころじゃない。灰銀に鈍く輝く髪の隙間から、野生味のある美貌が見え隠れしている。ハッキリ言ってタイプだ。思わず目を奪われそうになって、顔から視線を逸らす。

貴族風の服の中でも、動きやすそうなシャツとトラウザーズを身につけた悪魔は、首輪さえなけりゃどこぞの貴公子みたいだ。

腕を組んでニヤリと笑うと悪魔は訝《いぶか》しげに俺を見つめた。主人だからとへりくだらない、目を伏せることもしないし敬語すら使わない。奴隷としては失格かもしれないが、相棒としては頼りになりそうじゃねえか？　しっかり役に立ってくれよな？　相棒。

とは思ったものの舐《な》められてちゃ、まとまる話もまとまらねえ。俺の示す条件でうんと言わせるにはどうすりゃいいか。腕の見せ所だな。

「さて。アンタは俺の奴隷となったわけだが。まずは自己紹介といこうじゃないか」

ヤツはますます目を細めて、なんだこいつと言いたげに顔をしかめる。

「俺は鏑木樹。アンタの名は？」

「……俺の名など、どうでもいいだろう」

低い声が鼓膜を震わせる。声まで好みだった。少しくらいムカつくことを言われても許してしまいそうな、得な声をしている。

「威勢がいいな。一応俺はアンタの主人なんだが？」

彼はハッと吐き捨てるようにして返答した。

「ロップイヤーの最弱小型獣人が、俺の主人気どりだと？　ダンジョンなんてバカなこと言ってないで、万年発情期の兎らしく腰を振っていろ」

おっ、なかなか言うなこいつ。思った通り骨がある……けど若いな。後先考えずに喧嘩吹っかけてもアンタにとって損だぜ？

俺は足を組んで、努めてにこやかに言葉を紡いだ。

「言いたいことはそれだけか？」

歯牙にもかけない俺の態度を前にして、彼は気圧《けお》されたように押し黙る。

営業と顧客からの無茶な二重要請と常に戦ってきた俺の肝はこの程度の挑発じゃ揺らがねえぞ。

「では俺からも伝えさせてもらおう。アンタに要求することは基本的に二つだ。一つ、俺の身を守ること。二つ、俺の秘密を守ること」

赤紫の神秘的な瞳が、立てた人差し指をうさんくさそうに見ていた。

「それを間違いなく遂行《すいこう》するのであれば、対価を与えよう。少しくらい口が悪かろうと見逃してやる……もっとも、俺の機嫌次第で供給量は変わるかもしれねえが」

指先を腹の前に持っていくと、視線がそれを追いかけてくる。

「お前は俺の魔力が欲しいんだろう？」

ごくりと喉が鳴った。またあの飢えた目をしている。

よっぽど腹が空いているのだろう。魔力を餌《えさ》にすれば確実に釣れそうで内心安堵する。

奪いとろうと隙をうかがっているのがわかる。今にも飛びかかってきそうだ。

おおかた警備のキツい牢屋から出たら、舐《な》めた考えの主人の前で奴隷紋をぶっちぎって魔力を奪おうって魂胆《こんたん》だったんだろうが、そうはいかねえよ？

いつでも攻撃魔術を放てると余裕を見せつけながら、彼に提案をもちかける。

「契約をしよう。こんな不完全な術式の枷《かせ》とは違って、対等な契約を」

「ハッ。契約だと？　獣人風情《ふぜい》が扱えるようなものでは……」

ヤツの目の前に先ほど用意した紙を掲げた。彼は俺の用意した魔法陣を見るなり瞠目《どうもく》し、その後舐《な》めるように検分する。

「いい出来だろ？　アンタが契約を破った場合は、それまで与えた魔力を返してもらう術式を埋めこんである」

「これは……くそ、お前悪魔か？」

「悪魔はお前だろ」

「違う」

いや違わないだろ。半眼で彼を見やるが、魔法陣相手に唸《うな》るばかりで俺には目もくれない。悩んでいるな。そりゃそうか、契約が守れなかった場合は魔力をとられるんだから。魔力を喰って生きるこいつにとっては、命をとられるのと同義だ。

魔力を無理矢理奪いとるより、譲渡されるほうが味も質もずっといい。俺の新たな知識はそう教えてくれた。

目の前の悪魔もわかっているのだろう、だからこそ悪魔も俺を襲わずに、大人しく話を聞いている。けれどこれだけ悩んでいるってことは、俺の魔力はよっぽど魅力的に見えるらしい。

案の定、悪魔は質問してきた。

「テメェの身を守るってのは、ダンジョン内での話か」

「基本はそうだが、俺がアンタに休みを与えない限り、護衛として身を守るように要求する」

「休み、あるのか」

「そりゃあるだろ。そうだな、七日のうち二日じゃ少ないか？」

悪魔は呆れたような表情をした。なんだよ、働かせすぎってか？　俺なんて半月に一度しか休日がない時もあったんだぞ？

「三日に一度がいいか？」

「いや……七日に一日でも十分すぎるだろう。俺がいない時はどうやって身を守るつもりだ」

「結界を張って家にこもる」

ますます呆れたような表情をされた。なぜだ。

「なんだ、言いたいことがあるならちゃんと言えよ」

「……故意ではなく、力が及ばず守れなかった場合は？」

だからなんで呆れたんだよと気になるものの、契約について前向きに考えてくれているので、問いに答えることを優先する。

「それはその時々で話しあって決める。その時までにお互いに信頼関係が築けているといいな」

にっこり笑いかけると顔を背けられた。

おいおい、仲良くしようぜ相棒？　仲を深めるには対話と笑顔、大事だろ？

「さあ、ほかに質問がないなら対等な契約を結ぶぞ」

「なにが対等だ、俺のほうが枷《かせ》が重いだろう」

「対等だろ、お前も納得して契約を結べるように、言葉を尽くしてお願いしているんだから」

魔力の少ない獣人世界で、ご飯をたらふく食べられるなんて幸福なことじゃないか？

俺の提案に迷ってるくらいなんだから、どうせ出身国にも居場所なんてないんだろ？

「嫌ならいいんだぜ？　悪魔として獣人に討伐されるか、飢えて力尽きるか。それとも腹を満たすために、大量殺人犯として追われる人生を送るのか」

指折り数えると、悪魔は嫌そうな顔をした。そういうルートは好みじゃないらしい。

実際は断られると俺も文なしの護衛なしで困るわけだが、そんなことには気づかせず余裕たっぷりに見えるように微笑む。

「でなければ、俺と契約してダンジョンに潜って金を稼ぎながら護衛して、お腹いっぱい魔力をもらうか。どっちがいいんだ？」

「……チッ」

悪魔は観念したかのように、床にどかりと座りこんだ。よしよし、賢明な判断だ。なに、お前がちゃんと契約通り働いてくれるなら命まではとらないさ。そういう風に契約を弄《いじ》っておいてやろう。

「決まったな。契約に必要だからお前の真名をよこせ」

「……ウィリアム」

ウィリアムとか顔に似合わねえな、と魔法陣に名前の一文字目を書いたところで手が止まる。

魔力が乗らないぞ、偽名じゃねえか。ジロリと悪魔相手に凄《すご》みをきかせた。

「テメェふざけてんのか？　真名をよこせと言ったんだ。飢えすぎて頭が馬鹿になったのか？」

なんでそうすぐバレる嘘をついたんだ、こいつは。契約しはじめたらすぐわかることだろうに。

彼は稀有《けう》な色の眼を瞬かせて、目に見えてうろたえた。

……ひょっとして普通はわからないのか？　そうか、契約途中の魔力なんて見えないからな、おかしいなんてわからないのか。しょうがねえな、言いたくなるように後押ししてやろう。

「ほら、アンタが真名を潔く渡す気になれるよう、一口だけ味見させてやるよ」

魔力を指先に乗せて、眼前に差し出す。強気に見えても飢えは限界に近かったらしく、彼は躊躇《ちゅうちょ》なく俺の手をとって舐《な》めはじめた。

カッと頬《ほお》に熱が昇り、発情した獣のような目つきで俺を焼く悪魔。はは、情熱的だな？

思わず口角をつりあげると、彼は立て膝をついたまま見せつけるようにして指先に舌を這わせた。

「美味《うま》い、もっとだ」

「だったらわかるな？」

「カイル」

濡れた唇で名を告げるカイルは、頑なに俺の手を離そうとしない。

力強く握られる手はそのままにして、続きを促す。

「それだけじゃないよな？」

「……カイル・ウィルプス・ルド・プルテリオン」

今度は嘘じゃないな。魔法陣に乱れなく魔力が流れるのを視て確信する。

魔力の流れが視えるってのは、想像以上に便利だな。今後も大いに活用させてもらおう。

さあ、お待ちかねの契約だ。契約文を読みあげなきゃならねえからちょっとばかし恥ずかしいが、我慢して唱える。

「鏑木樹はカイル・ウィルプス・ルド・プルテリオンに魔力を与える。魔力の対価として鏑木樹を護衛し、秘密を守ることとする」

どこぞの貴族か王族のような無駄に長い名前を、がんばって噛まずに読めるよう集中する。紙に書いたボールペンの字が魔力を帯びて光りはじめた。

「契約違反の判定が互いで異なった場合、当人同士の話しあいで決めることとする。樹の契約違反時には全魔力の八割までを奪われても、鏑木樹は抗議の申し立てができない」

カイルは意外そうに眉をピクリとさせた。

アンタを飢えさせるつもりはねえからな。魔力を渡さないってことは起こらねえだろうが、一応契約に加えておけばカイルも安心できるだろう。

「カイルの契約違反時はカイル・ウィルプス・ルド・プルテリオンの、生命維持及び身体機能に関わる魔力以外を鏑木樹に返還する」

ハッと俺を振り仰ぐ白皙《はくせき》の美貌に、ニヤリと笑いかける。バツが悪そうに顔を背けられた。

契約違反をしたら命をとられると思ってたんだろ？　俺はアンタに無理矢理言うことを聞かせた

いわけじゃない。

最初は魔力目当てでもなんでもいい。俺が信頼に足る人間だということを、今後の行いで学んでいってくれよな。そしてそのうちアンタも俺のことを、相棒扱いしてくれたら最高だ。

故郷に帰れない者同士、仲良くやっていこうぜ。帰れねえと決まったわけでもないが。

「以上をもって契約を締結する。なお契約陣は結界により、契約破棄時まで恒久的に守られる」

カシュン！　と硬質な音がして魔法陣の光が消え失せた。硬く石板のように変化した厚紙を魔力で作った空間の中に入れる。複製したものをカイルに差し出すと、彼は素《す》っ頓狂《とんきょう》な声を上げた。

「おま、は⁉　インベントリ……テメェ本当に獣人か⁉」

カイルが目をカッと見開いて俺を指差した。インベントリ機能を魔力で作れないなんて、この世界の獣人は脳筋ばかりっぽいな。まあ俺も、さっき作れると気づいたばかりだが。

この程度で驚いてちゃ、俺の能力の全容を理解した日にゃ倒れるぞ？　なんせ俺がファンタジー世界で魔法だと認識しているようなことは、だいたい再現できるんだから。

異世界トリップものにお約束のチートってやつだろうか。魔王を倒せと言われたわけでもないのに、こんないい能力をくれるなんて神様も気前がいい。

「獣人に見えるよなあ？　俺にも俺が何者だかよくわからねえが、これで俺とアンタは契約で結ばれたパートナーだ。仲良くやろうぜ」

「はあ……早まったか？　ああでも、あんな魔力を味わった日には……」

またもの欲しそうな目をしている。待て待て、それより先にやることがある。

「もうこんな、ないよりマシ程度の魔術具はいらねえな」

奴隷紋のつけられた首輪を外す。スッキリした首筋を手で確かめたカイルが、腑《ふ》に落ちないという顔をした。

「どうした？」

「いや……誰にも拾われず、殺処分される未来も近いと思っていたからな」

「間にあってよかったぜ。じゃあ早速、カイルには契約を履行するために必要な魔力を与えよう」

カイルは待ってましたとばかりに指先に吸いついた。夢中で指を舐《な》めたくられて、むずむずとくすぐったさに肩をすくめる。

しかもその顔が非常に色気にまみれていてだな……魔力を与える度にそんなエロい顔されたら、そのうち俺まで勃っちまいそうだ。なんかいい譲渡方法を考えないと。

腹が満たされたカイルといったら、その変化に笑ってしまうほどだった。刺々《とげとげ》しい空気はどこへやら、ぽわんと幸せそうな顔をして魔力の残滓《ざんし》を舌で転がしている。

「はあ……っ」

「艶めかしいため息ついてんじゃねーぞ、ったく……俺は下の食事処で飯を食ってくるが、アンタはどうする？」

「行く」

その途端に元のキリッとした顔つきに戻るカイル。もうちょい余韻を味わってもらってもよかったんだが。目のやりどころに困るほどに眼福だったしな。

カイルは自分のインベントリを展開し、契約陣の石板をしまいこんでいた。なんだよ、アンタも使えるんじゃねえか。

ランクの高い宿らしく、食事は上質な食材が使われたワンプレート料理だった。この世界の食事はなかなか悪くない。黄緑色の謎ジュースもいざ飲んでみると美味《おい》しかった。

護衛らしく俺の背後に控えるカイルに話しかける。

「アンタ、普通の食事は食べるのか？　もし欲しいならやるよ、俺には量が多すぎるから」

「そうだな、少しは足しになる。今は腹が満ちているが」

カイルは手を伸ばして、紫色のトマトっぽい野菜をつまんで食べた。

「……薄いな」

「アンタにはどんな味に感じるんだ」

「かすかに甘いが、エグみがある」

「魔力を食べてるって解釈でいいんだよな？」

「そうだ」

本当に魔力だけでこんなに育ったのかと長身を見上げる。

顔もいいし服も立派だし、こうしているとまったく奴隷には見えない。

「ああそうだった、アンタの分の宿泊料金も払わねえと」

「奴隷の料金はいらないはずだろう」

「今のカイルを見て奴隷だと思うヤツがいると思うか？」

「あ……」

カイルは首元に手を当てた。そうだよ、首輪がないと奴隷には見えねえんだよ。

「それにもうアンタは俺の相棒だ。奴隷じゃない。今日は代わりに払っといてやるから、ダンジョンで稼いだら金払えよ？」

「待て。俺に金を渡すつもりか？」

あれだけ不遜《ふそん》な態度をとっていたくせに、まだ奴隷根性が抜けきっていないらしい。俺はわざとらしくため息をつき、カイルに言い聞かせた。

「当たり前だろ？　アンタは俺の仕事上の、対等なパートナーなんだ。パーティ仲間とでも言えばいいのか？　普通パーティで冒険したら得た金も山分けすんだろ？」

「そう……だな」

カイルは狐につままれたような顔をしながらもうなずいた。ま、そのうち慣れるだろ。

白い角が美しい鹿獣人の女将《おかみ》さんにカイルの分の料金を渡し、無事に受理された。

ベッドが二つある部屋に移動する。扉の外に控えようとするカイルも連れこみ、扉を閉めて内鍵をかけた。はあ、なんとも濃い一日だった。そろそろ休むかと、うーんと伸びをする。

「俺も風呂に入って寝るか。カイルもいろいろあって疲れただろ、先に休んでていいぞ。部屋には結界を張っとくから」

「お前が望む護衛の役割ってなんなんだ……」

悩むカイルを置いて浴室に直行した。

なんのために護衛と行動をともにするかだって？　俺がヘマこいた時の保険や、ダンジョン探索を楽に行うためめっていう大事な役割が護衛にはあるだろ。それは護衛じゃない？　いいだろ、俺がそれでいいって言ってるんだから。

さてシャワーを使ってみたわけだが、さすがにお湯は出ないみたいだ。水風呂は冷たすぎるしシャワーだけだった。ちぇっ。

魔力でどうにか……できないこともないが疲れそうだ、面倒だしそのまま入るか。

浴槽に水鏡を作って自分の姿を確認しておく。顔立ちは可もなく不可もない容姿そのままだったが、髪は垂れ耳と同じモカブラウンに変化し、瞳は青に染まっていた。

はあ、完璧に日本人だと言い張れない容姿になってんじゃねえか……頭痛え。

余談だが、尻尾もやはり生えていた。触ると尻と腰の境目辺りがモフッとしている。まんま兎尻尾だな……下を穿《は》く時尻が窮屈なので、いっそ穴でも空けようかと思ったがやめておいた。触ってみるとなんとなく敏感な箇所な感じがしたので、このまま服の下に隠しておこうと思う。

怒涛の一日に疲れてシャワーの後はすぐ寝たため、翌日の起床も早かった。朝日が昇りきった頃むくりと身を起こすと、隣のベッドで寝ていたカイルも起きあがる。

昨夜は寝るべきかどうか戸惑って聞いてきたので、明日の護衛のためにちゃんと寝ろと告げた。夜番も護衛の仕事じゃないのかと呆れられたが、いいからお前も寝ろと再度言い聞かせると、カイルは諦めたようにベッドに横になった。すぐには寝つけなかったようだが、寝起きは悪くないんだな。

「おはよ」

「……ああ」

「飯食ったら出かけるぞ」

「ダンジョンにか？」

「いや、まずはギルドに行く」

ギルドの登録証がなければダンジョンに入れないと噂話で聞いた。武器防具もろくにねえし、ダンジョンに突入するのは準備を一通り終えてからだ。

朝食は一人分だけを部屋に用意してもらう。カイルは俺の食事から野菜や果物なんかを少しつまむ程度食べた。焼いた肉には興味なさそうだ。

「……ダイエット中の女子よか食わねえのな」

「は？　誰が女子だって？」

「女子とは言ってねえよ」

魔力は足りているのか聞くと、魔法を使って消費しないのなら三日は補給しなくても平気だと言われた。昨日は俺の全魔力の五分の一を与えて満腹になったようなので、少食に感じるが悪魔はこんなもんなのか。

それか俺の魔力量が多すぎるだけか？　獣人の魔力は軒並み低すぎて参考にならない。また悪魔の奴隷を連れてるヤツでも見かけたら、魔力量を視てみるか。

少食なのかどうかよくわからねえが、肌艶《はだつや》は悪くねえし無理もしていなそうだから、一旦これでよしとしよう。

朝食後、念のためカイルにはローブを頭から被ってもらって外に出ようとしたが、拒否された。

「身動きを制限される服はお断りだ」

「ワガママ言うなよ、大人の悪魔が自由に町を出歩いてみろ、討伐対象だと誤解を受けるぞ」

「こうすればいい」

カイルはカーブを描く山羊《やぎ》角に違和感がないように、山羊《やぎ》の耳を頭の上に生やしてみせた。エルフみたいな尖《とが》った耳も見えなくなっている。

「おお……魔力ってこんな使い方もできるのか」

「テメェら獣人風情《ふぜい》とは違って、魔人は器用だからな」

一言多いが、これなら町を歩いても違和感なく馴染《なじ》めるだろう。ちょっとばかし角が立派すぎる気もするが、十分獣人に見える。面白い魔力の使い方だと思い、俺も兎耳を消して悪魔風の耳を魔力で形作ってみると、カイルは目を丸くして驚いていた。

「お前、本当は魔人だったのか」

「ちげえよ、人間だ」

「人間？　なんだそれは」

ああ……人間が存在しない世界的な感じなんだな、ここは。

「いや、いい。今のは秘密にしろ、他人に話すことを禁じる」

「……わかった」

朝から時間を食ったが兎耳状態に戻して、山羊《やぎ》獣人に見えるカイルを連れて外に出る。ギルドの位置は知らなかったが、筋肉隆々の熊や牛の獣人たちの流れに乗ってついていくと、それっぽい場所にたどりつくことができた。

「ここか」

扉を開けて中に入る。カウンターの向こうには職員が並び、大きな掲示板が壁を占拠している、ザ・ギルドという感じの場所だった。隣には酒場が併設されているが、さすがに朝一から飲む猛者《もさ》はいないようで店は閉まっていた。

「人が多いな……一度引き返して先に昼食の確保をして、武器や防具を調達してからまた来よう」

今はギルドが一番混みあう時間のようで、大男たちが押しあいへしあい掲示板の依頼をもぎとっていた。あの中をかき分けてカウンターに向かいたくはない。出直すのが吉とみた。

ギルドからダンジョンに向かう道の途中は、商店街のように活気づいていた。パンの焼けるいい匂いが店先から漂ってくる。吸いこまれるようにして入店し、肉が挟まれたハードパンを五個ほど購入した。

持ってきたリュックに入れるフリをしながら、インベントリにパンを入れる。問題なく入れることができた。ついでにほかの店も見てまわり、スープを器ごと購入しインベントリへ収納してみる。液体でも収納できるようだ、便利だな。

「よし、次は武器か。アンタの得物はなんだ？」

「剣なら心得がある」

「なら剣を買おう。武器屋に向かうぞ」

剣は最低でも五ピンからだった。高い物だと三百ピンはする。革の胸当てと小手のような防具も隣の店に売られていたため、ついでとばかりに二人分を十ピンで購入しておいた。

尻尾カバー、耳カバーなんてものもあったが……いらないよな？　カイルの偽物の耳を見上げると首を横に振られた。だよな。

「お客さん、どのような剣をお探しで？」

ガタイのいい牛獣人がニコニコと揉《も》み手をしながら聞いてくる。笑っているのに圧がすごいな。

カイルはひるむ様子も見せずに店の中を見渡した。

「刃渡りは長めで、切れ味がいいものを頼む」

「それならこちらをどうぞ、持ってみていいっすよ」

白銀の刀身に黒い柄の、シンプルな片手剣だ。

カイルは左手でソレを受けとった……左利きなのか。重たげな剣を苦もなく持ちあげるカイルだが、本人は牢屋生活で腕が鈍っていると悪態をついていた。持っただけでわかるんだな。

「もう少し刀身が軽いほうがいいっすか？」

「いや……これでいい。じきに勘も戻るだろう」

「それいくらだ？」

三十ピンだった。かなりお高いが買えなくはない。攻撃手段には金をかけたほうが生存率も高いだろうと購入を決意する。解体用の短剣と砥石もついでに買っておいた。

これでいよいよ手持ちの金が底をつきそうだ。早めにダンジョンに入って稼いだほうがいいな。

ギルドに戻ると、人の波は引いていた。改めて建物内部を観察しながら中に足を踏み入れる。

ちらほらいる探索者の中には、耳カバーや尻尾カバーをつけているヤツらが多い。やっぱダンジョン探索では必要なのか？

……必要性がよくわからないので、一度ダンジョンに潜ってみて必要だと思ったら買うか。今は金ねえしいいや。

字が読めない人のためか、簡単な図や色分けされたマークが貼られた依頼書を横目に眺めつつ、カウンターへ向かう。

狐獣人の女性がすまし顔でカウンター奥に控えていた。スレンダーでキツそうな顔をしているが、どこかで見たような気がして親近感が湧く。

「ギルドに登録したいんだが」

お姉さんは俺の耳を見て思案顔で眉根を寄せたものの、特に耳のことを話題にはしなかった。

なぜ戦いに向かない小型獣人がギルドに？　なんて思われているんだろうな。

「かしこまりました。字は書けますか？」

「問題ない」

「では、こちらの用紙に記入をお願いします」

名前、特技、年齢、出身地の欄にそれぞれ記入が必要らしい。カイルも字が書けるようで、書かせることにする……いや、待てよ。小声でカイルに話しかけた。

「なあ、出身地はどうするんだ」

「ナガル村にする」

「どこだそれ」

「魔人と獣人の国の境にある、獣人側の山村の名前だ。あの辺りは特殊な土地で魔人差別もゆるい上に……山羊《やぎ》獣人もなぜか多い」

へえ、つまり山羊《やぎ》獣人に扮《ふん》している悪魔……魔人が多いってことだな。

「なら俺も、ナガル村出身ってことでいいか」

「やめておけ、兎獣人は村にほぼいない」

「そうなのか」

だったらほかになんか……ああ、噂で聞いた兎獣人が多い村にするか。カジュ村出身と書いて提出すると、狐のお姉さんが同情的な視線を向けてきた。

「まあ、生き残りの方がいらしたのですね。大変でしたでしょう……まさかあの惨劇を経て、力を得たいと冒険者を志したのでしょうか」

「え？　ああ……自分の身を守れる程度には力が欲しいな」

「そうですか、決意は固いのですね。兎獣人である貴方にとってはつらい道のりになるかもしれませんが、陰ながら無事をお祈りいたします」

なにやら誤解を受けた気がするが、登録証をもらえたのでよしとする。

「聞いたか、カジュ村の……」

「ひどい有様だったが、生き残りがいたのか……」

「どうせ兎には探索者なんて無理に決まってるのに……」

「連れも山羊《やぎ》か、戦いには向かなそうだが……」

「耳カバーもつけてねえし、ダンジョン舐《な》め腐《くさ》ってんじゃねえか。賭けようか、泣きながら帰ってくるほうに……」

掲示板前でたむろする熊や牛の大型獣人どもに噂されているが、聞こえないフリで通り抜けギルドから退出した。

「さて、早速ダンジョンに行くか。ほかに必要な物はねえよな？」

カイルに確認すると、彼は俺になにか聞こうとしてためらっている様子だった。

「なんだ？」

「カジュ村、出身なのか？」

「違う」

「……そうかよ」

カイルは顔を背けて、長い前髪で目元を隠した。どういう意図でそれを聞いたんだかさっぱりだが、後にしてほしい。

「俺について知りたいなら、今晩宿に戻った時にでも教えてやるよ。とにかく今はダンジョンだ」

「別にテメェのことなんぞ知りたくねえ」

憎まれ口を叩くカイルを引き連れて、軽快に町を歩く。

猪獣人《いのしし》の門番が、兎獣人ということで異様なほどに心配して止めてくるのを振り切って、俺たちはついにダンジョンの中へ潜入した。

先を進むカイルに遅れないように、帰還陣を素早く設置してから進む。これで帰りたくなったらすぐに出られるはずだ。

このダンジョンは地下一階からどんどん洞窟を潜っていく形式で、下におりるほど強い敵が出る。セオリー通りだ。一階はラット、二階は巨大バッタ、三階はスネーク。

カイルはそのことごとくを剣で叩き切り、数が多い時は魔炎を使って一掃した。

俺の出る幕がなくなってしまうので後方から魔力を練って雷の矢を飛ばしてみると、危ないからじっとしていろと怒られた。

「なんでだ。俺だって戦える」

「テメェは俺の護衛対象なんだろ、出しゃばらず大人しくしてろよ。でないと怪我するだろう」

「いざという時、少しは戦えるようにしておかないと困るんだ。アンタだって護衛対象が戦えたほうが都合がよくないか」

「それは……チッ、仕方ない。打つ時は必ず声をかけろ」

よっしゃ、俺の魔法が火を噴くぜ。落ちた魔石を拾ってモンスターの姿を探しながら奥へ進む。

ダンジョンのモンスターは、死ぬと空気中に霧散して消えてしまう。消える時に敵から落ちる魔石を拾って売るのが、主な収入源となるらしい。

現れたスネークをカイルの真似をして炎で焼くと、一瞬で焦げてしまった。

「楽勝だな」

鼻歌でも歌いだしそうな俺の様子を見て、カイルは釘《くぎ》を刺す。

「油断するな」

「してねえよ」

「隙だらけに見える」

「あいにくと武術には縁がなかったんだ。しっかり守ってくれよな、相棒？」

「チッ」

潤沢な魔力のおかげで攻撃力はあっても、守備や警戒においてはまだまだ力量不足のようだ。気を引き締めていこう。

カイルを見習って警戒しながら歩いていると、魔力を吸いとられる感覚を拾った。

「ん？」

「なんだ」

「今、魔力を吸いとられた感じがしたんだが」

「ダンジョンだからな。そういうものだろう」

そういうものなのか。吸われているのはごく微量だし、ずっとそれを気にかけているとほかが疎《おろそ》かになりそうなので、気にしないことにする。

四階、五階と無事におり、五階の奥に重厚な扉を見つけた。

「これはなんだ？」

「ボス部屋だ」

「へえ」

なんでこうもゲームじみた作りをしているんだか。この世界には管理者でもいるのか？

「奥になにがいるかわかるか？」

「ここのダンジョンは知らないな。別のダンジョンだとゴブリンリーダーが出たりするそうだが」

いるのか、ゴブリン。ますますゲームっぽいな。

「カイル、俺たちの実力なら問題ないと思うか？」

改めて問うと、カイルは紫がかった柘榴《ざくろ》のような瞳でひたりと俺を見据えた。

「……問題ないだろう。五階層のボスなんぞ、ハッキリ言って雑魚《ざこ》だ」

俺は口笛を吹いてはやしたてた。

「いいねえ、その意気だ。行こうぜ」

重たい扉に手を当てて押し開け……開け……開かねえな⁉　見かねたカイルが手伝ってくれると、重い扉はギギギと音を立てながらゆっくり開いた。宿に戻ったら筋トレしよ。

扉の向こうには広い空間が広がっていた。ダンジョンの洞窟は壁自体がわずかに発光していて、太陽がちょうど沈んだばかりの時間と同程度には周りが見える。問題なく部屋の奥まで見渡せた。

……部屋の中で、大きな生物が身を潜めている気配がした。白っぽい岩が不自然に盛りあがっているいる場所をよく観察すると、呼吸をしているかのように動いている。

それはトグロを巻いた大きな蛇だった。ゴツゴツとした表皮が硬そうな大蛇だ。扉の奥へ数歩踏みこんでも、起きる気配がない。

「おい、あいつ寝てるぞ」

「チャンスだ。一気に畳みかけよう」

ヘビだし体温下げてみるかと辺りの空気を冷やしはじめる。それを察知したカイルは、氷の槍を練りあげ蛇のとぐろの中心目がけて投擲《とうてき》した。

ギョエエェエェー！

悲鳴のような声が響く。頭をデタラメに振りまわす蛇にカイルは素早く肉薄し、刃を一閃《いっせん》する。蛇の腹側は岩ではなく、鱗《うろこ》で覆われていた。その硬い鱗《うろこ》の隙間にするりと潜りこんだ刃が、首の肉に斬りこむ。

鮮血を噴きだしながら地に伏せた蛇はビタンビタンと痙攣《けいれん》し、ついに動かなくなった。

「はっ、雑魚《ざこ》が」

「危なげない勝利だな。カイルには戦いのセンスがある」

褒めてみせると、彼はふいっとそっぽを向いた。なんだよ、照れてるのか？　無理矢理照れ顔を拝んでやろうかとも思ったが、グッと我慢する。

まだそこまで打ち解けちゃいねえ、慎重に仲を深めねえと。やっぱテメェの魔力なんぞいらねぇと逃げだされでもしたらたまらない。

大蛇の死体がシュウシュウと音を立てて、ダンジョンの床に溶けていく。ボスみたいに大きな個体は、これまでのモンスターと違って瞬時に溶けはしないようだ。気体や液体になった後の質量は、いったいどこに行くのだろうか。

やっぱダンジョンってなんかありそうだよな……死体のエネルギーを再利用して別のモンスターに転用しているとか、ありえそうでゾッとする。

残ったのは、白く輝く小指の爪ほどの魔石だった。ただのスネークが落とす石が五ミリ程度だったから、倍は大きい。カイルは魔石を拾いあげて、ふむと片腕を組む。

「アタリ石だ。小ぶりだが質もいいし、属性も貴重だ」

「属性なんてあるのか」

「……なにも知らないのにダンジョンで稼ごうと思ってたのか？」

ジトリと呆れた視線をよこされて、下手な口笛を吹いてごまかした。すまねえな、なんせ昨日この世界に来たばかりだから、わかんねえことだらけなんだよ。

今日のダンジョン探索で先立つモノを手に入れたら、俺の事情を話してやるからさ。秘密を守ってくれる契約だしな。信頼されるためにはまずは自己開示が重要だ。

「で、この後はどうする？　俺はまだまだ行けるぜ」

話を逸らすとカイルは首をめぐらせて辺りを確認してから、一つうなずいた。

「……なら、先に進もう。宝箱も出なかったようだ」

「宝箱が出るのか」

「ボス部屋ではボスの討伐後、出ることがある」

ますますゲームっぽい、いやもうゲームそのものだ。いったい誰がこんな仕組みを作ったんだか。

口の端をつりあげて、からかうように告げた。

「へえ。俺たちにもいつか宝箱を用意してもらえるといいんだが」

カイルの肩がピクリと動いた。用意という単語に反応した気がする。

「どうした？」

「いや……お前、どこまで知ってる？」

カイルがなにか得体の知れないものを見るような目で、俺を推し測っている気配を感じる。

「別になにも？　ただダンジョンってのはやたらと人為的に作られた感じがすると思っただけだ」

「……」

その間はなんなんだよ。やっぱりカイルはなにか知っているのだろう。それを教えてくれる気はなさそうだが、今は護衛の仕事をしっかりとこなしてくれりゃ、それでいい。

「ほら、早く行かねえと日暮れまでに戻れねえぞ。とっとと進もうぜ」

下におりる階段へ近づくと、カイルがごく小さな声で独り言を呟くのを、俺の高性能な長耳が捉えた。

「……ょ」

「ん？　どうかしたか」

内容までは聞きとれなくて尋《たず》ねると、カイルはわざとらしくため息をつきながら、長い足を動かしてついてきた。

「護衛対象が先を歩くな。罠があるかもしれない」

「なら早く来いよ」

「口の減らないヤツだ……後で覚えていろ、洗いざらい吐かせる」

「おお、怖い。お手柔らかに頼むぜ？」

「まったく怖いと思ってないだろう？　食えない兎だ」

その兎って呼ばれ方、違和感が半端ないんだが。まだ兎獣人の自覚が薄い俺としては、普通に名前で呼んでほしいところだ。

その後もまったく危なげなく進み、十階層までなんなく来られた。時々すれ違うガタイのいい獣人探索者たちには擦り傷や打撲痕が見えたが、俺たちは魔法主体で戦うためまったく傷ついていない。

すれ違い様、兎獣人がダンジョンに？　と驚かれたりしながらも、悠々と歩を進めた。

「カイルは前にもダンジョンに潜ったことがあるんだろ、何階層まで行ったんだ？」

悪魔は赤紫色の瞳を瞬かせて数秒虚空《こくう》を見つめた後、思わせぶりに肩をすくめた。

「さあな、忘れた」

「教えてくれたっていいだろ、そんくらい」

「本当に忘れたものは答えようがない。五十階より下だった気がするが」

「それってすごいのか」

カイルは呆れた目でチラリと俺を睥睨《へいげい》した。ダンジョンに潜りたいと言ってたくせになにも知らねえとか、また思われてるな。

そのまま無視されるだろうと考えていたら、意外にも彼は言葉を続けた。

「……俺の知る限り、獣人の最高到達階層が確か、五十四階だ」

「ほお。つまりカイルはトップレベルのダンジョン探索者ってわけか。頼もしいな」

さりげなくポンと肩に手を置いてみると特に嫌がる様子は見せなかったが、自然な仕草で払いのけられた。

「やめろ。左側に立つな、切られたいのか」

「そんなヘマしねえだろ？」

「だとしてもだ。俺に守られる気があるならもっとそれらしくしろ」

「それらしくって？　しおらしい態度で、守ってくださいカイル様ぁ、とかお願いすりゃいいのか？」

ふざけてかわいこぶってみるとカイルはうっと唸《うな》った後、悪態をつきながら早足で俺より前を歩いた。ちゃんと守れるよう距離を保っているあたり、ぬかりがない。

……ちょっと顔が赤かった気がしたが、気のせいだろうか。体調不良じゃねえだろうな？

昨日までろくに飯も食えてなくて栄養失調だったわけだし、今日は十階層のボスを倒したら帰ろうと決めた。

まったく歯ごたえなく十階層のボスであるカマキリのバケモノを倒した俺たちは、無傷でダンジョンから脱出した。帰る時に足を使うのはダルいので、あらかじめダンジョン入り口の死角に設置しておいた帰還陣を発動させる。

「……は？」

一瞬で景色が切り替わり、身構えたカイルはそこがダンジョン前だと知るとポカンと口を開けていた。ギギギ、と音がしそうな動作で俺を振り向くと、唇をわななかせる。

「お前……本当は魔人だな？　でなければ魔人の血が入っているに違いない」

「だから違うって」

「ありえないだろう、獣人のくせに上級魔人の俺より魔力の扱いがうまいなんて」

「そんじゃ俺が初の実例だな。その辺の事情も魔石を売っぱらった後に答えてやるから、まずはギルドに戻ろう」

促すと、不満そうな顔をしながらも大人しくついてきた。帰還陣は誰かに見つかったりしないよう、周囲に岩を置いてカモフラージュしておく。

岩陰から出ると、行きしなに執拗《しつよう》なまでに俺の心配をしていた猪《いのしし》獣人が、揺れる兎耳に気づいて突進してきた。

「兎のあんちゃん、無事だったか！　そんなちっこいナリでダンジョン行くなんざ、どうなることかと思ったがよかった！」

暑苦しいノリで心配され苦笑する。

「心配ねえっておっさん、俺には頼れる相棒がいるからな」

「そうか、山羊《やぎ》のあんちゃんはご主人様じゃなくて、お仲間だったか！」

誰がご主人様だって？　確かに俺より上等な服を着てるが、護衛してもらってることを考えるとむしろ俺のほうが雇い主なんだが？

俺の内心をまったく慮《おもんぱか》る様子のない猪獣人《いのしし》は、ニカリとカイルに笑いかけた。牙がすげえ。

「お前もヒョロヒョロで強そうには見えなかったが、やる時はやる男なんだな！　よくぞ兎のあんちゃんを守ってくれた！」

カイルは暑苦しいノリが苦手なのか、やりづらそうに猪獣人《いのしし》から一歩離れた。

「そんなわけだから、今日は帰るわ。またな」

ははは、心配してもらえるのはありがてえ限りだが、そろそろ行くか。

「おお、しっかり休めよー」

おっちゃんに手を振って屋外へ出た。外はまだ太陽が黄色くなりはじめたばかりだ。ギルドに到着し扉を開けると、今朝対応してくれた狐のお姉さんが微笑をたたえて出迎えてくれる。

「こんにちはイツキさん。ちょうど今追加で初心者向けの依頼が入ったところですよ、見ます？」

「へえ、どんな感じなんだ？」

漂白されていない、目の粗《あら》い紙をのぞきこむ。カイルも上から同じ紙を見下ろしていた。

「どれどれ、薬草採取？　町の外に出る依頼か」

「初心者向けの依頼はだいたいそうですね。ダンジョン内のモンスターのほうが、一般的に外の魔物より強いですし」

ふうん、そうなのか。まったく手こずらなかったけどな。

「薬草を覚えておくと、いざという時に便利ですので初心者の方にオススメしています。依頼を受けてみたらどうですか？」

依頼達成時の報酬を確認する。うわ、二ブェンとかしょっぼ……二千円なんて下手したらその日の食費で消えるじゃねえか。

ただ、薬草採取の仕方を覚えておくのは有用そうだ。せっかくだから魔力を使ってポーション作りとかしてみてえしな。期限も……明後日の夜までか。それなら問題ないだろう。

「わかった、受ける」

「かしこまりました。依頼が達成できたら、そちらの依頼書と薬草をセットでお持ちください」

「ああ。ところで、ギルドで魔石って買い取ってもらえるのか」

お姉さんはきょとんとした顔で目を見開く。

「はい、買い取れますが……まさかもうダンジョンに赴《おもむ》かれたのですか？　依頼もなにも受けていませんでしたよね？」

一般的には依頼された仕事をこなしにダンジョンに向かい、ついでに道中手に入れた魔石を売るのがセオリーなのだろう。俺たちは依頼を受けずに魔石だけかき集めてきたわけだが。

サクサクモンスターを倒せる実力者ならともかく、普通の探索者は依頼も受けずにそんな無謀で非効率なことしないんだろうな。狐お姉さんの視線がそう物語っている。

「少しばかり肩慣らしにな」

俺たちの会話を聞いていたのか、昼間から酒場でくだを巻いている狼耳の獣人が馬鹿にしたように笑うのがわかった。狼獣人はニヤニヤと野卑《やひ》な嘲笑を隠す様子もなく、俺たちのほうを指差す。

「ははっ、あの兎ちゃん、登録した初日にダンジョンへ肩慣らしに行ったんだと」

隣のハイエナっぽい耳の獣人も、チラリと俺たちに視線をよこしてあざ笑う。

「なんだそれ、自殺志願者か？　それとも本当にダンジョンの空気だけ吸って帰ってきたとか」

「臆病な山羊《やぎ》と兎だし、十分ありえるな。あいつらなにしにダンジョンへ行ってきたんだよ」

「度胸試しか？　まさかダンジョンのモンスターを倒せるわけねえだろうしな」

「ギャハハハハッ、どうせ行くだけ行ったら怖気づいて、尻尾巻いて帰ってきたんだろ！　あ、兎に巻けるような尻尾はなかったな！」

「ガハハハ！」

（うるせえヤツらだなあ）

俺が彼らにチラッと視線を向けたのがわかったのか、カイルが小声で呟いた。

「ほっとけ。弱いヤツほどよく吠える」

「んだとぉ!?　おいそこのヒョロ男、聞こえてんぞ！」

おいおい、ガリガリなのは腹いっぱい食べられてなかったせいなんだから、そこ指摘してやるなよな。テンプレ的な絡み方に辟易《へきえき》していると、受付嬢が苦言を呈した。

「ちょっと貴方たち。ギルド内での揉《も》め事は御法度《ごはっと》よ。規則を破れば、登録証を一時的に没収することになるわ」

「手を出さなきゃいいんだろ？　俺は別にケンカを売ってるわけじゃねえよ。なあ？」

赤ら顔の酔っ払いおっさん狼獣人が、冴えないハイエナ獣人に話を振る。

「そうそう、俺らは兎ちゃんたちを心配してただけだから」

「帰ってママのお乳を飲んどけよってな。ギャハハハ！」

あーあ、あほらし。さっさと精算して宿に戻って、カイルと話がしたいってのに。

この世界に落ちて以来やたらとかわいいと評される顔で、めいっぱい愛嬌のある笑顔を作って三流探索者どもにサービスしてやった。

「なんだよアンタら、兎と山羊《やぎ》がそんなに珍しいか？　心配してくれてどうもありがとうよ」

赤ら顔をさらに赤く染めた狼獣人が、だらしない笑みを浮かべる。

「おい、よく見るとかわいいじゃねえか。ダンジョン探索なんてアホらしいこと言ってないで、男娼でもやったらどうだ？」

「ダンジョン探索で食っていけなかったら考えるよ。せっかく出会えたんだし記念にこれやるな」

コロンと男の無骨な手のひらの上に、一センチ大の魔石を転がす。九階層の魔物から出たものだ。

「な、これは……」

「俺らが普段手に入れる魔石よりでかくねえか？　兎ちゃん、こんないいモンもらえねえよ。太客《ふときゃく》にでももらったのか？　売れば一ピンにはなるぞ」

俺が男娼やってる前提で話すんじゃねえ。客なんてとってねえよ、この酔っ払いどもが。

こめかみに青筋が浮きそうになるのを気合いで堪え、かわいらしく見えるよう笑顔をキープする。

「別に、たいして手に入れるの大変じゃないんで。遠慮なくどうぞ？」

「あ？　どういう意味だそりゃあ」

目を白黒させる二人組を放って、カウンターに戻る。

「魔石はここで出していいのか？」

「あ、買取カウンターがありますのでそちらでどうぞ」

白いオコジョを彷彿《ほうふつ》とさせる見た目の獣人が控えるカウンターへ向かう。背負っていたリュックから物を出すフリをしながら、インベントリを開けた。

ジャラジャラと湧きでるように現れた魔石の群れに、オコジョ姉さんは慌てて箱をとりだす。

「すみません、数えますのでコチラのマスの中に入れていただけますか!?」

「ああ、こりゃ失敬。入れ直すよ」

狐のお姉さんも応援にやってきて、それぞれのマス目にサイズがあうように魔石を詰めていく。

いつの間にか狼とハイエナのおっさんも、俺たちが数える様子を後ろから見守っていた。

「やばいな、あれだけあったらエールが何杯飲めるか……」

「それどころじゃねえ、剣も防具も新調できる。すげえ……まさかこれこいつらが集めたのか？」

「そんな馬鹿な……え、マジで？」

おっさんどもが騒ぐから、酒場にいたほかの客の視線までビシバシ飛んでくる。そんな中カイルは悠々と腕を組んで、酒場客を眺めていた。

余裕ぶっこいているものの一応護衛として周りを警戒している様子なので、俺は酒場客に背を向けて魔石詰めに集中する。

オコジョさんがやっと数え終えて、額の汗をぬぐった。大量の赤い魔石と、黄色、緑、紫などの魔石がそれぞれ分けられて、キッチリと箱に納められている様は壮観だ。

蛇の魔石だけ別で、お高そうな布張りの箱に入れられていた。いい値段がつきそうじゃないか。

「買取額は百三十五ピン三ブェン八ヘンになります。そろえてまいりますので少々お待ちくださ い」

ざわりとギルド中がどよめいた。探索初日で、兎と山羊《やぎ》が？ ありえない、といった内容の囁《ささや》きがそこかしこから聞こえてくる。白い蛇の魔石にかなりいい値段がついたようで、五ミリ以下のクズ魔石の総額より買取額が高かった。

運がよかったな、一日目で百三十五万も稼げるなんて。カイルも満足そうに、口の端をニヒルにつりあげている。チラリと目配せされたので、にっと笑って応えておいた。

(いいぜ。貢献してくれた分、報酬の魔力はたんまりと弾んでやるよ)

オコジョさんが早足で駆け戻ってくる。手にはズッシリと硬貨で満たされた袋を掲げていた。

「こちらが報酬になります。高額ですのでギルドに預けることもできますが、どうされますか？」

「え、預けられんの？」

「はい。百ピン以上を所持している方は、十ピンを利用料として先払いしていただくことで、ギルドの金庫にお金を預けることができます」

あったじゃん銀行、思わぬ掘り出しものだ。

登録証をなくしたら金を引き出せないなど、細かなルールを聞いたところ納得できる内容だったので、できれば預けておきたい。十ピンの利用料は高額だが、俺たちが金を持ち歩いていると知ったら、よからぬことを考える輩《やから》が出てこないとも限らないしな。

いくらインベントリに入れられるといっても相手はそれを知らないわけだし。余計なトラブルに巻きこまれないためにも、手元にすぐ奪える金はないって状態にしておこう。

ただ、カイルには報酬は山分けしようと伝えていたから、まずは相談だ。

「なあカイル、アンタの五十ピンを、俺たちの共同名義で銀行に預けてもいいか」

「別に持ち歩けばいいだろう、なんでそんなまだるっこしいことをするんだ」

「面倒を避けるためだよ。ほかのヤツらに大金を持ち歩いてると思われたら厄介事が起きるだろ」

「全部蹴散らせばいいだけだろうが……まあ、別にいい」

イマイチ必要性が伝わっている気がしないが、了承はもらえたので銀行口座を開設しようと思う。

どうせ聞き耳を立てられているだろうが、酒場のほうまでちゃんと聞こえるよう、大きな声で返事をする。

「画期的で素晴らしいシステムだなあ！　ぜひ百ピン預けさせてください」

「かしこまりました、ではこちらの書類にサインをいただけますか」

前回よりわずかにうまくなった字でサインをすると、その場で現金を預かってもらえた。

「いやあ、助かった。ありがとうございました。また明日来るよ」

「お待ちしておりますね」

ニコッと狐お姉さんが微笑んでくれたので、笑い返しておいた。この人、誰かに似ていると思ったらうちの姉貴だ。目元の辺りや笑った時の雰囲気が似てて親近感が湧く。

「あ、待てよ。明日採りに行く薬草がどこに生えていて、どんな形をしているのか知りたい。採り方の注意点も」

狐お姉さんは図鑑と簡易地図を持ってきてくれた。薬草は根っこより上の部分を引き抜けばいいのだという。覚えたぞ。

「世話になったな、じゃあ」

踵《きびす》を返すと、狼のおっさんが慌てて俺たちに声をかけた。

「ま、待ってくれ！　お前ら本当にあの量の魔物を、探索初日のたった一日で倒したのか？」

「ああ、そうだけど？　あ、おっさんさあ、さっきお近づきの証に魔石あげたろ？」

「へ？　あ、ああそうだな」

「代わりにお願いがあるんだが、聞いてくれるか？」

「お願い……な、なんだ？　どういったお願いなんだ？」

おいハイエナ野郎、お前の期待しているようなお願いじゃねえから、鼻の下を伸ばすな。

コホンと咳払いをして、めいっぱいかわいらしく営業スマイルをお見舞いする。

「俺たちのことを聞かれたら教えてやってほしいんだ。あの山羊《やぎ》と兎の獣人は、十階層のボスを倒せる実力者だって」

「じゅっ、十階層!?　中堅クラスじゃねえか！」

あれ、十階層程度で中堅とか言われんのか。カイルを見ると、サッと視線を逸らされた。おい、さっきの話は本当なんだろうな？

「こいつら、初日でそこまで行ったのか。しかも無傷だと……」

「こりゃ、ひょっとしたらありえるかもしんねえぞ」

「伝説の探索者、エイダン様は五十六階層を突破したって聞いたが」

「いやまさか、兎と山羊《やぎ》だぞ？　そんなわけ……いやでも、あの量の魔石、本当かもしれねえな」

コソコソ話してるけど全部聞こえてるぞ。そしてカイルの話はそう間違っちゃいなかったようだ。

今度はカイルからじっとりとなにか言いたそうな視線を感じたので、窓の外を見るフリをしてやりすごした。おっさんたちはうなずきあうと、俺たちに対して友好的な笑顔を見せる。

「わかったぜ兎ちゃん、お前らの実力はこのマーシャル中に広めておいてやるよ」

「おう、俺らに任せとけ！」

いや待て、そこまでは求めてないんだが。いちいちナメられて噂されるのが鬱陶《うっとう》しいってだけで、超実力者みたいに知れ渡ったら別の問題を呼びこみそうじゃねえか。

「あー、そこまではいい。聞かれたら答えるだけでいいから」

「遠慮しなくていいぜ」

「俺たち、『骨喰《ほねく》い亡者《もうじゃ》』がしっかりと、兎ちゃんの魅力を知らしめてやる！」

なんだその漁夫の利狙ってますみたいなパーティ名は。いやそれよりもだ。

「兎ちゃんってのはやめろよ、樹って名前があるんだ」

「イツキちゃん！」

「ちゃんはいらねえ」

イツキと呼ぶことを約束させていると、カイルが呆れたようにため息をついていた。そろそろ俺もこのアホらしいやりとりをやめたい。騒がしいおっさんどもにくれぐれも俺らについて聞かれた時だけ答えるよう念押しして、ギルドを出た。

はあ、無駄に疲れた。すでに町は夕暮れ時だ。ようやく宿に帰れると安堵しながら、カイルと二人で朱く染まる町を闊歩《かっぽ》した。

にしてもこいつ、やけに無口だったたな。元はといえばアンタの発言で狼おっさんたちの絡みがキツくなったんだし、少しくらいフォローしてくれたってよかったんだぞ？

恨みがましい目線で詰《なじ》ると、気づいたカイルが目を細めた。

「なんだ」

「いや？　やけに無口だったなと思っただけだ」

「俺が口を挟まなくても話はまとまっただろう」

「まあそうだけどな」

「それに、俺の役割は護衛だ。ちゃんと仕事はしてただろう？　テメェみたく、まだるっこしい駆け引きをしたところでどうせ無駄になる」

彼は昏《くら》い目をしながら、あざけるように口の端をつりあげた。

「歯向かうヤツは容赦《ようしゃ》なく叩き潰せばいい」

うわあ、ツッコミてえ……悪役サイドに落っこちたような笑みに、遠慮もなにもなく根掘り葉掘り質問攻めにしたくなる。

過去のトラウマやら生き方やらを尋《たず》ねたい気持ちでいっぱいになったが、今聞いたところで答えてはくれないだろうなあ。ウザがられるリスクのほうが高い気がしてならない。

好みの顔はどんな表情をしていても推せるんだなと再確認しつつ、聞きたい気持ちをグッと堪えて話を元に戻す。

「……アンタが手を出す必要は今のところねえけどな、あれくらい一人であしらえるし」

「だったらあれでよかっただろう。面白くもない話を蒸し返すな」

カイルはどこ吹く風といった調子で、それ以降は思考を雑踏に飛ばしていた。

(はあ、心を開いてもらうにはまだまだかかりそうだな。ま、根気よくやりますか)

宿に戻りささっと食事を済ませて、扉の鍵をかける。順番に汗を流してくつろぐ体勢をとった。

俺がベッドの上、カイルは部屋備えつけの椅子に座る。お待ちかねの秘密暴露タイムだ。

「さてと。俺の秘密について答えよう。どれから知りたい?」

カイルは偉そうに足を組んで、俺を睥睨《へいげい》した。

「……テメェは自分のことを人間だと言っていた。それはどういう生き物なんだ」

「改めて問われると哲学的な質問だな。あーそうだな……じゃあ人間になってみせよう」

兎の耳を見えないようにして、丸っこい人の耳を形作る。カイルは立ちあがり、戸惑ったように俺の耳に触れようとした。その手はスッと空を切る。あ、触覚まで作りこんでなかった、悪いな。

カイルは裏切られたような顔をして、次になにもないように見える兎の耳辺りを注視している。

「触りたいなら触ってもいいぜ？」

「いいのか？　獣人の耳は性感帯だって聞くが」

唾に咽《む》せた。おいっ、なんてことしてくれたんだ、クインシー！

なにも知らない、いたいけな兎を騙《だま》しやがって。あいつ次に会った時にゃタダじゃおかねえ。

「ゴホッ……アンタにそういう意図がないのはわかってるし、確認したいならすりゃいいだろ」

動揺しながらもそう告げると、骨張った手が遠慮がちに俺の頭へ伸びた。細やかに、触れるか触れないかくらいの柔さで撫でられる。カイルが息をのむのがわかった。

「うわ……兎の耳ってこんなに手触りがいいのか」

ふわ、ふわと見えない耳に、まるで空気を撫でるかのように優しく触れられると、未知の感覚に体が悦《よろこ》ぶのがわかった。

（うっ、やべえ……！　これ以上はダメだ！）

「っ、はい、ストップ。もうわかっただろ、そろそろ離してくれ」

カイルは椅子に座りながらも名残惜しそうに頭の上へ視線を飛ばしているが、ダメなもんはダメだ。いろいろとまずいことになる。

兎耳が見えるよう元に戻すと、ますます視線が鬱陶《うっとう》しくなった。ええい、話題を変えてやる。

「気がついたら兎の耳と尻尾が生えた状態でこの町にいたんだ。カイル、異世界ってわかるか？」

「異世界……そういう作り話はあるが」

「作り話じゃなかったんだなこれが。俺の世界では獣人のほうが作り話だった」

「どういうことだ」

「アンタら魔人？　みたいなのもいなくて、魔法も存在しなくて、さっき見せた耳の丸い人間って種族しかいなかったんだ」

以前のカイルの反応からして悪魔というのはどうやら蔑称っぽいので、魔人と言い換えてみる。魔人と呼ぶと気分を害した様子もなく、カイルは顎《あご》に手を当てて考えこんだ。

「……異世界の話はにわかには信じがたいが。仮にお前が人間だったとして、お前の世界に魔法はないんだろう？　なら、お前が持っているあの魔力はなんなんだ」

「この世界に来た時に、腹の中に妙に熱いものを感じたんだ。いろいろ試しているうちにそれが魔力だとわかって、ギフトで使いこなせることに気がついた」

カイルは合点がいった表情で、赤紫色の瞳を瞬かせた。

「そうか、お前はギフト持ちか」

「ああ。『魔力の支配』……」

「はっ⁉」

言葉の途中でカイルが叫び、ガタリと音を立てて椅子から立ちあがる。なんだよ、なにをそんなに驚くことがあるんだ。

「心得でも才能でも達人でもなく、支配だと⁉　伝説級に珍しいギフトじゃないか！」

「そうなのか？」

「それこそ魔王だとか、そういった規格外な存在しか持ち得ないギフトだ！　獣人が持っているなんて聞いたことがない」

へえ、そんなにレアなのか。ならクインシーに安易に開示したりしないで正解だったな。

カイルは今にも掴《つか》みかかりそうな勢いで聞いてきた。

「魔力量は？　それはまたギフトとは別だろう、多いのか」

「多いかどうかはわからねえが、今のお前の五倍はあるな」

カイルはフラフラと椅子に腰かけた。片目を手で覆い、信じられないといった様子だ。

「お前……実は、次世代の魔王だったのか。まさか獣人が、そんな……」

「だから、魔王でもねえって。俺は人間だ」

そのくだり、何回やらせんだよ。

「ちなみにカイルもギフト持ちだったりするのか？」

カイルは気まずげに目を泳がせた。

「言いたくないなら無理に言わなくていいが」

「いや……俺もギフト持ちだが、魔人に不釣りあいなギフトだとずっと言われてきたからな」

彫像のように整った顔が、俺のほうを遠慮がちに向く。どうやら話してくれる気があるみてえだな。

「俺のギフトは『剣術の達人』だ。魔力に関するギフトを授かれればよかったんだが」

自嘲しているところを見ると、どうやら魔人の中では剣術は重要ではなく、魔力や魔法の才能があることが尊敬される要因なのだろう。でも俺はそっちを使えるわけだし、別に求めてない。

「いいじゃねえか、『剣術の達人』なんて護衛にピッタリだ。かっこいいし俺もそっちがよかったな」

カイルは目を丸くして、ピタリと固まった。そんなに意外なことを言ったか？

しばらく間を置いてから、カイルは言いづらそうに小声で返答した。

「……『魔力の支配』のほうがいいに決まってるだろう」

「そうか？　剣でズバッ！　ザシュ！　って無双するの、超楽しそうなんだけど。探索中のカイルもすげえかっこよかったし、いいなあ」

カイルは顔を伏せて沈黙してしまった。けれどよくよく見ると、口の端がムズムズとつりあがっているのがわかる。

しばらくのあいだ部屋は静まり返っていたが、やがてカイルはおずおずと口を開いた。

「……そうか。なら、剣は俺に任せろ」

「ああ。頼りにしてる」

その時のカイルが浮かべた微笑といったら。むず痒そうで、それでいて誇らしげで。いじらしくてかわいかったんだよなあ。

無意識のうちにリュックからスマホをとりだして写真を撮ろうとしたが、すでに電源が切れていた。くっそ、タイミングが悪い。

俺のスマホを見て、カイルが口を開いた。

「それはなんだ」

「これ？　スマートフォン。写真を撮ったり調べものをしたり、ゲームで遊んだりできるんだが、今はもう動かねえ」

「貸してみろ」

手渡すと、シンプルなデザインのシリコンカバーを押してみたり、マナーモードのスイッチをカチカチ切り替えたりしては怪訝《けげん》そうに首をかしげている。スタイリッシュに機器を使いこなしていそうな顔なのに、原始人みたいな反応しててなんかウケるな。

……これ、魔法で充電できたりしないだろうか。たった一台しかないスマホで試すのは怖いから、簡単な電球とか試作してみて、成功したらやってみたいな。

「もういいか？」

カイルは最後まで難しい表情をしながら、スマホを俺に返した。インベントリにしまっておこう。

「見たことのない素材でできていた。それはなんだ？」

「シリコンとプラスチックと、あとなにでできてるんだろうな。レアメタルとか？　俺も知らねえ」

「異世界とやらの技術か」

「そうだ」

異世界のことを信じがたいと言った割には、カイルは俺の発言を信じてくれている感じがする。

（おいおい、嬉しいじゃねえか。ちょっとは信頼されてきたのか？）

「で、ほかに聞きたいことはあるか？　わかっていると思うが、今日話したことはほかに漏《も》らすなよ」

「言われるまでもなく心得ている。テメェが俺を買った金はどこから出てきたんだ」

「持ち物を売った」

「奴隷を買えるような品か。異世界の技術とやらはさぞすごいんだろうな」

「興味があるなら少し見せてやろうか」

俺がリュックを開けると、視線が追いかけてくる。入れっぱなしのまま底で潰れていた絆創膏《ばんそうこう》、なんの変哲もないボールペン、自分で飲もうと持ってきていたミニボトルの日本酒なんかを、カイルは興味深く観察していた。

「精巧なガラス瓶だ。口の部分はコルクではないな、中身が漏《も》れたりしないのか？」

「スクリューキャップになってるから漏《も》れねえよ。中身を開けて見せてやりたいところだが、金が必要になった時のためにとっておきたいから、今は没収な」

念のためインベントリに入れておこう、割りたくないし。

その後もリュックや元々着ていた服なんかを見せたら、俺が異世界から来たってことはだいぶ信じてくれたように思う。

この調子ならいけるかもと期待して、試しにカイルのことや魔人のこと、カジュ村のくだりについても問いを投げかけてみた。すると気まずそうに言葉を濁《にご》された。

まだ信頼度が低いのか、なんでも答えてくれるわけじゃなさそうだ。今日は俺に興味を持ってくれただけでもよしとするか。

細々と質問に答えているうちに、夜は更けていく。話を切りあげて寝ることにした。

そういや筋トレし忘れたと思って、腕立て伏せを十回だけして寝たんだが……大型獣人どもの長身ムキムキっぷりを思うと、俺が多少体を鍛えたところで焼け石に水な気がしてならない。

魔法の応用力を鍛えて、筋力ではなく魔力で解決する方法を考えるとか、そっちのほうに力を入れたほうがいいかもしれないな。


明けて翌日。今日は薬草採取だ。

しかし一度門から出たら通行料をとられたり、最悪入れてもらえなかったりってことはないのか気にかかる。

カイルもマーシャルの事情はよく知らないというので、宿の女将《おかみ》に聞くと快く教えてくれた。

「探索で町の外へ出るのでしたら、依頼書を門番に見せれば無料で通してくれますよ」

白い角が美しい鹿の女将《おかみ》さんにお礼を告げて、門へ向かう。

天気は快晴、ほどよい陽気。絶好の探索日和だな。

門番に依頼書を見せると、気のいい牛のおっちゃんがちょっと不思議そうな顔で通してくれた。

はは……兎獣人が探索者登録するのは、かなり特殊な例だってもう十分わかったよ。わざわざ口に出さなくていいからな？

牛のおっちゃんは空気を読んだのか、ごく普通に見送ってくれた。

「はじめての探索ってやつだな、がんばれよー！」

……なるほど？　薬草採取は門番が覚えちまうほどに、ギルドお決まりの初心者依頼なんだな。

石レンガで囲まれた町の外に出ると、道を挟んで両側に畑が広がっていた。農家らしき牛や馬の獣人たちが土づくりをしている。なにを植えるんだろうな。やっぱ麦かな、パンが主食っぽいし。

十分も歩けば、まばらだった家も見えなくなった。ここから先は仕事の時間だ。森には魔物も出やすいというし、気持ちを切り替えた。

昨日見せてもらった地図を頭の中に思い浮かべる。マーシャルの都市が中央にあり、隣領までの主要な街道と村が適当そうな尺度で描かれた地図によると、東の森に薬草が自生しているらしい。肉眼でも東方向に森が見える。ちょうど道の分岐にそって歩いていけば森につきそうだ。

「外にはどんな魔物が出るんだ？」

カイルは昨日までの呆れたような素振りを見せず、自然な様子で教えてくれた。

「草原なら虫の魔物、水辺なら魚やスライム、森なら獣や植物の魔物が出ることが多い」

「ふうん。ダンジョンのモンスターより弱いって聞いたが」

「そうだな、弱い。ただし、ごく稀《まれ》にスタンピードが起きることがある。その時はダンジョンより強い魔物が出るから、大抵の獣人は殺される」

スタンピードか……カジュ村が滅びたのはスタンビートで発生した魔物のせいなんだろうな。

地図にはカジュ村の記載もあった。この森は東から南にかけて続いているが、森の南側辺りにカジュ村が存在していたらしい。

「スタンピードはめったに起こることじゃないが、もし気配を感じたらすぐに逃げるぞ」

「気配って、わかるものなのか」

「俺にはわかる」

「へえ」

感心していると、なぜかカイルは俺の顔をひょいとのぞきこんできた。いきなり好みの顔が近づくと心臓に悪いからやめてほしい、実にやめてほしい。変な声が出そうになったじゃねえか。

ジト目のカイルはわざとらしく口の端をつりあげて意地悪く笑った。だからやめろって、そんな悪い顔して。うっかりときめくだろ。

ははーんこいつ気づいてねえんだな、とか内心馬鹿にされていそうだとわかっていても、それ以上に顔面が好みすぎるんだからさ。

「なにを他人事のような顔をしているんだ。お前のギフトなら魔物の魔力を探って位置を知ることくらい、造作もないだろう」

「へ？　ああ……そうか。魔力を探ればいいのか」

「魔物なら大なり小なり、魔力を持っているものだ。ダンジョンの中は魔力に満ちていてモンスターの気配が探れないが、外なら可能だ」

ふうん、だったら早速やってみるか。

気持ちを落ち着けるためにもカイルから意識を外し、周りの魔力を探知しようと試みる……おお、小さい気配がチラホラと。姿は見えないけどあの木の陰辺りに一匹いるな。

影が射した草地に視線を注ぐと、カイルもうなずいた。

「あそこに一体いる。始末してこよう」

カイルは草地を疾走し、剣を振り抜いた。ギッと小さな悲鳴が聞こえてすぐに静かになる。近づいてみると、黄緑色の巨大な芋虫が倒れていた。

「ん？　ダンジョンのモンスターと違って消えないんだな」

「外の魔物は消えないいんだ。美味《うま》い肉が手に入る場合は解体するが、これはゴミだな」

カイルは剣を布で軽く拭いてから鞘《さや》に戻した。堂に入った動きだよな、俺じゃこうはいかない。

「進もう。警戒は怠《おこた》るな」

「おう、アンタもな」

「言われるまでもない」

小生意気なカイルを連れて森の中に足を踏み入れる。日差しが陰り、ヒヤリと冷えた森の奥へ続く道をカイルが先導して歩く。彼は振り向かずに声をかけてきた。

「薬草はどこだ」

「道のそばにあったらとられてるだろうから、ちょっとばかし道から外れなきゃならねえかもな」

「面倒な。魔力も帯びていないただの草をありがたがって集めるなんぞ、獣人どもは変わっている」

「そうか？　ああ、アンタらは魔力を帯びたものしか食べないもんな。魔力がないとなんの足しにもならないのか」

「まあな」

昨日よりは態度が柔らかいカイルとぽつりぽつり会話をしつつ、しらみつぶしに辺りを探索する。

なかなか地味な仕事なんだな、薬草採取依頼って。地味な作業、キライじゃないけどさ。

探しはじめて三十分、やっとそれらしき草を見つけた。

「あ、これじゃないか？」

薬草らしき草を茎の下のほうからひっぱると、ぶちりと音を立ててちぎれた。葉の形や色などの特徴がぴったり当てはまっているため、これで間違いなさそうだ。

「見つけた。ほかにも同じ草がないか探してくれ」

カイルと手分けして薬草を探す。ラッキーなことに、ちょっとした群生地に当たったようだ。依頼された二十本はすぐに集まり、そのほかに五本程度採取して帰ることにした。

帰り道、リスの魔物が出てきたがカイルが瞬殺した。危うげなく初任務を達成できそうだ。

ギルドに戻って狐お姉さんに話しかける。

「どうも。依頼をこなしたんだが、ここで薬草を広げていいのか？」

「薬草二十本ですね、ほかに人もいないしここでいいわ……いいですよ」

「別にタメ口でかまわないが」

狐のお姉さんは、口を手で覆って失言を隠そうとしたが、次の瞬間には笑顔になった。

「あら、本当？　じゃあ、そうさせてもらおうかしら。私のことも気軽にラベッタと呼んで」

うーん、話し方まで姉貴に似てる。うっかり姉貴って呼ばないように気をつけないと。

昼前の閑散《かんさん》としたギルド内で、リュックから出すフリをしてインベントリから薬草をとりだす。

ラベッタと名乗った狐お姉さんは、カウンターに並べられた薬草を手にとった。

「ちょっと待ってね……うん、状態も申し分ないし合格ね。依頼達成よ」

わずかばかりの依頼達成金を受けとる。うん、やっぱ俺らにはダンジョンのほうが向いてそうだ。

本来は外で初心者向けの依頼をこなしつつ、少しずつ魔物との戦闘に慣れていくのだろうが。その辺りはカイルがいるためショートカットできる。

「もう今日はダンジョン内の依頼って残ってないのか？」

「あるわ、めぼしい依頼はもう売り切れてるけどね」

掲示板には五、六件の依頼が残っていた。中には依頼日が一カ月前のものもある。

どれどれ……ダンジョン内に咲く炎晶花《えんしょうか》の採取？　へえ、面白そうだ。

「これは何階層に行けばいいんだ？」

「それが、どこに咲くかわからないの。赤くて大振りの花弁をつけるから、咲いていればすぐに見つけられるでしょうけれど」

それじゃ探すのは難しいな。ダンジョン内は一日がかりで十階層しかおりられないくらい広いし。

依頼料が三十ピンといい値段に設定されてるから割のいい仕事だと思ったが、そううまい話はないようだ。まあ、そうでなきゃ一カ月も塩漬けにはならないよな。

諦めようとしたその時、チラッと依頼書を見たカイルが口を挟んだ。

「見つけてから依頼を受けても問題ないのか」

「ええ。市場に売られている物を買うのはダメだけど、手に入れてから依頼を受けてもいいわよ」

「そうか。邪魔したな」

「あ、待って。これからダンジョンに行くつもり？　だったら地図くらい買っていきなさい。貴方たち、地図もなしにダンジョンに挑んで十階層までおりるなんて非常識なのよ」

あるのか、地図。見本で見せてもらった地図はかなり詳細にマッピングされていた。前回俺たちが潜った時は、結構遠回りをしていたようだ。

五階層までの地図は子どもの小遣いで買えそうな金額だが、下の階層になるほど値段が高くなる。十五階層まで一括で購入できたので買っておく。

所持金が半分に目減りした。初期投資は高額だが、十階層までショートカットできるのは大きい。

十一階層より下はトラップもあるらしく、その位置が記されているのはありがたかった。

ただし、トラップについては百パーセント信頼はできないそうだ。時々位置が変わることがあるらしい、要注意だ。

「それじゃ行くか……と思ったけど、もう昼か。今日はやめておいてまた明日だな」

太陽の位置を見て決行をとりやめた。俺は睡眠の質にはこだわりたい派だからな。野宿はできる限りしたくねえし、もしダンジョン内でせざるをえないなら万全の準備をしてから挑みたい。

ぶっちゃけ高いホテルを借りているのも、市民権が欲しいとこだわっているのも、ひとえに睡眠の質を上げたいからっていう理由がある。

睡眠は大事だぞ、ちゃんと寝てれば上司の戯言をキレずにかわせるし、ムカつく客相手にもスマートな交渉ができる。

こんななにがあるかわからねえ世界だからこそ、万全の状態でいられるように気をつけなきゃな。もっとも、カイルが俺を信頼して、相棒としてサポートしてくれるようになれば、少しばかり気を抜いてもいいかもしれないが。

道中カイルを見上げると、彼は俺の視線を感じたのかこちらを振り向きながら屋台を指差した。

「ラクアの実が食べたい」

「別にいちいち宣言しなくても、買いたいなら買っていいぞ」

「俺が買い物をしているあいだ、目の届くところから離れるなよ」

存外真面目な性質のカイルは、しっかり護衛の職務を遂行《すいこう》してくれている。俺が気を抜いてもいい日は近いかもしれないいな。

昨夜のうちに金を山分けしてカイルに半分渡してある。彼はそつなく買い物を終えると、まっすぐに俺のほうへ戻ってきた。腕には夕暮れ色の果実が六つ抱えられている。

「ほら、やる」

カイルが拳大の木の実を二つ差し出した。あ、俺の分もあんのか。

「いいのか？」

「お前は地図を買って金を使っただろう。ラクアの実は栄養豊富だから食べておけ」

なんで急に俺の体を気にかけてんだ……ああ、もしかして体調を心配するというよりは、魔力の質を気にしてんのか？　確かめるためにカイルに問いかける。

「魔力って俺が食べるもんの種類で、味が変わったりすんの？」

早速ラクアの実にかじりつくカイルは、気のない素振りで俺をチラリと見た。

「多少はな。魚ばっかり食ってるヤツだと風味が磯臭くなったりする」

「へえ、面白い」

「栄養が偏《かたよ》っていると味にも影響するから、ちゃんと食えよ」

「はいはい」

やっぱりそうだったか。カイルの真似をしてラクアの実を食べてみる。つぷりと簡単に割れた皮の中から、モモみたいな食感の朱色の果実が現れた。

ジューシーだし、甘すぎずほどよい酸味もあって好みの味だ。

「美味《うま》いな」

「そうか、ならもう一つやる」

「そんなに食えねえよ」

「インベントリにしまっておいて、小腹が空いたら食べるといい。お前は貧弱そうだから、倒れられると困る」

「は⁉　俺のどこが貧弱だって？」

「兎は寂しいと死んでしまうと聞いた。弱い生き物だ」

「俺のことを兎扱いするんじゃねえ、人間だって言ってるだろ」

「……」

「おいやめろ、無言で垂れ耳を見るな」

やいやい言いあいながら、町中を見てまわった。ネズミ獣人たちが美味《おい》しいと噂していた屋台の食べ物を、試しに買って食べ歩く。ボアの串焼きなんて牛串並みに美味《おい》しかった。

飯が美味《うま》いってのは嬉しいよな。自分で異世界食革命するほど食に詳しくねえから、元から美味《うま》くて助かったぜ。

さて、無事に腹は満たせたわけだが。今から宿に帰っても暇だし、なんかいい感じに暇つぶしできる物が欲しい。

あてもなく歩いているうちに小綺麗なエリアに足を踏み入れていたようだ。道行く獣人たちに冒険者は少なく、中流以上の階級の市民が暮らしていそうな地区にさしかかった。

「あ、いいところがあるじゃん。カイル、ここに入ろうぜ」

古めかしい店構えの建物へ向かうと、紙独特の匂いが漂ってくる。この匂いを嗅《か》ぐとトイレに行きたくなるのは俺だけだろうか。

古い本、傷んだ本、真新しい本も一緒くたに本棚に詰められたここは、古本屋で間違いないだろう。狭い店内を天井近くまで本棚が占拠しており、圧迫感がすごい。

本を読むのは好きなほうだ。学生時代はラノベを読みまくっていたおかげだろうか、此度の異世界転移もすんなり受け入れられたように思う。

最近はクッソ忙しかったから読書どころじゃなかったがな……いやもういいんだ、前職のことは忘れよう。

異世界の情報を仕入れるのに、本はうってつけだ。趣味と実益を兼ねて本を買っていこう。

そう決めたはいいものの、異世界の本はめちゃくちゃ高価だった。ひなびた店構えなのになんで護衛らしき兄ちゃんが立ってるんだと思ったが、ちゃんと訳があったんだな。

薄くてあまり役に立ちそうにないレシピ本でも五ブェンはする。

最低価格五千円からの本屋なんて、日本じゃあっという間に潰れてしまうだろう。

「カイルも欲しいものがあったら買っていけよ」

「そうだな」

カイルは口ぶりとは反対に、ヒマそうに外を見つめている。本にはあまり興味がないようだ。

どうすっかな……雑多に詰められた本の中から、役に立ちそうなのを見つけたのでレジに持っていく。フェレットを彷彿《ほうふつ》とさせるほっそりしたお兄さんが、愛想よく対応してくれた。

彼は俺の兎耳をサッと見て、にこりと人好きのする笑みを浮かべる。

「こんにちは、初めてのお客様ですよね。本、お好きなんですか？」

「ああ、好きっちゃ好きだな」

「どういったジャンルがお好きなのか、聞いてもいいですか」

奥ゆかしい物言いだな、日本人みたいで安心する。

「そうだなあ、冒険モノとか」

「そうなんですか!?　僕も大好きなんです。『幻の竜と奇跡のネズミ勇者』とか『木こりのはずだったのにダンジョン探索者になった熊人無双記』とか、ご存じですか？」

急にぐいぐい来るな!?　薄茶の柔らかそうな前髪とまつ毛が、近すぎる距離に迫ってきた。

のけぞると、カイルが俺の首根っこを掴《つか》んでフェレット兄さんから引き離してくれた。ありがたいけど、もうちっと優しくしてくれ。一瞬首が絞まったじゃねえか。

「あっ、すいません！　同好の士に出会えたのかもと思って、つい興奮してしまいました」

彼はハッと距離をとって謝ってくれた。ほんとびっくりしたわ、許すけど。

冒険小説オタクの彼はフェルクと名乗った。フェルク……フェレットと呼び間違えそうな名前だな。馬面の護衛も店内の騒ぎを聞きつけ、苦笑しつつ黙礼してくれた。馬獣人のホセだそうだ。

「あはは、本当に申し訳ないです。僕、冒険小説に目がなくて」

「あー、気持ちはわかるぜ。カッコイイよな」

「そうですよね！　中型獣人である山羊《やぎ》のお連れ様はともかく、僕たち小型獣人にとっては探索者なんて夢のまた夢ですしね。冒険とか探索者とか、憧れちゃいますよね」

「俺、探索者だけど」

「ええっ⁉　そ、それ本当ですか⁉」

フェルクはひとしきり驚いた後、どんな探索をしているのか質問してきた。十階層までおりたことやボスの話、初心者依頼の時の魔物の話なんかをしてやると、尊敬の眼差しを向けられる。

「すごいや、イツキさん……！　僕、もっと貴方の話を聞きたいです！」

「あいにくと先日探索者になったばかりで、話のネタがないんだ。また店に寄るから、その時に話してやるよ」

「はい、ぜひ！」

フェルクは俺がマーシャルについたばかりだと聞くと、この町にまつわる話が載った小冊子をプレゼントしてくれた。

「素敵な話を聞かせてくれたお礼です、どうぞお持ちください」

「ありがとう、今度来る時には悪魔のことが書いてある本があるといいな」

「もし仕入れられたらイツキさんのためにとっておきます。またのご来店をお待ちしてますね！」

カイルを伴って店を出ると、彼が俺の肩を軽く小突いてきた。

「おい、魔人のことを探ってどうするつもりだ」

「別にどうもしねえよ。カイルは自分について話したくなさそうだから、勝手に調べるだけだ」

「だから、なんで気になるんだ」

カイルは眼光鋭く俺を見据える。なんか悪いほうに考えてるだろ、別にとって食いやしねえのに。

「相棒のことを知りたがるのは自然なことだろ」

「相棒……お前それ、前から思っていたが本気で言っているのか」

「そうだが？」

なにか問題でも？　こんなに俺好みの顔をした強いヤツなんて、相棒にしない手はないだろうが。最初から相棒になってくれとお願いしたところで断られるだろうから、現時点では魔力を対価に護衛として雇っているわけだが。心の中ではいつでも、頼れる相棒のつもりで接してるんだぜ？

カイルは鉛《なまり》でものみこんだかのような顔をした。

「おめでたいヤツだな」

「なにがだよ？　怒らないから言ってみろ」

カイルはそれきり黙ってしまう。

ああ、やっぱり話す気はないんだな。隠されるとますます知りたくなる。

こいつがなにを話したくないのかわからねえが……ダンジョンへ一緒に潜って命を預ける以上、肝心な時に役に立たねえんじゃ困るしさ。

なにがタブーで、どういう文化を持ってて、考え方がどの程度違うかくらいは知っておきたい。

そのうち話してくれるといいな。獣人目線の悪魔の本より、こいつの話のほうが正確だろうから。

この様子じゃ、いつになるやらって感じだが。

宿に戻って、早速本を読もうとインベントリからとりだす。もちろん結界を張るのも忘れない。

今日買った本は、『ダーシュカ獣人王国・全土冒険記』だ。この本の挿し絵によるとマーシャルはダーシュカ王国の辺境領で、国の北西方向にあるらしい。

フェルクにもらった『マーシャル辺境都市の特徴』というまんまな題名の小冊子も気にはなるが、まずはダーシュカのほうを読んでみるかあ。

いざベッドの上に寝転んで読もうとしたら、頭上に影ができた。見上げると、カイルがなにか言いたそうな顔で俺を見下ろしている。

「なんだよ。読みたくなったのか？　後で貸してやろうか」

「そうじゃない。そろそろ腹が減ったから魔力をよこせ」

あれ、三日はもつって言ってなかったっけか。まだ二日しか経ってないと思うんだが。

俺の問いかけるような視線に、カイルは面倒くさそうな表情で答えた。

「昨日今日と魔力を使ったから補充したい」

「ああ、そうか。アンタら魔人は、魔力を使えば使った分だけ減っていくのか、獣人と違って」

ほとんどの獣人は魔力を使うことはほぼない上に、使っても食べたり寝たりすれば回復する。俺も昨日使った分の魔力は、食べて寝たら元通りになった。

一方、魔人が寝て回復する魔力量は微々《びび》たるもので、生命維持に魔力が使われる以上、やはりどこかから魔力を摂取する必要があるんだそうな。

「念のため確認するが、食べ物からだけじゃ足りないいんだよな？」

「ああ、それだけでは足りない」

さっきのラクアの実も、おやつ代わりにもならなかったと愚痴《ぐち》るカイル。そういうもんなのか。

「テメェは俺を護衛として雇ったんだろう。だったら守るために必要な魔力を分け与えるべきだ」

「もちろんいいぜ。そういう契約だし、護衛としても十分仕事してくれたしな。たんと食べろよ」

俺は起きあがってベッドの端に腰かける。人差し指をカイルに向けて差し出すと、手を包むようにして引き寄せられた。

人差し指から魔力を流すと、第二関節まで口の中に包まれる。温い口内で飴を舐《な》めるようにしゃぶられるのは、どうにも落ち着かない。

「……魔力って、接触しないと食べられないのか」

「いや？　だが、直接口に含んだほうが美味《うま》い」

カイルはそう告げると、再びペロリペロリと舌を使って、指先を唾液まみれにした。

（ああ、むずむずする……）

気になってカイルのほうを見ると、幸せそうに夢中で味わっていた。

クッソ、目に毒だ。パッと視線を逸らす。

けれどこう、見なきゃ見ないで感覚が鋭敏になるというか……かかる息までこそばゆいというか。

あまりのくすぐったさに集中力が乱れて魔力の放出が止まると、尖《とが》った犬歯で甘噛みされた。

「まだ足りない」

「っ、わかったから、もうちょい普通に食べてくれよ」

「普通にってどういうことだ。俺は美食を存分に味わって食べているだけだ」

カイルは俺の動揺などつゆ知らずといった調子で、無邪気にそう告げた。

話すのをためらう俺の様子を見て、合点がいったかのように意地悪く笑う。

「なんだ、もしかして俺の舌が気持ちよかったのか？　兎は性欲旺盛らしいな、魔力をくれるならもっとイイところを舐《な》めてやってもいい」

「イイところって……おいおい、冗談はよしてくれよ。俺はアンタを性奴隷にするために買ったわけじゃない」

「性奴隷になる気はまったくない。粘膜《ねんまく》同士の接触のほうがより美味に感じるから提案しただけだ」

粘膜《ねんまく》同士って、キスとかフェラとか？　アウトだろ。俺はアンタとセフレになるつもりはないぞ。

「ほら、無駄口を叩く暇があるなら食事に集中しろ」

努めて冷静に振る舞いカイルの口に指を突っこんで魔力を注ぐと、彼は大人しく食事を再開した。

(俺の理想の顔で誘惑しないでくれよな、まったく。うっかり想像しちまうところだったじゃねえか。変に意識したらやりにくくなるだろ、大人をからかうんじゃねえよ)

悶々《もんもん》としながら魔力を注ぎ続けること数分。やっと満足したカイルはチュパッと音を立てて、指を解放した。

最後に唇をペロリとひと舐《な》めして満足そうに微笑むカイルは、美貌とあいまって見惚れるほど魅力的だった。ああ、指先が疼《うず》く。

「美味《うま》かった」

「……はいはい、お粗末様でした」

「ん？　なんだその言葉は」

「ああ、俺の国の習慣で、食事の前に『いただきます』、食べ終えたら『ご馳走様』、それに対して『お粗末様』って言ったりするんだよ」

「そうか。なら、ゴチソウサマ」

ゴチソウサマの部分だけ下手な日本語に聞こえた。この世界に来てから時々喋っている口の動きと音が噛みあっていないことがあったので、ここの言葉は俺には日本語に聞こえるように魔力で調整されているのだろう。

まだたった二日しか経っていないのに、ずいぶん久しぶりに日本語を聞いた気がする。

姉貴、元気かな。あいつのことだから、元気に推し活してるんだろうが。

思考をよそに飛ばしていると、口をぬぐったカイルも山羊《やぎ》耳と尻尾の擬態を消して、ベッドでくつろぎはじめた。よしよし、順調に順応してるな。その調子で休む時はしっかり休むんだぞ。

俺も落ち着かない気分を忘れるためにベッドに寝転んで、本のページを開いた。

『ダーシュカ獣人王国・全土冒険記』は、主人公である貴族の五男がぶらりと立ち寄った村や町、道中の景色などを日記調で綴《つづ》った本だった。

どこぞの村娘がかわいいだの、南のねーちゃんは服装が開放的で素晴らしいだの色ボケした回想が多かったが、地理や風土などは参考になる。

辺境都市マーシャルのことも記載されていた。食べ物が美味《おい》しく領主は有能で、かの悪名高い悪魔の国の隣に位置するが住みやすい、ということだった。

……悪魔について気になる記述を見つけた。悪魔を奴隷にして使役するのは、王国広しといえどマーシャル領とその下のタルモ領、ごく稀《まれ》に王都ケルスで見かけられるだけだという。

『一夜で村を滅ぼすと囁《ささや》かれる恐ろしい悪魔を使役するなど、どのような蛮族が住む領かと思ったが、意外にも暮らしは穏やかだ』……ね。

(魔人は飢えているから、魔力を奪うために獣人を襲うんだとばかり思っていたが……)

飢えているという理由だけで村一つを丸ごと襲って、滅ぼしたりするもんなんだろうか。それとも噂がおおげさなだけか？

カイルの態度からして獣人を侮《あなど》ってはいるだろうが、憎しみや積極的に危害を加えてやろうという意思は見受けられないんだよな。

さすがに初対面の時に敵愾心《てきがいしん》たっぷりの目でにらまれたりしたら買わなかった。目つきはギラギラしていたが、伝わってくるのは食欲のみだった。わかりやすいヤツ。それだけ極限に飢えてたのかもな。

カイルが特殊な悪魔なのか、それともなにか別の理由があるのか。現時点では不明だが、頭の隅に置いておこうと思う。

その日は夕食の時以外、部屋にこもって過ごした。


あくる日、あいにくと小雨が降っていたが、手持ちの金も少ないのでダンジョンへ向かう。雨避けにフードを被るようカイルに声をかけると、またしても渋られた。そんなに嫌なのかよ。

「それはテメェが着ろ、俺は魔力で体を覆って濡れないようにするから」

「山羊《やぎ》獣人がそんなことしたら不自然だろ、いいから被れって」

「いらない。小雨だし、この程度で風邪を引くほど柔じゃない」

カイルは俺の手からローブをひったくると、有無《うむ》を言わせず俺に着せた。

「おい」

「いいから着ていろ。風邪を引いたら不味《まず》くなる」

「……はあ、そうかよ」

よっぽど俺の魔力の味が気に入ったと見た。口うるさいオカンのように世話を焼かれるのは、ちょっと嫌なんだが……それだけ俺の魔力を気に入ってくれているんだと前向きに捉えることにする。

長すぎるローブの端を持ちあげながら小雨の中を急いでいると、カイルがポツリと余計な一言を漏《も》らした。

「袖の長い服を着ていると子どもみたいだな」

「ああん？　ケンカ売ってんのか」

「売っていない。事実を述べたまでだ」

「俺のほうがお前より一回り年上だわバーカ」

あんまりな言い草にイラッときて、ふてくされて子どもみたいな罵《ののし》り方をしてしまった。てかやべえ、反射的に罵《ののし》っちまった。怒ったかなとフードの下からカイルの様子をうかがうと、目を丸くして驚いていた。

「お前、俺より年上なのか⁉」

「そうだろ。どう見てもそうだろ」

「年下だと思っていた」

「誰が十代のガキより年下に見えるって？」

「十代はガキじゃないだろう、五歳以上はもう立派な大人だ」

「これだから魔人ってやつは、ことごとく常識が違うなあ⁉」

やっぱ魔人についてもっと知らなきゃダメだわ。そのうち重大なミスコミュニケーションを起こしかねないぞ。

言いあっているうちにダンジョンにたどりつく。重く水を吸ったローブを、人目を避けながらインベントリに収納した。

荷物を整理して歩きだすと、ダンジョン前の門番をしている猪《いのしし》の獣人に話しかけられる。

「おう、兎のあんちゃんは今日もかわいいな！　雨の日までダンジョン探索とは精が出るな、ちゃんと山羊《やぎ》の兄ちゃんに守ってもらうんだぞ？」

「誰が兄ちゃんだ」

チキショウ、挨拶代わりにかわいいって言うなよ。お前も俺のほうがカイルより年下に見えるって言うのか。背の高さか？　それとも顔のせいか？　アジア人は幼く見えるとかいうテンプレのせいなのか。

己のかわいらしさに辟易《へきえき》しつつ、暇なのかまだ話したそうな門番を適当にあしらってダンジョン内へ潜入した。ギルドで手に入れた地図と道を見比べ、進むべき方向にアタリをつける。

「こっちだな。さっさと十階層までおりよう」

俺が地図を読み、カイルが敵を屠《ほふ》る布陣でサクサク階層をおりていく。

今日は雨のせいか、ほかに探索者の姿はなく誰ともすれ違わない。

「獣人は雨の日に活動しねえのかな」

「さあな。自慢の毛並みが濡れるのが嫌なんじゃないか？」

「そういうもんなのか」

どうも日本の仕事と同じ感覚でいると、周囲に馴染《なじ》めない感じがする。俺も周りにならって雨の日は休みにしたほうがいいのかもしれない。

けどなあ、そうすると稼ぎが悪くなるから、町ん中にマイホームを構える夢が遠のくんだよなあ。

考え事をしていると、不意に背後から靴音がかすかに響いた。

(俺らのほかにも誰か来てるのか、じゃあやっぱ遠慮なく稼ごうっと)

スッキリとした気分で歩を進めていたが、目の前を歩く灰銀頭はなぜかピリピリしだした。

「カイル、どうしたんだ?」

「誰かつけてきている」

「ああ、誰かいるな。この道は階層を下るための最短ルートだし、いてもおかしくないだろ?」

呑気な俺の返答に、首を横に振るカイル。

「一定の距離をつかず離れずついてきている感じがする」

「そうか、気になるなら一度最短ルートを逸れてみるか。そしたらつけてきてるかどうか、ハッキリするだろ」

カイルは無言でうなずいた。よし、次の分岐路で別の道に曲がるぞ。

ひたひたと静かな足音が背後からついてきているのが聞こえる。言われてみれば確かに妙だな、気配を殺しているような足どりだ。

気を張りながら進むと、やがて分岐路にさしかかる。地図のルートと反対の道に進んでしばらく経っても、足音はごくわずかだが途切れずに聞こえていた。囁《ささや》き声でカイルにも確認してみる。

「いるよな」

「いる」

「どうする？」

カイルが赤紫色のミステリアスな瞳で、俺の姿を映す。

「お前はどうしたいんだ。捕らえろというならそうするが」

「うーん……そうだな。一度話を聞いてみたいから、無力化できるか？」

「余裕」

カイルは鈍く光る銀の髪をひるがえし、地を蹴って足音のする方向へ駆けだした。

「うわっ⁉　こっち来た！　待って待って、襲わないでくださいって！」

情けない声が洞窟内に反響する。両手を上げた犬の獣人が困った様子で、岩陰から姿を見せた。

「旦那様方、勘がよすぎやしませんか？　参ったなあ、ボスに怒られちまう」

「テメェ何者だ、目的を言え」

犬の獣人は眉尻を下げて、気の抜けた声で苦笑した。

「あははは……旦那、そう怒んないでくださいよう。俺、テオっていうんスけど、ボスに頼まれてあんたらを見守っていただけなんスから」

「お前のボスは誰だ」

テオはチラッと助けを求めるように俺を見た。

いや、知らんがな。アンタとは初対面だし、正体不明だし、助ける義理がないぞ。

「兎の旦那、俺のボスに会ったことありますよね？　クインシーっていうんスけど」

「クインシーか。ああ、知ってるな」

「俺はクインシーのボスに頼まれて、兎の旦那の様子を見に来ただけなんで。困ってるなら手助けしろとも言われてますけど」

困惑した様子で頬《ほお》をかくテオに毒気を抜かれたのか、カイルは構えを解いた。どうやら敵ではなさそうだな。

カイルが剣を下げると、テオはホッと体の力を抜く。喜んで尻尾を振る様はまんま犬だ。

「いやー、わかってもらえたみたいでよかった！」

揉《も》み手でもしそうな勢いで、チラチラと俺たちの顔を交互にうかがうテオ。反応がまるで小物だ。

「そういうわけなんで、邪魔しないから同行させてもらってもいいっスかね？　なんなら俺、『罠術の才能』を持ってるんで役に立てますよ」

「『罠術の才能』？　それってどういうことができるんだ」

気になって尋《たず》ねると、テオはぱあっと笑顔になって快く教えてくれた。

「はい、ええとですねえ、例えば罠の解除でしょ。罠がしかけられていそうな位置を特定するのは大得意だし、万一かかってしまった後の対処もいけるっスよ」

へえ、ダンジョン探索にうってつけの才能じゃないか、いいな。十階層より下は罠が増えるというし、ちょうどいい。

能力を見せないように探索するのは面倒だが、罠の解除方法なんかは参考までに見ておきたい。

クインシーも気が利くじゃねえか。完全に信頼はできないが、試しに同行してみるのはアリだな。

「俺は同行させてもいいと思う。カイルは？」

彼は宝石みたいに綺麗な目を細め、嫌そうな顔をした。

「信用ならない」

それだけじゃなく、魔法を使わずに雑魚《ざこ》を倒すのが面倒だと顔に書いてある。

「いや、それはそうなんだよな……」

魔法が使えないのはこの際、目をつぶってもらいたい。せっかく罠術とやらに触れるいい機会なんだし。カイルだって罠には詳しくないみたいだから、知っておいて損はないだろ？

となると、問題は信用ならないってところだが……

「なあアンタ、クインシーの部下って証明できるものはなにか持っていないのか」

「ありますよ！　ほら」

テオは首元からチェーンをひっぱりだして、黄色い石を掲げてみせた。

「下から透かすと、マーシャル家の紋章が浮かびあがるんっスよ！　すごくないですかコレ！」

「見せてみろ」

カイルが石を受けとり、透かしてみようと腕を持ちあげた。その下から一緒に確かめてみると、砦《とりで》と山をデフォルメしたようなカッコイイ紋章が浮かびあがる。

俺がもらったペンダントを服の下から引き出して確認すると同じ模様が出てきた。マーシャル家の者で間違いはなさそうだ。

「俺のことはなにか聞いてるか」

「そうっスね、かわいいのに頑固で危なっかしいって言ってました！　あとその……」

やけに恥じらったテオが、小声で続きを話す。

「耳の感触がふわふわで、とってもよかったって……大人な関係ってやつですね！」

（クインシー、アンタ部下になに吹きこんでんだよ。あらぬ誤解を生んでるじゃねえか）

カイルがなにか言いたげな視線をジッと耳に注いでいるのが気配でわかる。弁解しておくか。

「テオ、それは違う。俺は奴隷を買う手助けをしてもらう交換条件として耳を触らせただけで、アンタの言うような大人な関係には至っていないんだ」

「そうなんスか？　ボスはめちゃくちゃ幸せそうに手触りを語った後に、すごく兎の旦那を心配してたから、てっきりいい仲なんだと思ってました」

あいつはどうして誤解されるようなことをしてるんだ。貴族なら本心を隠して腹芸しておけよ。

いや待てよ、俺に傾倒しているように誤解させることが狙いなのか？　だとしたらなんのために
……わからないヤツだなあいつは。

考えている間も、まだカイルが物言いたげな視線を俺に注いでいる。

「なんだよ」

「……別に。なにもない」

「なんもねえことはないだろ、じゃあなんで俺を見てたんだ」

カイルは穴が空きそうなほどに、俺のラブリー！キュートな兎耳を凝視している。

「耳……触らせたのか」

「ああ。悪いか」

腕を組んで開き直ると、カイルはフイとそっぽを向いてしまった。

(なんだよ、訳わかんねえ)

若干険悪になった空気をとりなしたいのか、テオがわたわたと両手を振った。

「あー、っと。それで、納得してもらえたんスよね？　俺、ついていってもいいです？　ついていけないとボスに怒られるし、役に立つんでぜひ」

お願いしますよ旦那ー、とテオに頼みこまれたカイルは苦々しげに条件を提示した。

「……報酬はなしだ。こいつに半径一獣人分以上近づくな。テメェの面倒はテメェで見ろ。この条件が守れるなら、周りをうろつくことを許す」

「はい、そりゃもうしっかりバッチリ守りますんで！　いやあ、ありがとうございます旦那、懐《ふところ》が深い男はモテますよ！」

「御託はいい、無駄に時間を食った。さっさと行くぞ」

「はい！　あ、兎の旦那もどうぞよろしくお願いします」

「兎の旦那ってのはやめろよ、樹って名前があるんだ」

「イツキ様っスね！」

カイルがまたしても目でなにか語ってくるんだが、わかんねえよ。訴《うった》えたいことがあるなら口に出してくれ。

その後はなにも大きな事件は起こらず五階層までおりた。今回は赤っぽい岩のようだった大蛇の首を刎《は》ねてボスを瞬殺したカイルに、すごいすごいと拍手を送るテオ。

カイルは満更でもなさそうに鼻を鳴らしていた。

出てきた魔石はよく手に入る赤色だった。前回みたいにレア魔石が出ねえかなと思ったが、そううまくはいかないようだ。

十階層のボスもなんなくクリアし十一階層におりると、そこは今までとは違う雰囲気だった。洞窟全体が赤っぽい岩壁で覆われていて、空間も広く、遠くまで見渡せる。

「へえ、ここからがダンジョンの中層ってことだな」

「今までのところは小手試しだ。この先は敵も段違いに強くなる、気を引き締めていけ」

そう告げたカイルだったが、彼にかかればモンスターはひとたまりもなく、現れた蜘蛛《くも》の敵は悲鳴を上げて魔石へ姿を変えた。

『魔力の支配』持ちであることを隠すために魔法を使わないようにしている俺は、解体用のダガーを持っているだけの状態だ。

モンスターをサクサクぶった斬るカイルを見ていると、意外と俺もやれるんじゃね？　という気になって前に出ようとしたら、ギロリとにらまれた。

（はいはい、大人しくしてますよっと。命大事に、だな）

カイルも魔法を使わず剣だけで無双している。この階層であれば魔法ナシでも問題なさそうだ。

「あ、そこっ！　罠があるっスよ、気をつけて」

テオは自分で売りこむだけあって有能だった。戦闘時以外は先頭を歩き、いち早くトラップを見つけて報告してくれる。

「ああ、わかりにくいけど糸が張ってあるな」

「そうなんスよ。絶対触んないでくださいね、イツキ様」

「わかってるって」

おしゃべりなテオは道中の雰囲気を明るくした。カイルと二人きりの探索も安定感があって気楽でよかったけど、これはこれで楽しい。テオはカイルにも話題を振っている。

「それにしても、カイルの旦那がいると安心感ヤバいっスね！　こんなにダンジョン内で安心して探索できるの、初めてです」

「テメェが弱いだけだろう」

「これは手厳しい！　ですけどね、大型獣人に力や体力で劣る中型獣人で、旦那ほど強いお人は見たことありませんよ」

「フン、そうだろうな。無事に帰りたかったら遅れずついてこいよ」

「はい旦那！」

とっつきにくいカイル相手にもうまく対処している。

さすが犬獣人、群れで狩りをする名残なのかコミュニケーション能力が高い。

テオはカイルと話し終えてしばらくすると、焦茶の瞳をくりっと俺のほうに向けた。

「聞いていいですか？　イツキ様はなんでダンジョンに潜りたいのかなって」

「金を稼ぎたいからだな」

そして市民権を買いたいからだが、あまり情報を渡したくないので表層的な理由だけを答える。

「ええっ⁉　だからってこんな危険なトコ来る必要あります？　ダンジョン探索は奴隷に任せて宿で待ってりゃいいじゃないスか……」

テオはそこで尻つぼみに言葉を切り、あれ？　と首をかしげる。

カイルの首を確認して奴隷紋の首輪がないことを確認すると、泡を食って騒ぎだした。

「いっ、イツキ様⁉　あれ？　悪魔の奴隷を買ったって聞いてたんスけど、なんか首輪ないし、カイルの旦那は山羊《やぎ》獣人だし、あれれ？」

「情報に行き違いがあったんだろ」

「ああーそうだったんですね！　びっくりしたー、一瞬悪魔が野放しにされてるのかと思って焦ったんですけど！　心臓に悪いなあ」

ははははっと笑い飛ばすテオだが、視線は訝《いぶか》しげにカイルの首と頭を交互に行き来している。カイルにひとにらみされると、ぴえっと間抜けな声を上げて体ごと視線を背けた。

「……おっかしいなあ、ボスから確かに悪魔って聞いたと思うんだけどなあ」

小声でポツリと呟くのが聞こえる。まずい、ごまかせてないぞ。

(おいカイル、アンタもなんかフォローしろよ)

カイルに目で訴《うった》えかけると、はあとため息をついた彼はおざなりな言葉を吐いた。

「考え事に耽《ふけ》ってるとつまずくぞ。前に意識を向けろ」

「あ、そっスよね。すいません」

テオは再び最前列で索敵しはじめた。よし、このまま今の話題を忘れておいてくれよ。

十二階層、十三階層とどんどん地下におりていく。下におりればおりるほど、暖かくなってきているように感じた。

「なんか、外より暖かいな」

「それはこのダンジョンが火属性を帯びてるからっスね。おりればおりるほど熱くなっていって、三十階層を下るともう地獄らしいっスよ」

テオは俺の独り言を律儀《りちぎ》に拾って返答してくれた。三十階層以降は実質長時間滞在不能な危険ゾーンらしい。

「マーシャルも南のタルモもダンジョン持ちの都市っスけど、三十階層以降はなかなか進めなくて攻略が止まってますよね」

「ダンジョンの属性とやらに阻《はば》まれるわけだな」

「そうです。タルモは水属性で、三十階層以降は海みたいな水中ダンジョンになってるそうっスよ。アシカやアザラシの獣人でも潜れないくらい深いって」

「獣人の最高到達階は五十六階層なんだろ？　そこはどんなダンジョンなんだ」

「土属性らしいっス」

テオは一度言葉を切り、怪談話でも語るような口調で話を続けた。

「断崖絶壁の道なき道や剣山の上を通ったりしながら、落ちれば死へ一直線の落とし穴やトラップを間一髪で避けて進むんですって。さらにモンスターもデタラメに強い」

いやあ怖いなあ、とブルブル震えてみせるテオ。そこは俺も行きたくねえな。

地下十四階までおりた時、気になる魔力の気配を見つけた。モンスターとは違って澄んだ魔力が固まっているような、不思議な気配だ。

「なあ、あっちの方向になにかないか」

カイルに尋《たず》ねると、彼もわかっていたようでうなずいた。

「あるだろうな。行こう」

「え、え？　なんっスか？」

テオはどうやら感じとれないようだ。魔力に関することは獣人全般が軒並み鈍感で下手くそなのかもしれない。

清廉《せいれん》な魔力に導かれるようにして進むと、気温がジリジリと高くなる。額に汗を垂らしながら一歩ずつ近づいていくと、岩陰の奥からキラキラと輝く一輪の花が姿を見せた。

赤い花弁は薄く繊細な作りをしており、光を発する様は植物というよりは鉱物のようだ。人の頭ほどある大振りの花は、ムンムンと熱気を発しながら咲き誇っている。

「おお、宝石みてえだな」

「こ、これは……！　幻の炎晶花！　へえーっ、こんな風に咲いてるんっスね、初めて見た！」

「摘みとっていこう」

カイルは躊躇《ちゅうちょ》なく手を伸ばすが、テオがそれを止めた。

「あっ⁉　待ってください旦那、炎晶花を素手で触ると火傷《やけど》するって……へ、平気そうっスね」

「指の皮が厚い体質なんだ」

カイルは適当なことを言って煙《けむ》に巻いているが、俺の目にはバッチリ視えている。カイルの指先に魔力が張りめぐらされ、保護の役割を果たしている様が。

指の皮が厚いって、なんだそれは。ごまかし方下手くそか、手袋はめとけよと呆れたが、テオは純粋なのか騙《だま》されてくれた。

「そういう体質の人もいるんっスね！　敵からの攻撃とかも効きにくそうでいいですね」

「ああ。重宝している」

サラリと真顔で嘘をついて、カイルは炎晶花を花束を持つようなノリでガッツリ掴《つか》んだ。花からはチラチラと焔《ほのお》の粉が舞っていて見るからに熱そうだが、カイルは平気な顔をしている。

「今日はこれを仕事の成果として帰らないか」

カイルが俺にうかがいを立てた。そうだな……テオの前でインベントリを開くのも憚《はばか》られるし、摘みたてのほうが価値が高そうだ。一度帰って、明日また出直そう。

「そうするか。カイル、花をリュックに預かるよ」

「いや、いい。荷物が燃える可能性がある、俺が抱えていこう」

「そんな状態で剣を振れるのか？」

「敵が来たらその辺に置いて戦えばいい」

テオは不安そうにしていたが、俺はカイルを信じることにした。

「なら、また俺がしんがりな。後ろの警戒は任せてくれ」

「さっさと帰るぞ」

「わかりました！　カイルの旦那、モンスターが出たら俺もがんばって戦いますんで！」

「必要ない、お前は罠に集中していろ」

「そうっスか？　了解です」

テオも納得したのか返事をして、尻尾をピンと立てながら来た道を戻りはじめた。

道中モンスターに出くわしたが、カイルは宣言通り花を地面に置いて敵を屠《ほふ》った。またしても俺の出る幕はなかった……ちょっと虚《むな》しい。

まあ、俺の出番がないってのはいいことだ。何事も起こらなくてよかったじゃねえかと自分に言い聞かせ、ダンジョンから出た。

猪《いのしし》門番は俺たちの姿を見つけて声をかけようと手を上げたが、カイルの手にある炎晶花に気づくと、そのままの姿勢で固まってしまった。

手を振ってみてもなにも反応しない。テオと目があって肩をすくめ、そのまま通り過ぎてしばらくした後、かすかな呟きが耳をかすった。

「は……あれ、え？　えええ、炎晶花？　すげえ……」

雨はずいぶんと小降りになっていた。花を濡らして状態が悪くなったらまずいので、テオと俺で花を守るようにして、雨が当たらないよう布を張りながら歩いた。

男三人、謎の布陣で花を守りつつ歩くの図。いくら雨で人通りが少ないとはいえ、当然目立つ。

「おい、山羊《やぎ》男の持ってる花、幻の炎の花じゃねえか？」

「本当にあったのか。都市伝説じゃなかったんだな」

「あの犬や山羊《やぎ》の人はともかく、兎ちゃんも防具つけてるけど、まさかダンジョン探索者なの？」

その辺の市民に噂されながら、早足でギルドへの道を進む。ああ、変に有名になりそうなフラグがビンビンに立ってるぜ……ダンジョン前でテオと別れときゃよかったと思うも、後の祭りだ。

テオがいなきゃインベントリを気兼ねなく使えたんだが、とジト目で彼を見据えると、キラキラとした瞳を返された。

「すげえっスね、イッキ様は勘がいいし、カイルの旦那は腕がよくて！　どうなることかと思ったけど、俺二人と一緒にダンジョン潜れてよかったっス！」

あまりに無邪気な様子に、逆恨みの気持ちも薄れていく。なんとも憎めないヤツだ。

なんとか花を濡らすことなくギルドについた。今日は酒場でたむろする探索者たちが多いようだ。

そいつらが一斉にドアのほうを向く。

「なっ、あれ」

「炎晶花だ」

「運がいいヤツらだな」

「いや待て、あの山羊《やぎ》と兎は、最近魔石だけで百ピン稼いだ実力者だって聞いたぞ」

「はは、そんなわけないだろ。山羊《やぎ》はともかく兎はないって」

「俺それ、現場に居あわせたんだ。確かにすごい魔石の量だった」

「ほんとかあ？　もしかしてギフト持ちか」

散々に噂される中、カイルはマイペースに腰のポーチからハンカチをとりだし、俺に手渡した。

「頭と耳を拭いておけ、風邪を引く」

「これしきのことで風邪なんて引かねえよ、ずいぶんと過保護なんだな」

「たった一つしかない貴重な体だからな、大切にするべきだろ」

一般論のごとく濁《にご》しているが、つまりは飯の質を落としたくないと。へいへい、協力しますよ。

「カイルの旦那、無愛想だけど優しいんっスね」

それは違うぞテオ、とつっこみたかったが、詳しくは話せないから苦笑いするだけに留めた。

髪と耳を拭き終えてからカウンターへ近づくと、ラベッタが笑顔で俺たちの訪れを待っていた。

「おめでとう。炎晶花の採取、依頼達成ね」

「ありがとうよ、早速状態を確認してくれ」

俺が返事をすると、カイルが花をカウンターに置いた。ラベッタは布越しに花を持ち、オコジョのお姉さんと二人で確認作業をしている。戻ってきたラベッタは満面の笑みだった。

「状態は申し分ないわ。依頼達成料を上乗せしておくわね」

「気前がいいな」

「領主夫人直々の依頼だったのよ。彼女も喜んでくださると思うわ」

ラベッタはマーシャル辺境伯の領主夫人と知り合いなのか。ギルドは領主一族と関わりがあるのかもしれないな。

魔石も売って、合計四十ピン手に入れた。前回ほどじゃないが、一日の稼ぎで一人あたり二十万だと考えると破格だ。この調子なら市民権の購入資金が貯まる日もそう遠くないかもしれない。

「じゃあ、俺らは帰るから。テオの仕事はもういいのか」

「ちゃんとダンジョン探索を見守ったし、手助けもしたんで怒られないと思います。ありがとうございました！」

「こっちこそ罠解除とか助かったよ。クインシーには、心配する必要はまったくないと伝えてくれ」

「かしこまりました！　そんじゃお二方、失礼します」

テオは大きく手を振るとギルドを出ていった。カイルに被るよう手渡されたローブを、ため息をつきながらも大人しく身につけると、俺たちもギルドから宿へ戻った。

次の日、雨は上がっており前日より涼しくなっていた。ダンジョン内ならともかく、外は長袖一枚では寒いくらいだ。今は秋なのか。

探索は半日で切りあげて、午後は服を買い足したほうがいいな。風邪を引くと命とりだ。そもそもマーシャルには医者はいるのだろうか。健康保険なんてものはなくて実費だろうし、その辺のことも調べておかなくちゃな。

早速飯の時に鹿獣人の女将《おかみ》に尋《たず》ねてみると、医者自体はこの町にいて診療所もあるらしい。市民権を持ってなくても医者にかかることはできるが、治療費はお高めとのこと。

何事も先立つモノは金ということだな。今日もしっかりと稼いでいこう。

朝からギルドに出かけて、人混みでごった返す掲示板を遠くから見据える。ダンジョン関連の依頼は、どの属性の魔石が欲しいといった内容が多いみたいだ。

「なあ、火の小魔石十個の依頼受けとく？」

「妥当じゃないか」

カイルの許可も得たので、依頼書を剥がすために人混みをかき分け……かきっ、わけっ、られないんだが!?

(アンタらゴツすぎだろ！　ちったあ場所譲りやがれ、俺が非力みたいで嫌なんだが！)

四苦八苦しながら奥に進もうとして弾き返されていると、いつぞやの『骨喰い亡者』の二人が依頼書を持って奥から出てきた。

「あ、イツキちゃん！」

狼男が俺を指差す。ハイエナ獣人も俺の姿を見つけて笑顔になった。

「ちゃんはいらねえって言っただろ」

「すまんイツキ。なんだ、依頼を受けに来たのか？」

「そうだ、あの依頼をな」

「お前の背の高さじゃ届かねえだろう、とってやるよ」

依頼書を指差すと、ハイエナのおっさんが親切にも依頼書を手渡してくれた。

「悪いな」

「いやいや、かわいいイツキちゃんのこと応援したいんで」

「だから、ちゃんはいらねえっつってんだろ」

「あ、すまん！　じゃあ俺らも依頼を受けてくるから、またなイツキ！」

二人はそそくさとカウンターに向かった。助かったけど、このままちゃんづけが標準になりそうな予感がする。

もう少し強く念押しすべきだったかと振り向くが、すでに依頼を受け終えてギルドを出ていくところだった。朝の忙しい時間だしな、邪魔はしないでおいてやるか。

気をとり直して、カイルを盾にしながらカウンターへ向かう。カイルの背中に張りつくようにして肩を押すと、不満そうな声が斜め上から降ってきた。

「おい、なに人を勝手に矢面に立たせている」

「だってアンタ、俺の護衛だろ。俺が先に進んで誰かにぶつかって怪我したらどうするんだ」

「そういえばお前は貧弱な兎だったたな、態度はでかいが体は小さいんだった」

「俺は貧弱じゃない。アンタらがでかすぎるだけだ」

言いあいながらもカイルはすいすいと人のあいだを進む。

通り過ぎる際、俺とカイルの頭を見て驚いている獣人が何人かいた。

「あ、こいつらが例のヤツじゃね？」

「花摘み兎と貴族山羊《やぎ》か」

「思ったより小さいし細いな」

「でもダンジョンの中層まで潜れるらしいぞ」

おい、誰が花摘み兎だコラ。貴族山羊《やぎ》ってのもなんだよ、カイルの服装のせいか？

適当な二つ名をつけられる前に、パーティ名を定めておいたほうがよさそうだ。もうかなり噂が浸透しているようなので手遅れかもしれないが……

せめてナメられたりカモにされたりしないように、振る舞いに気をつけることを内心誓った。

今日も勤務しているラベッタに声をかける。

「この依頼を受けたい」

「あら、いらっしゃいイツキさん。これなら貴方たちにとっては適正依頼ね、受理するわ。期限は三日後の朝よ」

ラベッタは素早く依頼の受付処理をしながら、気遣わしげに俺の顔をうかがった。

「毎日精が出るわね。連日潜ると疲れが溜まるから、適度に休みをとりなさいよ。はい、依頼書を渡しておくわね」

「ありがとう、あね……ラベッタ。今日の午後と明日は休むよ」

「ならいいわ。行ってらっしゃい」

あぶねえ、姉貴って言い間違えるところだった。

熱気のこもったギルドから抜け出し一息ついていると、カイルがそっと俺の目に焦点をあわせた。

「お前には姉がいるのか」

ははは、カイルにはバッチリ聞こえていたようだ。察しがいいな。

「ああ。元の世界にな」

声を潜めて返すと、カイルはそうかと一言呟いて、それきり黙って歩きだす。カイルには兄弟とかいるのかな。なんとなく一人っ子か、それか兄貴でもいそうなイメージだが。

「アンタはどうなんだ」

「俺に兄弟はいない」

お、答えてくれたぞ。もう少しだけ踏みこんだ質問をしてみるか。

「なんとなくいいところの坊ちゃんみたいに見えるよな。服装のせいかもしれないが」

「……」

買い与えた服はやたらと貴族然としているから、それを指摘してみたのだが。返ってきたのは沈黙だった。さすがにまだ、出自を教える気にはなれないようだ。

ここ数日接してみて、立ち姿が優美だったり所作が綺麗だったりするなと感じた。貴族服もしっくりと着こなしているしさ。

本名もやたらと長かったし、上流階級出身っぽいなと思っていたりするのだが。

実際のところどうなんだろうな？

俺が相棒にすると決めた相手だ。できることなら、いつまでも護衛と雇い主の関係じゃなくて、相棒としてやっていきてえもんだが。

（……いいさ、少しは心を開いてくれている感触がするし、根気よくいこう）

なかなか懐かない猫でも手懐《てなず》けている気分で、猪《いのしし》の門番に手を振ってダンジョン内部へ潜入した。

昨日進んだ十四階層まで地図を駆使《くし》して、最短距離で進む。

ここまでで体感一時間はかかっているな。午前中で探索を終えるなら、滞在は三時間が限度だ。

今日は十五階層のボスを倒すよりも、依頼達成のために必要な火の魔石を探すことに重点を置くとしよう。十階層までは極小の魔石が多く、十階層より先に進むと小魔石が出やすいらしい。

『骨喰い亡者』たちに渡した九階層の魔石や、初めて五階層のボスを倒した時に手に入れた白い魔石は小魔石だった。

このように上の階層でも出ることもあるが、基本的には階層に応じた大きさの魔石が出やすいので、本日は十四階層でモンスターを狩ろうと思う。

よし、午前中に絶対集めきってやる。指をポキポキ鳴らしながら、気合を入れて宣言した。

「さてと、やりますか」

「基本的に働くのは俺だがな」

「妥当だろ？　護衛なんだから。それとも俺のことを相棒って認めるか？」

「別に護衛することに対して文句を言っているわけじゃない。浮かれてヘマするなよ」

「誰がするか」

相変わらず雇い主にまったくへりくだる気配のないカイルと軽口を叩きあいながら、敵を見つけては剣で、魔法でなぎ倒していく。俺もカイルの背後から、邪魔にならない程度に氷の矢を飛ばした。

ここいらは蜘蛛《くも》やコウモリのモンスターばかりだ。火属性のダンジョンだけあって、落とす魔石は火属性を帯びたものが多い。

初日の大蛇が落とした白く輝くような魔石は、カイルの言う通りかなり貴重な石で、光の属性を帯びたものだったようだ。あの後一つも手に入れていない。

光属性の魔石がどれだけ貴重か知らなかったので売っぱらってしまったが、手元に置いておいてもよかったかもなあ。

赤、赤、たまに紫、緑、黄の魔石をどんどん集めていく。このペースなら二時間もかからず探索を終えられそうだと、皮算用をしていると。

前にいたカイルに突然抱えこまれて、背後に引き倒された。

とっさのことに反応できず見開いた目の前を、煌《きら》めく矢尻が通り過ぎていく。

「っ⁉」

カイルの首筋をかすった矢は、コツンとダンジョンの壁に当たって落ちた。尻餅をついた衝撃で思わず目をつぶる。

「怪我はないか」

尻が衝撃で痺《しび》れているが、痛くはない。ほかも特に傷ついてはなさそうだ。

「ない、と思う、けどアンタのほうが矢に当たってたんじゃないか？」

「おい、見せてみろ」

カイルが顔をしかめながら首筋の髪をかき分け皮膚に触れると、指に血がついたのが見てとれた。

「必要ない、これくらいならかすり傷だ」

「いいから見せろって言ってるだろ」

語気を強めにして言い張ると、カイルは渋々といった様子で後ろを向いた。垂れた血を指の背でぬぐい、指先を伸ばして傷口に触れる。鋭利な刃物で切ったみたいにザックリいってるじゃねえか。

「っ」

カイルは痛みからか、肩を強張らせた。待ってろよ、今治してやる。

指先から傷口に向けて、治癒用に整えた魔力を流しこむ。ギフトのおかげで的確な技術を使用し最高の効率で注がれた魔力は、みるみるうちにカイルの傷を癒《いや》した。

元通りの白い皮膚に戻った首筋を指先で撫でて、傷痕がないことを確かめる。

「これでよし」

はあ、ビビった。この程度の傷ならいくらでも治せるが、『魔力の支配』のギフトにも欠点はある。細胞をくっつけることはできても、なくなったものは増やせないのだ。

例えば腕が吹っ飛んだとしよう。パーツが残っていればくっつけることができるが、欠損部位を新たに作りだしたり失った血を補充したりすることはできない。

ポーションでなんとかできるといいんだが。午後は優先してその辺りを調べてみたい。

カイルは恐る恐る首筋に触れて、傷がなくなっていることに気づいたらしい。ぐるりと首を回して俺を見た。驚いたのか半開きの唇が、ハッと息を吸う。

「お前……」

「もう痛くないだろ」

「……ああ。助かった」

カイルは存外素直に気持ちを表した。そういう顔してると、年相応に見えるな。

彼は気まずげにそっぽを向いた後、ボソリと声を出す。

「勝手はわかった。次は完璧に避ける」

「そうか。頼りにしてるぜ」

カイルは微笑む俺にチラリと視線を投げると、恥じるようにして目を逸らしてしまった。

（うっかり怪我したのがそんなに恥ずかしかったのか？　しょうがねえ、フォローしてやるか）

「トラップはカイルの専門外なんだから、そう恥じることはねえよ」

「そうじゃない、お前が……」

カイルは勢いよく話そうとしたが、そこで言葉を切った。

ごく小さな声で、笑顔が無駄にかわいいんだよクソ、と聞こえたが……ひょっとしてカイルにも俺の笑顔は効果的なのか。

そうかそうか、へえ。いいことを聞いてしまった。悪いなカイル、聞かれたくなかったかもしれないが、俺の耳は手触りがいいだけじゃなくて、とっても高性能だから聴こえてしまったぜ。

ニヤニヤとほくそ笑んでいると、カイルは適当な言い訳を唱えはじめる。

「……トラップはパターンを覚えれば、ある程度対処できる。あの犬がいなくてもいいように、俺がなんとかしてやる」

「やる気があるのはいいことだ。今度テオに会ったらコツを教えてもらおうぜ」

「ハッ、誰が犬っころに教えを乞《こ》うか」

意地を張らずに教えてもらったほうが効率がいいと思うんだが。その後はトラップにかかることもなく、無事に火の小魔石を十個、目標時間内に集めることができた。

ギルドで依頼達成の報告をした後は、手に入れた十四ピンをカイルと山分けした。ラベッタには朝受けた依頼をもうこなしたのかと驚かれたが、俺の相棒の手にかかればこんなもんよ。

……もうちっと俺も積極的に攻撃に回るか。相棒扱いしてほしいと言いながら、護衛に寄りかかりっきりになってる気がする。

カイルが率先してモンスターを狩ってくれているおかげでもあるが、次回の課題だな。

ちなみにパーティ名は勝手に名乗るものであって、ギルド側では管理してないことがわかった。ことあるごとに『骨喰い亡者』の二人組のように宣言すれば、通り名って消えるんだろうか……どうにも気恥ずかしい上に、効果が薄い気がする。

そもそもパーティ名とか思いつかねえしな……いいや、もう。なるようになれだと、思考を放り投げた。

「さて、買い物の時間だ。まずは服屋に行くぞ」

前回寄った古着屋に行き、秋服と冬服を購入した。大量に服を買った客だとネズミの店員が覚えてくれていて、今回もまとめ買いだと告げると少し安くしてくれた。ラッキーだな。

カイルの分はやはり貴族然とした服しかないが、その中でもなるべく動きやすそうなのを選んだ。

今回は彼が自分の服の料金を支払っていた。

俺も毛皮のコートやセーター、靴下などの細々としたものまで、この際だから一括でそろえた。毛布なども念のため買っておく。それと冬用のブーツもだ。

これで凍死はまぬがれるであろうと安心できたので、次の店に移動する。

「器を売っている場所に行きてえんだが」

「それなら雑貨屋だろうな」

カイルと二人、雑貨屋を探して町を練り歩く。古着屋がある通りで雑貨屋を見つけることができた。ナチュラルテイストな雑貨屋に入って、おわんの形をした木の器を五個ほど購入した。

リスっぽい小柄な……小柄といっても俺より少し低い程度の背丈の店員に、欲しい物の在庫を尋《たず》ねる。スプーンなどのカトラリーと、すり鉢とすりこぎも手に入れることができた。

インベントリになんでも入れておけるから、買い溜めできて便利だな。

「カイルも買いたい物があったら遠慮なく言えよ？」

「今はいい」

「そうか。古本屋にも寄っていくか」

古本屋につくと、古めかしい雰囲気の店の前に馬獣人のホセが立ち、通りに目を光らせていた。俺たちに気づくと、軽く会釈《えしゃく》して中に入れてくれる。

店の奥のほうにフェルクがいて、本をとりだして整理しているところだった。彼は俺の姿を一目見ると、ふわっと頬《ほお》を綻ばせる。

「いらっしゃいませイツキさん。お待ちしてました、貴方の探していた本が入荷されていますよ」

「よおフェルク、早速見ていいか」

「はい、持ってきますね」

フェルクの持ってきてくれた本は難しい文体で、表紙には『悪魔の生態について～残虐な生』と書かれている。

なかなか購入意欲をそそられるタイトルじゃねえか。横に立つカイルが嫌そうに顔をしかめていたが、構わず購入することにした。

「すいませんイツキさん、この本は貴重図書でして、五ピンします」

「高価だな、でも買う」

「ありがとうございます！」

ああ、せっかく稼いだ金が湯水のごとく消えていく……若干惜しい気持ちになるものの、リスクに備えることは大事だと思いなおす。

せめて魔人の地雷を避けて通れるくらいの知識は手に入れておきたい。寝耳に水な理由で護衛を解消されたくないからな。

本と引き換えに代金を受けとったフェルクは、なぜかそわそわしている。ああ、もしかして。

「……この前ダンジョンで炎晶花を見つけた話、聞きてえか？」

「え、炎晶花ですか!?　生きる美術品として名高く扱いが難しすぎて個体数が少なくコレクターたちの羨望の的だという、あの炎晶花ですか！」

「やけに詳しいな」

そしてすごく早口だったな。フェルクは冒険小説オタクなだけでなく、美術品オタクでもあるのか？

「綺麗な物、珍しい物に目がないんです。ぜひそのお話聞かせてください」

フェルクとひとしきり話に花を咲かせた後、入り口付近でダンジョンに関する本を立ち読みしていたカイルを連れて、店を後にする。

腹が減ったので露店で適当につまんだ後は、ポーション屋を探した。

雑貨屋や古本屋と同じ区画にあったポーション屋は、凝ったデザインに彫られた木の扉が印象的な店だった。

「いらっしゃいませ」

扉を開けると、品のよさそうな羊の老獣人が声をかけてきた。軽く会釈《えしゃく》して店内に入ると、カウンターの奥にさまざまな色と形の瓶が並んでいるのが見えた。

店主はつぶらな瞳でカイルを見やると、眼鏡をかけ直す。しかしカイルにはなにも聞かずに、俺のほうに向き直った。

「おや、これはかわいらしいお客さんだ」

「それ、どこに行っても言われるんだが。俺はそんなにかわいいか？」

なあ？　とカイルを振り向くと、ちょっと頬《ほお》を染めて気まずそうに目を逸らされた。

おいおい、答えてくれよ。

真っ白な髪をしている羊のおじいさんが、おかしそうに笑う。

「ふぉっふぉっふぉ。お前さんを見てかわいいと思わない輩《やから》がいるとすれば、感性がゆがんでおる」

「へえ、そんなにかわいいか。そうかそうか」

「内面はずいぶんとしたたかそうじゃがのう。それで、今日はなにを求めてきたのだ？」

なかなか食えないじいさんだ。ポーション屋をやっているためか、保持魔力も獣人にしては多いようだし、懐《ふところ》に手をつっこんだらこちらのほうが食われそうだ。

下手な駆け引きをせず、正直に答えることにした。

「ポーションの購入を検討しているんだが、性能と値段を知りたい」

「よいぞ。ポーションじゃな」

コトリと音を立てて、カウンターの上に小ぶりの瓶が置かれた。淡い黄緑色の、いかにもファンタジックな色の液体が入っている。

「ポーションにもいろいろあるが、一般的にただポーションが欲しいとゆうて出てくるのはこれだのう。初級ポーション」

「へえ、中級や上級もあるってことだな」

「さよう。初級は軽度の切り傷、刺し傷、腹痛向けじゃな」

「腹痛を治せるってことは、体調不良にも効くんだな。欠損を治せるのは、どのレベルのポーションなんだ？」

じいさんは片眉をつりあげ、眼鏡を押しあげた。

「お前さん、そりゃ伝説の超級ポーションでもないと治せんだろう」

「そうなのか」

ちなみに超級ポーションの在庫はないという。欠損を治すレベルの保険は、今すぐ持ち歩けそうにないな。

自分でもポーションを作ってみたいので当初の予定通り、参考のために初級ポーションを一つだけ買っていこう。

ポーションを受けとる際、羊のじいさんと手が触れた。そこから魔力を吸いとられそうな気配を感じて、とっさに回路を断つ。

カイルがすかさずあいだに入って、じいさんの手を叩き落とした。じいさんはニヤリとからかうように笑う。カイルは魔力を放ち羊獣人を威圧した。羊の耳がかき消えて、尖《とが》った悪魔の耳が現れる。

「威圧を使うとは、やはり同族であったか」

「こいつに触れるな」

「ポーションの代金をもらおうとしただけだろうに」

「金ならここにある」

カイルが初級ポーション代の三ブェンを投げ渡すと、じいさんはしょんぼりと眉尻を下げた。

「魔力こみの値段だというのに……独占欲の強い男は嫌われるじゃろうて」

「なっ、そんなんじゃねえ」

焦って肩を怒らせるカイルに、じいさんは楽しそうに目を細める。

「ほっほっほ、若い者をからかうのは楽しいのう。兎さんがダメだというならほれ、お前さんが支払いなさい」

「誰が払うか」

「ならそのポーションは没収じゃ」

「金は払っただろう、それで手打ちにしろ」

「ああ……腹が減ったのう。今日は三日ぶりに、魔力を味わえると思ったのにのう」

哀れっぽく嘆《なげ》くじいさんに、カイルがぐぬぬと歯を食いしばる。おい、遊ばれてんじゃねえよ。

「アンタは客から勝手に、代金の一部として魔力を徴収してんのか？」

じっとりとした視線をじいさんにぶつけると、彼は楽しそうにほっほっほと笑った。

「そうせんと生きていけんからのう。ワシを悪魔だと通報して代金を踏み倒そうとしても無駄じゃぞ？　この町にはちとコネクションがあるんでの」

道理で正体を見破られても焦る様子がないわけだ。魔力も代金のうちだって言い張るなら、ここは適当に払って場をおさめるか。

「いいぜ、俺の魔力を持ってけよ」

「テメェはひっこんでろ」

俺の言葉を聞くやいなや、カイルはじいさんとガッチリ握手をした。じいさんはにこやかな笑みを浮かべていて、カイルはそんなじいさんに親の仇《かたき》でも見るような目で、ガンを飛ばしている。

「そうにらみなさんな、青くさいのう」

「うるさい、口を動かしてる暇があったら早く食べろ」

しばらくしてカイルが手を払うと、じいさんは満足した様子で俺たちに手を振った。

カイルは俺の手をひっぱって、店の外に連れだす。

「くそ……あいつ、遠慮なく吸いとりやがって」

「アンタの反応が面白かったんだろ。また宿で補充させてやるから、そうカリカリすんなよ」

「フン」

カイルは手を繋いだままずんずん宿に向かって歩きだしたので、仕方ねえなとついていく。

案外、大人になって主人から逃げだした元奴隷の悪魔は、ああやってたくさんの獣人からちょっとずつ魔力をもらいながら、市井《しせい》に紛れて暮らしているのかもしれないな。

前を行く背中と、鈍く光る銀の髪を目にしてふと思う。

もし俺と道を別つことがあれば、カイルもあんな風に暮らしていくんだろうか。

獣人を見下している面があるから、獣人社会にうまく馴染《なじ》めるかどうか疑問ではあるが。

「カイルもポーションを作れるのか？」

彼はかぶりを振る。長く弧を描く山羊《やぎ》角が、カイルの頭の動きにあわせてブンと振られた。

「俺はああいうチマチマしたやり方は、性にあわない。獣人どもから薄い魔力をかき集めて生きながらえるなんてのも、飢えで気が遠くなりそうだ」

「ああ、細々したことが得意そうなイメージはないな」

「なんだと？」

「怒るなよ、自分で言ったんだろ」

どうにも気持ちが収まらないらしいカイルに苦笑しつつ、白枝のせせらぎ亭への道をたどる。

この世界、ちょいちょい同性同士のカップルがいるらしく、俺とカイルが手を繋いでいたところで奇異の目を向けられることはない。

いや、待て。宿の前に立っている犬獣人が、溢れ落ちそうなほど目をかっぴろげているのが、遠目からでもわかった。俺たち相手に、ものすごく奇妙なものを見るような目を向けているのは、先日知り合ったばかりのテオだった。

第二部　交渉ごとは得意なほうだ

テオはブリキのオモチャみたいな不自然な表情をして、顔を引きつらせながら笑っていた。耳はへにょりと垂れていて、尻尾は丸まっている。まるで怯《おび》えるような反応に内心首をかしげていると、彼は意を決して話しかけてきた。

「あ、どうもイツキ様……だ、旦那も、昨日ぶりっスね！　は、はは、は……」

「どうしたんだテオ、様子がおかしいぞ」

「拾い食いでもして腹を壊したか」

カイルの軽口に、テオはブンブン両手を振って否定する。

「ひえっ、違いますって！　あの！　とにかく、ボスが呼んでるんで！　一緒に来てください！」

テオはカイルのほうを見ないようにしながら、必死に言い募る。俺は赤みを帯びた葡萄《ぶどう》色の瞳と視線をあわせた。カイルはあからさまに面倒そうな顔をしている。

「用事があるというなら、そっちから出向くのが筋じゃないか」

「それはその通りなんですけれども！　ボスは忙しい方なんですよう。よろしく頼みますって」

「……おい、どうするんだ」

カイルが判断を俺に委《ゆだ》ね、せっついてくる。待てよ、今考えている最中だ。

今までのクインシーの出方を見るに、俺を捕らえようとか危害を加えようという意志は、まるで感じられない。危険性は低いだろうし、乗ってやってもいいが……

「なあテオ、クインシーはなんの用事で俺らを呼んでるんだ」

「えーっと、その、カイルの旦那がやっぱりその……野放しになってる件で、ボスが話を聞きたいらしくて」

ああ、テオ。知ってしまったんだな、カイルが悪魔だってことを。クインシーがいる場で悪魔を買ったのは失敗だったかもしれない。

あの時は後で出直すって機転が働かなかったんだよな。カイルに会った瞬間に、こいつだ！　と直感が働いたというか。

一回出直しているあいだに他のヤツに買われでもしたら目も当てられなかったし、あれでよかったということにしよう。

だとしたら、ここから挽回しなきゃな。クインシーの話しあいに応じて、カイルの安全性をしっかりプレゼンするんだ。活路はそこにある。

「……行くしかねえな」

「あ、来てくれるんっスか⁉　ありがとうございます！」

「ただ、少し待ってくれないか。荷物を整理する時間が欲しい」

「だったら魔車《ましゃ》を用意するので、整理し終えたらまたここで待っててほしいっス」

「わかった」

カイルを伴い、早足で借りている部屋へ入る。荷物整理なんていうわかりやすい嘘に、カイルは疑問を呈した。

「で、なんだ。作戦会議でもするつもりか」

「アンタは無駄に喧嘩を売ったり暴れたりしなきゃそれでいい。後は俺がうまくやるから、話をあわせてくれ」

「はあ、面倒な。いっそのこと、この町を出れば丸くおさまるんじゃないか？」

「それは最終手段だろ。うまく話がまとまるに越したことはねえ」

「チッ」

ただ、今のお怒りカイルを連れていくと、まとまる話もまとまらなくなる。一度腹を満たしてやるのが一番いいよな。獣人でも魔人でも、腹が満たされたら気分がよくなるもんだろう。

「今のうちに食べておけよ」

ほい、と右手をカイルの左手に乗せて、指先から魔力を放出する。慌てて吸いついてきた。

「手のひらにこぼすな、味わいが淡くなるだろう」

「俺にはその感覚、わかんねえからなあ。どうしたいのか、ちゃんと言葉で教えてくれよ」

「力を抜いて俺に身を委《ゆだ》ねろ」

少々危うい発言に聞こえるが、気のせいだろうか。他意はないんだろうな……

試しに言われた通り腕の力を抜くと、カイルは大事そうに俺の腕を両手で抱え、指先をちゅうっと吸った。

「……っ」

（ああ、だからそれさあ。腰にくるからやめろって）

腹にグッと力をこめて快感をやりすごす。カイルは俺の指を散々舐《な》めしゃぶっていたが、やがて上気した顔を上げた。

「お前の魔力は中毒性がひどいな」

「それは褒められてるのか？」

「どうだろうな。たまらなく幸福な気持ちと、出会わなければよかったと後悔する思いが半々だ」

なんだそりゃ。やっぱりよくわかんねえが、とてつもなく美味《おい》しいと感じているのは伝わった。

満足したカイルはやっと俺の腕を解放した。さっきまで怒っていたのが嘘みたいに機嫌がよさそうだ。腕を解放する時、余計な一言がなければもっとよかったんだが。

「手首が細いな、折れそうだ」

「折れねえわ、アンタらが逞《たくま》しすぎるだけだから」

「俺は大型獣人よりは細いほうだろう」

「だとしても……やめよう、この話は不毛だ」

いくらカイルが痩《や》せているといったって、俺よりずいぶんと背も高いし、服を着ているとまるでモデルみたいな好ましい体型に見えるのだ。

だからそう、例えば俺の手をとるアンタの、骨張った手がセクシーでいいな……なんて思ってしまったりも、する。

……深く掘り下げると今後の関わりに支障が出そうなので、ここいらで頭を切り替えよう。テオも待たせているしな。

貴族の館に呼ばれるんだし、念のため上品な服に着替えて宿の前に戻る。そこには布張りの立派な馬車のような乗り物が、俺たちの来訪を待っていた。横っ腹にはマーシャル辺境伯家の紋章が彫ってある。その前にテオが立っていて、俺たちを見つけて一礼した。

「魔車の用意ができました、イツキ様！　あとカイルの旦那も、のっ、乗ってくださいますか!?」

「そうビビるなよテオ、カイルは誰彼構わず危害を加えるヤツじゃないぜ」

俺が肩をすくめると、テオは困った顔をした。とにかく中へどうぞと背を押されて魔車とやらに乗りこむと、テオは話を再開する。

「そうですよね、そばにいるイツキ様が大丈夫なんだし、わかっちゃいるんですけど悪魔ってだけで怖くて……申し訳ないっス、カイルの旦那！」

いきなり謝罪をされてカイルは赤紫色の目を瞬く。悪魔と認識された上で謝られたのが意外だったのか、視線をさまよわせながら口を開いた。

「……悪魔が獣人を襲うのはよくあることだから、恐怖を抱くのは仕方がないことだろう。いちいち謝らなくていい」

「はい、わかりました！」

「俺は、理由がない限りお前たちを襲わない」

カイルは腕を組みながらテオを見下ろす。犬耳をぶるっと震わせたテオは、両手を膝の上で握りしめながら恐る恐る口を開いた。

「そのぉ、理由ってどんなのか聞いてもいいっスかね？」

「喧嘩をふっかけられた時と傷つけられる恐れがある時、それと」

チラリと隣にいる俺を見下ろすカイル。

「こいつに危険が及んだ時だ」

テオの茶色い瞳が不安を帯びた暗い色から一転し、期待一色に染まる。

「旦那、イツキ様と仲良しなんスね！」

「違う……そういう意味じゃない」

苦い顔で腕を組むカイル。仲がいいと誤解してくれると都合がいいから、俺も便乗してしまおう。

「そうそう、仲良しなんだ。相棒だからな。カイルは恥ずかしがってるだけなんだよ」

「テメェ……」

下手に契約のことを漏《も》らすと俺の秘密を話すことになるので、カイルはそれ以上なにも言えない。文句を言いたそうなカイルの視線は、テオとの会話に集中しているフリをして黙殺してしまおう。

「なるほど、相棒なんスね！　獣人のイツキ様と相棒だから、同胞であるほかの獣人も傷つけないとか、そういう感じなんスか？」

「そうそう、だいたいそう」

適当に返事をすると、テオは納得がいったのか安心したようにニコニコしだした。苦虫を噛みつぶしたような顔をしているカイルだが、別に間違ったことは言ってねえよな？

俺の魔力を吸い続けたいのなら、誰彼構わず襲って敵を増やしてる場合じゃねえからな。なんせ護衛の手間と、俺が巻きこまれて傷つけられるリスクが増えるんだから。

そうだろ？　と隣の美形を見上げると、チッと舌打ちされた。そんなに眉根を寄せていたら、せっかく綺麗な顔をしてるのに眉間の皺《しわ》がとれなくなっちまうぞ。

話をしている最中も、魔車はゆっくりと町中を進む。石畳の上を走っている割には揺れないな。

「ところでこの魔車ってやつ、どういう仕組みで動いてるんだ」

「これはですね、風の魔石と雷の魔石を組みあわせて動かしてるそうですよ。俺にも理論はさっぱりなんスけど」

「速度はこれ以上出ないのか」

「出ないですねえ。静かなんで町の中を走るにはいいんですが。速度を出すなら鳥車《とりしゃ》のほうが向いてるっスよ。めちゃくちゃ揺れるけど」

鳥車か、ファンタジックだな……二足歩行の巨大なダチョウが荷車を引く図が頭に浮かんだ。

「鳥車、乗ってみてえな」

「地方とか、街道ではみんな鳥車で走ってますよね！　イツキ様は乗り物酔いしないほうっスか？」

「したことねえ」

「えー、うらやましい！　俺、魔車ならともかく鳥車は時々酔っちゃうんスよねえ。カイルの旦那はどうっスか？」

「俺も酔ったことはない」

「いいなあ」

魔車はゴトゴトと俺たちを運び、やがて城のようにでかい屋敷の門前まで来た。

「あ、つきましたね！　庭も魔車で突っきるので、このまま乗っててくださいね」

御者が門番に取り次ぎ、門番が門を開けると再び魔車が動きだす。

すげえ金持ちの家に来たみたいだ。実際辺境伯ってのは、金持ちなんだろうが。

こっからは貴族のホームってわけだ。クインシーがどういうつもりか知らねえが、敵地にいるつもりで気を引き締めていこう。

気合を入れる俺とは違いカイルは自然体で、暇そうに外の景色を見ている。機嫌は悪くなさそうで、なによりだな。

「……なあテオ、念のために聞いておくがクインシーって辺境伯の息子であってるんだよな？」

「はい、そうですよー。お兄様が跡を継ぐことになってますんで、ボスはお兄様の仕事の手伝いをしてるんっス！」

「へえ、じゃ次男坊か」

「ですね。書類仕事より現地視察のほうが好きだからって、よく出歩いてますすよ」

ああ、なんかそういう感じだよな。俺と会った時も現地視察とやらの最中だったのかもしれない。

木々が乱立する中、まっすぐに続く道を魔車はひた走る。開けた場所に出て少しすると魔車は再び停まった。

「ついたみたいっスね、降りましょう！」

テオは身軽に立ちあがり、先に魔車から出た。カイルと俺も続いて外に向かう。

中庭の中央には石造りの砦《とりで》のような外観の、質実剛健とした城がそびえたっていた。イギリスのウィンザー城をコンパクトにまとめた感じだ。

城の西側に小窓のついた一際高い塔がある。山脈までの平地をよく見渡せそうなそれは、国防のための監視塔としての役割があるのだろうな……

山の向こうには魔人の国があるはずだ。クインシーは悪魔との交流を認めないつもりだろうか。

いや、それなら俺が悪魔の奴隷を買うと言った時点で、もっと強硬に止めているはずだ。

カイルが相棒であることをうまく認めさせ切り抜けることができると信じて、城の正門に向けて一歩踏み出した。

「あ、イツキ様そっちじゃないっス。こっちこっち」

出端を挫《くじ》かれて、たたらを踏んだ。やめろカイル、こっちを見るんじゃねえ。

テオは城の脇に建っている別邸を指し示していた。あ、砦《とりで》と生活の場は違う感じなのか？

案の定そうだったらしく、そちらの屋敷の前は軽やかな印象の花々で調えられている。人を寄せつけない雰囲気の城砦の門前と違い、生活感があった。

テオが門番に話しかけると、すんなりと通してくれる。玄関奥はホールになっていて、石造りの天井は高く空間が贅沢に使われており、壮麗な佇《たたず》まいだった。

「ボスの部屋に案内するっスよ、ちゃんとついてきてくださいね」

犬耳をパタパタと揺らしながら先導するテオに、カイルと二人で大人しくついていく。優美な雰囲気の廊下を進み、立派な装飾が施された木製の扉の前まで来ると、テオはノックをした。

「戻りましたボス、テオです」

「テオ？　開いてるよ、どうぞ」

扉越しに声が届く。テオは扉を押し開けて、俺たちに部屋に入るように促した。

部屋の中ではクインシーが書類を片手に、難しい顔をして唸《うな》っていた。

「それで、進捗は……わお、イツキじゃないか！」

意識の半分以上を書類に置いていたらしきクインシーは、テオに視線を移すと同時に隣に立つ俺に気づく。彼は手を広げておおげさなリアクションをした。

「なんでそんなに驚いてるんだ、アンタが呼んだんだろ」

「いやーだってさ、君ってば危なっかしすぎて、いついなくなってもおかしくないと思ってたから。幽霊じゃないよね？」

「失礼な。人を勝手に殺すな」

「ごめん、ちゃんと生きててくれて嬉しいよ。テオ、お茶を用意してあげて」

「はい、ただ今！」

ポイと書類を机の上に放ったクインシーは、俺に近づいてきてまじまじと服装を眺めた。

首元にクラバットを巻いた貴族の子弟か兵士のような格好を揶揄《やゆ》するでもなく、にこりと好意的に微笑む。

「へえ、そういうストイックな服装も似合うんだね。すごくかわいいよ、耳を撫でていい？」

「絶対にお断りだ」

「ええ？　ひどい」

ひどいのはどっちだよ。性感帯だなんて知らなかった頃ならいざ知らず、今は条件と引き換えに触らせたりなんかしねえからな。

「セクハラ反対」

「セクハラじゃないよー、純粋に肌触りと色と形が好きなだけで」

話しながら俺に近づこうとしたクインシーの前に、カイルが割りこんだ。しなやかな獣のようなカイルの動きに虚《きょ》をつかれたクインシーは、ヘーゼルの目を瞬かせて一歩引く。

「あれ、君はあの時の奴隷だよね？　テオから話を聞いていたけど、本当に首輪をしてないのに大人しくしているなんて。驚いたなあ」

カイルは迷惑そうな目つきでクインシーを見下ろすが、クインシーは頓着《とんちゃく》せず、カイルの山羊《やぎ》角から足先まで無遠慮に視線を走らせた。

「ずいぶん立派になっちゃってまあ……どっちが主人だかわからない格好だね、そういうプレイなの？　イッキ」

「違うから。こいつにしっくりくるサイズの服が、貴族っぽい服しか見当たらなかったんだ」

クインシーは片眉を上げてカイルをジロジロ観察し、くすんだ赤のドレスシャツを見て、

「見覚えあるような……」

と呟いていたが、結局詳細は思い出せなかったみたいで、諦めて首を横に振った。

「立ち話もなんだし、かけてくれ。テオ、俺の書類を整理しておいて」

「ええ？　またですか……」

テーブルにお茶を置いたテオは、嫌そうな声を上げた。クインシーはかまわず笑顔のままで言い募る。

「頼むよ、君の分け方がしっくりくるんだ。給金を弾むからさ」

「しょうがないっスねえ、もう」

(仲が良さそうな主従だな)

クインシーは執務机にテオが向かうのを確認し、斜め向かいにある来客用のテーブルに腰かける。俺たちもテーブルに備えつけられたソファーに座ったところで、本題に入った。

「それにしても、首輪もないのにどうやって悪魔を手懐《てなず》けたのかな。参考までに聞かせてよ」

クインシーの目がキラリと光る。ここが正念場だ。さりげない微笑みを浮かべて返答する。

「別に大したことはしてないぜ。話してみたら、悪魔でも意外とわかりあえるもんなんだ。カイルは護衛として雇われることに納得してる」

怪訝《けげん》そうに首をかしげるクインシーの頭の動きにあわせて、金の髪がサラリと揺れた。

「それ、本当に？　世間の通説とは違い、悪魔の中には話が通じるヤツもいるって、俺もわかってはいるけどさ」

おっ、博識だなクインシーは。伊達《だて》に辺境伯家の一員をやってない。

少しでも好意的に話を受け入れてもらえるよう、かわいいと称される笑顔を存分に披露《ひろう》する。

「そうなんだよ。俺もカイルとは仲良くやっていけると思ったから奴隷から解放したんだ。な？」

「……そうだな」

カイルは無愛想に淡々と、肯定の言葉を口にした。クインシーに愛想を振りまく必要性をまったくもって感じていないらしい。

あのさ、もう少し信頼に満ちた視線とか、心から納得しているような笑顔とかを振る舞ってくれてもいいいんだぞ？

まあ、肯定してくれただけ及第点かと俺は甘めの採点をしたが、クインシーは話の真偽を疑っているようだ。もう少し仲良しアピールが必要だろうか。

「ふうん、そう……ところで話は変わるけど、最近ギルドに期待の新人が来たそうなんだよ。それがにわかには信じがたい話でね？」

「ほお、どんな話なんだ？」

「兎と山羊《やぎ》の二人組が、初日に中層までダンジョンを踏破したり、存在が疑われるほど貴重な炎晶花を採取したりしたらしいんだ。これって君たちのことで間違いないよね？」

確信を持って問いかけるクインシーから目を逸らさずに、余裕ぶった笑みを浮かべる。

「……まあ、そうだな。特に後半はアンタの部下もよく知っているだろうよ」

クインシーはテオを一瞥《いちべつ》してから足を組み直し、薄く微笑みを唇に乗せた。

「だとすると、君は魔力が豊富なんだね？　そして豊富な魔力を活用できるギフトも持っている」

ははは、バレてやがる。なんのギフトかまでは悟られていないようだが、おおむねその推測通りだ。

痩《や》せぎすだったカイルが艶々していて、ほかの獣人を襲っている様子がなく、さらに俺が問題なくダンジョンに潜って出てこられている……

これらの情報を組みあわせれば、俺が魔力持ちであり、おそらく強力な魔法系のギフトが使えるということが、クインシーにはわかってしまったのだろう。

豹耳《ひょう》をピンと立てた彼は、ことさらにっこりと笑みを深めた。

「それ、ものすごーく手元に置いておきたい能力なんだけど。俺に雇われる気はない？　水属性か風属性の魔力が使える子が欲しかったんだよね」

彼は一拍間を置いて、俺たちの反応を確かめているようだった。俺もカイルも表情を変えないのを見てから、一言つけ加える。

「もちろん、ほかの属性でも大歓迎だよ」

……ここまでバレているなら、強情に隠し続けると交渉がこじれそうだな。ある程度手の内を明かして、相手の望みを聞いてやるのが落とし所だろう。

俺はもったいつけながら、重々しい口調でクインシーに語りかけた。

「そこまでバレているならしょうがねえ……アンタの予想通り、俺は土属性の魔法が使える」

本当は全属性使えるが、それを知られてしまえば冗談ではなく監禁もありえるので、伏せておく。水属性と風属性も欲しいと言っていたため避ける。攻撃にも防御にも汎用性が高そうな、土属性だということにしておいた。

クインシーはパァッと光り輝くような笑顔を見せた。

「え、本当に⁉　それはすごいことだよ、イツキ！」

ヘーゼルの目を輝かせ、自分のことのように喜んでみせるクインシー。これを演技でやっているかもしれないと思うと、人間不信になりそうだ。いや、本気で喜んでいるように見えるが。

クインシーはテーブルの上に手をつき、身を乗りだしてまくしたてた。

「獣人で魔法が使えるなんて素晴らしい才能だよ、ぜひうちにおいで！」

「それはちょっとな……俺にはどうしてもダンジョンに潜りたい理由があるんだ」

思わせぶりに目を伏せておく。クインシーはハッと口を塞《ふさ》いで、眉尻を下げた。

俺はカジュ村出身の兎獣人だとクインシーには思われているはず。魔物へ報復するため、強くなるためにダンジョンに身を置いていると勘違いしてくれるといい。

本当は市民権を得て自分の家を手に入れて、快適に暮らしたいだけなんだが、それは言わないでおく。

もし本当の目的を知られて、市民権くらい俺があげるから雇われてよと、エサをチラつかされてしまった場合……決心が揺らぎそうだからな。

せっかくうまくいってるんだから、自分たちの力でダンジョンに潜って、市民権を手に入れたい。もう雇われの身はコリゴリなんだ。短期的に手を組むとかならともかく、長期的にこいつに仕える気はさらさらない。

俺は自分の力で金を稼いで、自由に暮らしたいんだ。しがらみが生まれそうな施しは、受けとらないに限る。

「今、カイルのおかげで安全にダンジョンに潜れているんだ。俺には彼が必要だ」

「うん、そうだろうね。土属性だけじゃ、苦手属性のモンスターが出た時に危険だろうし」

あ、属性同士の相性とかも一応あるんだな。いつも魔力ふんだんゴリ押し戦法とってるから、知らなかったわ。

殊勝な顔をしながら、自嘲気味に笑ってみせた。

「きっとアンタにはバレてると思う。俺とカイルが、ただ話しあいで打ち解けたわけではないってことも」

「まあ、そうだね」

あくまでも核心に触れないよう言葉を濁《にご》しつつ、お互いの共通認識を確かめながら話を運ぶ。

「カイルを奴隷扱いしたくなかったんだ。俺の力になってくれる相棒として、一緒にダンジョンに潜りたい」

「そうか。優しい子だね、イツキは」

「優しいわけじゃねえよ……だから、カイルが悪魔だってことをみんなに知られるのは困るんだ」

心細げな雰囲気を醸《かも》しだしながら、コソッと呟くようにして耳元で囁《ささや》いた。

「黙っててくれるなら、少しだけアンタに協力してもいい」

頭を離す時に、さりげなく耳がクインシーの目の前を通るように狙ってやった。ヘーゼルの瞳はあからさまに耳を追いかけた。

（俺の垂れ耳の魅力を前にして、判断力を鈍らせやがれ）

背後からカイルのもの言いたげな視線もビシバシ刺さってくるが、今肝心なとこなんだから黙っとけよと念を送る。見られてるだけなら害はないだろ。

ほら、なんならカイルも好きなだけふわふわの毛、見てていいぞ。

しばしの沈黙の後、クインシーはうなずいた。

「いいよ。カイル君は俺たちが話をしているあいだ、君に危害が加えられないかどうかをずっと気にしていた。彼が君を守ろうとする限り、秘密を守ると約束するよ」

「よかった、恩に着るぜクインシー！　それじゃ早速、具体的な誓約内容を書類に記そう」

「え、わざわざ書くの？」

目を見開いて意外そうな顔をするクインシー。おいおい、書類締結は交渉成立時の基本だろ？口頭確認だけじゃ、後からなんとでも言えるんだから。

特に、悪魔だとほかの人に漏《も》らさないという一文は絶対に記載しておきたい。俺はがんばってダメ押しをした。

「そうしないと不安でさ……ダメか？」

「うーん、しょうがないなあ。イツキがそうしたいなら、書類の一枚や二枚すぐに用意しよう」

クインシーのヤツが思った以上にお人好しでよかった。俺のかわゆいお耳攻撃が効いたおかげかもしれないが、どっちにせよこれで首の皮一枚は繋がったわけだ。清々しい気分で問いかける。

「それで、アンタは俺にどんな協力を仰ぎたいと思っていたんだ？」

クインシーはまっさらな紙と羽ペンをテオに用意させると、それがねえ、と話を切りだした。

「冬の社交シーズン時、領地対抗戦で活躍してもらえそうな人員が不足しててさ」

クインシーの言によると、獣人の社交シーズンは冬の初めから春の終わりまでの半年間であり、前半三カ月は議会や対抗戦、後半は恋とバカンスのシーズンになるらしい。

対抗戦で活躍することで、領地の地位を高めることができるそうだ。

「今年のテーマはダンジョン探索。正直ダンジョン探索に向いている部下は、テオともう一人しかいなくてね」

クインシーは眉間の皺《しわ》を揉《も》みほぐした。最初に会った時、好みのヤツをナンパしてあそび歩いている放蕩貴族かと思ったものだが、あの行動は人材探しを兼ねていたのかもな。

その割には、耳を触らせてくれなんて速攻でドン引きしそうなことをお願いしたりしていて、矛盾を感じるが。真面目なんだか不真面目なんだか、よくわからないヤツだ。

「イツキたちが力を貸してくれるといいなーと思ってるんだけど、どうかな？」

「その対抗戦とやらは、どこで開催されるんだ」

「王都ケルスだよ。もし出場してくれるのなら、滞在費はこちらで持つ。王都にいてもらうのは冬の三カ月間だけでいい」

クインシーはもったいつけながら、人差し指を立てた。

「さらに依頼料として五百ピン出そう。領地対抗戦の戦績がよかったらボーナスも出しちゃう！」

「ほお、気前がいいな」

「それだけ本気なんだよ、領地の威信がかかってるんだから」

クインシーは指をチッチッと振る。いちいち身振り手振りが大きいヤツだな。

「俺はギフト持ちじゃないし、剣とかそこそこ扱える程度の腕しかないしさあ。頼むよイッキ～、カイル君～」

そこそこねえ。最初に出会った時、クインシーはチンピラ三人をなんなく倒していたが、それでもそこそこなのか。対抗戦とやらには腕自慢がそろっているらしいな。

クインシーは両手を組んで頼みこむ。カイルはなんだこいつと言いたげに距離をとっていた。

ふむ、どうするかな……冬のあいだにダンジョンに潜って稼げそうな金額と、依頼料を天秤にかけてみる。若干依頼料のほうが多いってとこか？

その分、厄介事も引き寄せるかもしれねえが……もう少し聞いてみるか。

「王都のダンジョンに潜って手に入れた、魔石の取り分はどうなる？」

「貴重な属性石や、宝箱から出たお宝なんかはこちらに融通してもらうことになるけど、それ以外はパーティで山分けしていいよ」

なるほどな、悪くない条件だ。成果の取り分は四分の一ってことであっているのか？　さらに質問を重ねる。

「そのパーティっつうのは、俺とカイルとテオと、あともう一人ってことか？」

「俺も忘れないでね。そう、彼は雷属性の魔法を使う狐獣人で、真面目ないい子だよ」

「テオも同意見か？」

「俺っスか？　うん、レジーはきっちり仕事してくれる、いいヤツだと思います」

「そうか……」

バカ正直なテオがそう評するのなら、レジーとやらは本当にいいヤツなのだろう。俺が前向きに考えていると手応えを感じたのか、クインシーは依頼を受けるメリットを並べたてはじめた。

「冬はマーシャルのダンジョンが休眠しちゃうし、俺の依頼を受ければ冬ごもりの準備もしなくて済むから、ハッキリ言ってめちゃくちゃお得だと思うよ？」

なに？　ダンジョンには休眠期があるのか。思わずカイルを振り向くと、彼は腕を組んで答えた。

「ダンジョンには休眠するヤツと、しないヤツがある。魔人国の近場にあるヤツは休みが多いな」

「ああ、言われてみればそうかも。よく知ってるね、そんなこと」

目を瞬かせるクインシーを、チラリと横目で一瞥《いちべつ》したカイルは、すぐに彼から視線を逸らす。

「……いくつかのダンジョンを知ってるだけだ」

カイルはそう言い捨てて、再び沈黙を貫きはじめた。クインシーはだんまりを決めこむカイルを置いて、俺を口説き落とすことに焦点を絞る。

「マーシャルの冬は寂しいよ？　ダンジョンは休眠するし、冬眠・休眠休暇で町も寂しくなるし。店も閉まるから、庶民の冬支度は大変だって聞くよ」

ねえ？　と壁際に控えるテオにクインシーが話を振ると、テオはピクッと耳を動かしながら、そうっスね！　と肯定の意を示した。

「王都はここより暖かいし、マーシャルより冬眠する動物が少ないんだ。冬でもお店をやってるとこがあって、賑《にぎ》やかで楽しいと思うな」

ほう、そうなのか。どいつもこいつも夜行性とかじゃなく、普通に昼間行動してるから盲点だったぜ……

獣人と動物は別物だと思いこんでいたが、獣人も動物みたいに冬眠するのか。ここでその情報を聞けてよかった。下手したら冬のあいだに貯金や食料がなくなって詰むところだった。

だとしたら、ホテル住まいで貯金を切り崩しながら生活するより、王都で稼いだほうが断然いいな。

おおっぴらに魔法を使えない、時間の拘束があるなど制約も多いが、その分実入りの多い仕事だ。

「カイルはどう思う」

「……お前次第だ」

意外にも反対されなかった。そういうことなら、前向きに検討してみるか。

危険性はどの程度か、失格になる条件や目指す目標など細々と聞き終えた俺は、ニッと笑ってクインシーに返事をした。

「いいぜ、その依頼受けてやるよ」

「ほんとに!?　ありがとうイッキ！」

ガバッと飛びつこうとするクインシーの前に、カイルがヌッと上体を寄せて俺の視界を遮《さえぎ》る。クインシーは行き場のない手をワキワキさせながら、カイルに文句を言った。

「ちょっと、邪魔しないでよ」

「護衛対象なんでな。それ以上近づくな」

「ケチ！　耳は無理でも、せめてハグして頬《ほお》ずりしたかっただけなのに」

「やめてくれ、キモいから」

俺の容赦《ようしゃ》ないツッコミに、クインシーは胸元を掴《つか》んで痛がるフリをする。

「うっ！　傷ついたよ俺は……！　いいのかなー雇い主にそんなこと言って」

「アンタはその程度で怒るような、器が小さいヤツじゃないだろ」

「そ、そう言われると許したくなっちゃうなあ。イツキやるねえ」

「どうも」

手のひらで転がされているのか、それとも転がしているのか曖昧《あいまい》な応酬をしながらも、書類を書きあげる。複写した後は暇を告げて、帰ることにした。

「ディナーを食べていかないの？　母も炎晶花を採ってきた探索者が来訪してるって知ったら、君たちを歓迎するだろうに」

一緒に晩御飯を食べようよ、と気軽に誘うクインシーに苦笑で応えた。

「堅苦しいのは苦手なんだ。王都でテーブルマナーが必要だっていうなら覚えるから、後日にしてくれないか。今日はいろいろあって疲れたんだ」

「そう？　じゃあまた招待するから、その時はレジオットも紹介させてね」

再びテオの案内で魔車に乗りこみ、クインシーに手を振られながら、砦《とりで》のような城から遠ざかっていく。知らずうちに詰めていた息を吐きだした。

明日は当初の予定通り休みにして、思いきり宿で羽を伸ばすことにしよう。

早朝の光がカーテンの隙間から差しこみ、フッと目が覚めた。休みだし寝坊できると思いながら寝たものの、いつもと同じ時間に起きたようだ。二度寝しよ。

……意識を夢の中に飛ばしていると、低い呼び声が耳に飛びこんできた。

「おい、起きないのか……寝てるだけだよな？　……寝てる時は天使って、こいつのようなヤツのことを言うんだな」

ごちゃごちゃとうるさい……眠りの中にたゆたっており意味まで理解していないものの、まだ起きたくなくて耳をペタンと頭につける。

「ダンジョンに行くんじゃないのか？　面倒だが、お前のためなら今日もつきあってやる。なあ、だから起きろよ、イツキ」

とんでもない美声が俺のことを呼んだ気がして、ガバリとはね起きた。なぜか肩をびくつかせるカイルが、ベッドのすぐ脇に立っているのを見つけて首をかしげる。

「なんだ……？　朝っぱらからどうした？」

「テメェ……それは俺のセリフだ」

はあ、とおおげさなため息をつくカイル。なんだよ、朝から辛気くさいヤツだな。

「なあ、アンタ今、俺の名前を呼ばなかったか？」

「気のせいだろ」

気のせいだったのか？　じゃあ夢でも見てたのか。カイルに名前を呼んでもらえるなんて、いい夢だったなあ……三度寝しよ。

もう一度布団に倒れこもうとすると、慌てたカイルに腕の中に抱えられた。麗しい顔面が至近距離に迫って息をのむ。

「な、なんだよ」

「体調でも悪いのか」

「悪くねえ」

「だったら、なんでそんなに寝てばっかりなんだ。ダンジョンはもういいのか」

存外真剣な顔で問いかけるカイルの顔に、内心真面目な顔もすこぶるカッコイイなあ……なんて感想を抱きながら、寝起きの頭を起動させる。

「ダンジョン……ああ！　今日は休みをとったんだよ、伝えてなかったか？」

「聞いてない」

「そうだったか。ラベッタに明日休むって言った時に、アンタも隣にいたから聞いてたと思いこんでたわ。いやあ、悪い悪い」

ヘラリと笑ってみせると、気が抜けたようにカイルは椅子に座りこんだ。

「なんだ……心配させるなよ」

「心配してくれたのかカイル、ありがとうな」

「くそっ、紛らわしい」

悪態をついてそっぽを向いたカイルは、頬《ほお》を染めたまま視線だけこちらによこした。

「それで、テメェは休みの日をどう過ごすんだ」

「本読んだり、ポーションをお試しで作ってみたりってとこか。飽きたら宿の女将《おかみ》と世間話兼、情報収集でもしようかな」

そのために昨日買い物して回ったからな。充実した引きこもりライフを過ごせそうだ。

「俺は部屋に結界を張って過ごすし宿から出ないから、アンタも好きに過ごしてくれ」

「は？」

「日が暮れる頃には戻ってこいよ、夜出歩くのは危ないからな。狭い路地も物盗りに遭うからやめとけ、それから……」

カイルは俺の小言を最後まで聞かず、手を振って遮《さえぎ》った。

「わかってる、テメェよりよほどわかってるから、皆まで言うな」

「そうか？　なら羽を伸ばしてこいよ。ああ、宿で休みたいならそれでもいいが」

カイルは所在なげな様子で立ちあがる。ベッドに寝転がって伸びをする俺に、起きる気がないことを見てとると、部屋から出ていった。

そのまま逃げて帰ってこないって可能性は低いだろうから、安心してゴロゴロする。

あいつは俺の魔力を相当気に入っているし、護衛としても予想以上にやる気を出して活躍してくれている。今日いきなり裏切ることは、ほぼないだろう。

「さあて、異世界に来てから初めての休日だ。どう過ごそうかね」

部屋に厳重に結界を張りなおし、カイルのみ通れるように設定しておく。軽くストレッチをしてから、宣言した通りベッドの上で本を開いた。

本日俺が読む本はこちら。『悪魔の生態について〜残虐な生』である。

『マーシャル辺境都市の特徴』も時間が余れば読んでしまいたいが、カイルがそばにいると読みづらい悪魔の本から手をつけることにする。

ペラリと一枚目をめくると、のっけから著者の体験談が載っていた。悪魔に親を殺された著者は復讐のために悪魔を追っていたが、最終的には悪魔の生態に興味を持ち、研究者となったらしい。

悪魔の子ども奴隷がなにを食べてなにを考えて生きているのかが、研究者目線で語られている。

興味深い記述を見つけた。悪魔たちは魔人の国の王である魔王に、魔力を献上することを使命として育てられるらしい。魔王はその集めた魔力を民に分け与える、崇高なる存在なんだそうだ。

著者が話を聞いた悪魔は、魔王に貢献できることを誇りに思っていたらしい。だが力及ばず奴隷として囚われてしまった。

今に祖国から援軍が来て、お前なんか殺してくれる、と著者は凄《すご》まれていた。

『ますます興味深い。かの国はどの程度の規模で、魔王とはどのような者で、魔力の献上はどのように行うのか。疑問は尽きない……いつかあの国境の山脈を越え、悪魔の住む地へ足を運びたい』という一文で、本は締めくくられていた。

……盛大な死亡フラグを立てて終わったな。この著者、本を書いた後はどういう人生を歩んだんだろうか。名前を確認してみると、ローと簡素な記名がしてあった。通り名だろうか。

「このローってヤツ、ほかにも本を出版してんのかな。気になるから今度フェルクに尋《たず》ねるか」

続いて、フェルクからもらった『マーシャル辺境都市の特徴』という題の小冊子を開いた。

なになに？　『マーシャル辺境伯領はダーシュカ獣人王国の北西にあり、冬は雪で閉ざされる寒冷地です。城砦都市に住んでいる獣人は牛、熊、山羊《やぎ》、羊、狐、ネズミやリスが多いです。火のダンジョンがあるので、春から秋は多種多様な獣人が訪れ、町は賑《にぎ》わいます。様々な獣人の食文化に対応し発展してきたマーシャル料理は非常に美味なので、ぜひ召しあがってみてください』……ふうん。

あまり目新しい情報はなかったが、クインシーが話していたことの裏づけはとれたな。それと熊、リスが多いのか……こいつらだよな、冬眠する動物って。

ギルドに通っていると牛や狼、猪《いのしし》や熊ばかり見るが、確かにその辺を歩いてる市民には、ネズミやリスが多かったように感じた。

ダンジョンが休眠するならギルドも閉まるし、冬眠もはじまるしで、そりゃ冬になったら経済も停滞するわな。

俺は眠くなったりしねえよな？　兎は確か冬眠しないはずだが……

魔人は？　魔人は冬眠するんだろうか。ローの本には記載がなかったが、帰ってきたらカイルに確かめてみるとしよう。

本を閉じ、軽く筋トレしてからベッドから起きあがった。腹が減ったし、なにか食いに行くか。

一階におりると俺の分の朝食をまだ置いておいてくれたので、ありがたく頂戴する。

「いつも悪いな、美味《おい》しくいただいてるよ」

鹿の女将《おかみ》に声をかける。女将《おかみ》はハスキーな落ち着いた声で、上品に笑った。

「あら、お口にあったのでしたらよかったです」

「いい宿だよな。飯は美味《うま》いし、部屋も過ごしやすいし。女将《おかみ》さんも綺麗だし」

リップサービスすると、女将《おかみ》さんは嬉しそうな声を出した。

「嫌だわ、こんな年増《としま》に気を遣わなくたっていいのよ。貴方の顔形やロップイヤーのほうが、よっぽど素敵だわ。すっごくかわいいわよぉ」

女将《おかみ》さんにまでかわいいと思われていたらしい。俺のかわいさはとどまるところを知らないな、まったく末恐ろしいぜ。

女将《おかみ》と打ち解けたあたりで食事を食べ終えたので、別れを告げて部屋に戻った。

「次はなにすっかな。ポーション作り、やってみるか」

インベントリから森で採取した薬草をとりだす。あれ、少し萎《しな》びてるな……インベントリって時間を止められねえのか？

『魔力の支配』の知識を確認すると、時間を止めるには膨大な魔力が必要であることがわかった。

俺の魔力の八割を常にインベントリに割かなきゃ、時間停止を維持できないらしい。

まったく実用的じゃないな。今のままでもゆっくり時間が流れるようになっているから、これで妥協するとしよう。

ポーションもとりだして状態を確認する。うん、劣化はしていないようだ。雑貨屋で買った木の器とすり鉢、すりこぎも出しておく。これで準備は完了だ。

まずはポーションの瓶を開けてみる。ガラス製の瓶から差しこみ式の蓋《ふた》をひっぱると、キュポンと軽快な音を立てて抜けた。

中の液体は無臭だ。一口舐《な》めてみると、じんわり体が温かくなる感じがした。少し元気になった気がする。

ポーションに魔力が含まれているってことはハッキリ視えるが、ほかの材料は薬草だけで足りるのだろうか。

フェルクの店ではポーションレシピの本は見当たらなかったし、羊に擬態しているじいさんは食えない人物だ。自分で配分やらなにやら、実験してみるしかないな。

てっとり早く薬草をすりおろしてみた。真緑だった薬草をすり潰すことで、薄緑の液体が染み出してくる。薄緑の液体だけとりわけて魔力をこめるとエメラルドグリーンになった……色違くね？

ペロッと舐《な》めてみると、体力ではなく魔力が回復した。なんでだ、魔力のこめすぎか？

これはこれで有用そうなので置いておくか、と小瓶にとりわけておいた。まだ薬草は四つあるので、もう一回魔力を少なめにこめて、ポーションができるか試してみるか。

……そんな風にして、充実した休日を過ごし、早くも夕方になった。

「お、もうこんな時間か」

そろそろまた腹が減ってきたな。薬草を茹《ゆ》でてみたり、凍らせてみたりと実験を続けても、魔力ポーションしかできないし飽きてきた。カイルはもうそろそろ帰ってくる頃だろうか。

数分部屋で待ってみても帰ってくる気配がないので、先に夕食をとることにした。

宿の食堂は、夜はレストランとして経営しているらしく、平民の中では比較的品のいい客が宿泊客に交じって食事をとっていた。

なかなか盛況で混んでいるな、どこに座ろうか……辺りを見渡していると、客の一人から声をかけられた。

「やあ、そこの可憐な兎さん。相席するかい？」

声のしたほうを振り向くと、のっぽな山羊《やぎ》獣人が向かいの椅子を指し示していた。

ナンパか？　うーん、でもほかに席ないし、腹減ったしな……ヤバそうな気配を感じたらすぐ部屋に戻るとするか。普通の山羊《やぎ》獣人ってのはどんなもんなのか、この機会に知っておこう。

「悪いな、席借りるわ」

「どうぞ」

店員に注文し終えると、例の山羊《やぎ》獣人が話しかけてきた。

「君みたいにかわいくて美しい人を、僕は今まで見たことがない。マーシャルには最近来たの？」

おい、いちいち俺を呼ぶのに美しいだの可憐だのと、女性向けの形容詞ばかりつけるな。せっかく座ったのに席を立ちたくなるだろうが。

そう思ったもののまだ料理は来そうにない。無視するのも大人げないと思い、無難な返答をした。

「……そうだな」

「やっぱりね。ここの食事処を見つけられた君はラッキーだよ、マーシャルでも美味《おい》しいって評判なんだ」

男は細い目をさらに細めて、歯を見せながら笑った。

「君と今夜出会えた僕は、もっとラッキーだけどね」

「チェンジで」

「え？」

ダメだ無理だ、こいつの物言いには鳥肌が立っちまう。心なしか兎耳の毛までブワッと空気を含んでいる気がする。

飯は部屋まで持ってきてもらうことにしよう。そう決めて立ちあがると、山羊《やぎ》男は焦ったように俺の手をとった。チッ、意外と素早いな。

「ま、待ってよ！」

「嫌だ」

「僕のなにがいけないって言うんだ！」

（全部だよチクショウ）

手を振り払おうと横に振った時、なにかが焦げるような臭いがかすかに漂ってくると同時に、誰かに腕を掴《つか》まれた。

「っ⁉　カイル！」

ハッと振り向くと、険呑な顔つきのカイルが俺の腕を捉えていた。彼は俺を引き寄せ背中に庇《かば》うと、ひっついてきたナンパ男の腕を捕えて力をこめた。

「いっ⁉　いでででで！」

「こいつから汚い手を離せ」

パッと手を離したナンパ男は、カイル相手に無謀にも吠える。

「な、なんだよ君は！　僕たちの邪魔をしないでくれ」

「いや邪魔なのはアンタだから。カイル、騒ぎにしたくないからもう行こうぜ」

「待ってよ君、ねえったら！」

男はみっともなく追いすがる。やめてくれよ。店員が女将《おかみ》を呼んだのが、チラッと横目に見えた。

これ以上騒がれると店に迷惑だ。しゃあねえな、キッパリと引導を渡してやるかと背中から顔を出したところで、カイルが堂々と告げた。

「いくら口説いても無駄だ、こいつは俺にご執心だからな」

（え？　おい、なんてこと言いやがる）

肩を強めに叩いて抗議するがカイルの体幹はまったくブレず、背後を一瞥《いちべつ》すらしなかった。

くっそ、この前テオに俺たちが仲良しだって誤解させたことへの仕返しか⁉　それにしては報復の規模が大きすぎる上に、この話が広まればアンタも噂の渦中に立つことになるんだぞ？　わかってやってんのかよ？

騒ぎを見ていた客たちが、口笛を吹いてはやしたてる。女将《おかみ》と店員も頬《ほお》を染めて俺たちを凝視した。

「うっ……一目惚れだったのにー！」

山羊《やぎ》男は一目散に駆けだし店から出ようとするが叶わず、女将《おかみ》に足払いされて盛大に転んでいた。

「お客さん、お会計をお忘れですよ？」

にっこり笑いながら男かと聞き違うほど低い声音で圧をかける女将《おかみ》に、山羊《やぎ》獣人は震えあがった。

「は、ハイィ……」

女将《おかみ》は山羊《やぎ》男の手をとって立たせ、足についた埃《ほこり》を払った後、憔悴《しょうすい》した彼に同情的な視線を送る。

「この度はお気の毒にね。彼はとってもかわいいから、気持ちはわかるわ」

「わかってくれます!?　本当に僕、胸がドキドキしてたまらなくて、理想の人が目の前にいるって舞いあがっちゃって……」

山羊《やぎ》男は泣きながら、女将《おかみ》に赤裸々《せきらら》な内心を吐露《とろ》していた。罪悪感が胸をかすめるが、俺にできることはないな。後で女将《おかみ》にお詫びをしておこう。

隣で話を聞いていた客の一人が、まあ座れよと慰《なぐさ》めながら、酒を奢《おご》ってあげている。そのまま女将《おかみ》と客を交えた恋愛相談会がはじまったのを横目に、出てきた食事を持って部屋に帰った。

部屋に帰って食事をテーブルに置く。カイルは腕を組みながら、指先をトントンと忙しなく動かしていた。

「結界を張っておけ」

「ん？　おう」

部屋を出る時に解除していた結界を張りなおすと、カイルはネチネチと小言を言いはじめた。

「なんであんな小物に隙を見せた」

「普通の山羊《やぎ》獣人ってのはどんなもんか知りたかったんだよ。まさかあんなに頭ん中がお花畑だとは、想像してなかったんだ」

「お前はもっと危機感を持て」

「そりゃすいませんねえ、なんせ平和な国にいたもんで」

言い訳がましく謝りながらコップの水を飲んでいると、カイルは紫がかった柘榴《ざくろ》の目を細めた。

「そういう意味じゃない。お前は魅力的すぎると言っているんだ」

「ぶほっ⁉」

水噴くわ、そんなこと急に言われたら。それも、お世辞のおの字も知らないようなカイルに！

魔人は俺の驚きなんて知ったこっちゃないといった様子で、水を噴きだして咽《む》せる俺に対して片眉を寄せた。

「汚ねえな」

「っ、あ、アンタのせいだろ⁉」

「事実を言ったまでだ。獣人どもにとってお前は、虫を誘惑する花のような存在だと自覚しろ。むやみに誘いに乗るな」

「……それ、アンタも俺のことが魅力的だって思ってんの？」

つい気になったことを問いかけると、カイルは目に見えてうろたえた。

「っ、俺のことは、どうでもいいだろう。今はテメェの話をしてるんだ」

残念、教えてくれなかったか……いや、残念ってなんなんだ俺よ。別に残念なことなんて、なにもねえだろ？

いくら頼り甲斐があって顔が超好みだからって、十代のガキだぞ？　恋愛対象じゃなくて、相棒として仲良くなりたいんだよ、俺は。

危うい思考を首を振って追い払っていると、カイルも居心地悪そうに咳払いをしていた。

「とにかく、今度から飯は部屋に取り寄せて食えよ。下で食べるのは俺がいる時だけにしろ」

「えー……まあいいけど。休日は部屋でダラダラ寝ていたい派だし」

「だったらそれで決まりだ」

カイルは偉そうに鼻を鳴らすと、着替えを持ってシャワーを浴びに行こうとする。

(あ、俺もアンタに言いたいことがあったんだ)

言い逃げすんなと背中を追いかけた。

「待てよ。アンタだって、さっきの追いはらい方はまずかっただろ」

「は？　なんの話だ」

「俺がアンタにご執心だとか、適当なことをぬかしてたじゃねえか」

「ああいう輩《やから》は完璧に脈がないと思い知らせないとしつこいだろうから、ああ言ったまでだ」

「だからそれが問題だって言ってんだろ？　女将《おかみ》たちにも誤解されたじゃねえか」

こら待て、服を脱ぐな。まだ話は終わってねえ。

やけに服が焦げくさいのも気になるが、今はそれについてはとやかく言わず、気持ちを訴《うった》えた。

「誤解されたところで俺は困らない」

「俺は構うんだよ」

「なぜだ」

「なぜって……」

上半身裸のカイルが、まっすぐに視線をあわせてくる。思いの外真剣な目をしていて、たじろぐ。

「お前、俺を相棒にしたいとか言いつつ、ほかに恋人まで作るつもりか？　二心を得ようとする者は一心をも得ずって言葉を知らないのか」

そのことわざ、異世界では兎じゃないんだな。じゃなくて。

「相棒と恋人はそもそも同列に並べられないだろ……そうじゃなくて、アンタが嫌なんじゃないかと思ってだな」

「別に俺は護衛ができて魔力をもらえるなら、なんだって構わない。なんなら恋人だと誤解されているほうが、都合がいいくらいだ」

「ぐっ……よ、よかねえよ」

（アンタのことを変に意識するハメになったら、俺がやりにくくなるんだよ！）

あっけらかんとしたカイルは、俺の恋人だと誤解されることを、本気でなんとも思っていないみたいだ。

「ならテメェで勝手に女将《おかみ》や目撃した客相手に、言い訳を考えておけばいいだろう」

彼は適当な返事をよこして、下衣に手をかけた。

「俺は風呂に入りたいんだ、出ていってくれ……それとも見たいのか？　別に構わないが」

「んなわけねえよ、もう知らん！」

ピシャリと扉を閉めて、肩を怒らせながら浴室から退室した。なんだよカイルのヤツ、俺ばっかり意識してるみたいで、すげえ嫌なんだが。

しまいには襲ってやろうかという考えが頭をよぎったところで、ふと冷静になる。

今カイルと、護衛契約を解消するわけにはいかねえ。俺が唯一真実を話した相手で、寄る辺ない異世界で相棒として助けあいたいと思った相手なんだ。

そもそもカイルは俺のことを、どうとも思っていないんだから、好きになったところで不毛だ。

あいつは相棒候補で、恋愛対象の範囲外。

アンタ誘惑してんのかよって行いは、あいつにとってはその場の思いつき程度のことなんだから、いちいち真に受ける必要なんてないんだ。

そうやって自分に言い聞かせて頭を切り替えたところで、食事が残っていたと唐突に思い出した。食おう。食って忘れよう。俺が食べはじめると、カイルは風呂から上がってきた。

「早かったな」

普段の調子で声をかけると、ぴくりと尖《とが》った耳が動いたのがわかった。カイルもちょっとは俺が怒ったことを気にしているのか、返事をするまでに数秒の間があった。

「……汗を流すだけだからな」

それきり沈黙が続き、俺が食器を扱う音だけがカチャ、と時折部屋の空気を揺らす。

カイルはジッと俺の横顔に視線を注いでいたが、しばらくすると食事にも目を向けた。

「それ、もらってもいいか」

「……どれをだ？」

「黄色いヤツ」

カットされたパプリカのような野菜を指差すカイル。俺は仲直りのつもりで、分け与えてやることにした。

「やるよ」

「ありがとう」

……口を開けば小生意気なカイルから、お礼の言葉を聞くのはどうもむず痒い。いつまでも持っていかないので怪訝《けげん》に思い、チラリとカイルをうかがうと、彼は口を開けた。

「あ」

「……あ、じゃねえよ、子どもか」

「せっかく洗ったのに、手が汚れるのが嫌だ」

なんとも子どもじみた理由で給餌《きゅうじ》をせがむカイル。俺はもう投げやりな気持ちになり、カイルの口にパプリカもどきを放りこんでやった。

しゃく、と軽やかな咀嚼《そしゃく》音がする。カイルはよく噛んで野菜をのみこんだ。

「美味《うま》いか？」

「まあまあだな」

「俺の魔力のほうが美味《うま》いんだもんな」

「比べるまでもない」

重々しくうなずいたカイルだが、その後も気まぐれに野菜を指差し、俺に給餌《きゅうじ》を求めた。なんだかなあ……猛獣に懐かれたような気になったものの、悪い気分ではなかった。

ちなみに寝る前に、魔人は冬眠するのかと聞いてみたら、呆れたような表情で、するわけない、と返された。


休みの後はまたダンジョンに潜った。トラップにかかりたくないので、無理せず十五階層から先はゆっくり攻略することにした。地図を買って慎重に進み、二日に一階層のペースで下っていく。十五階層の大蜘蛛《おおぐも》も、二十層のドデカトカゲも、二人で力をあわせれば倒すことができた。トカゲのボス戦はだいぶ手応えがあったな。

だいたい毎日二十ピン以上、多い時は五十ピンほど稼げるので、俺の貯金は順調に増えている。

適度に休みをとりながら過ごして、だいぶ秋も深まってきたある日。その日は朝から体がだるくて調子が悪かった。

すでにガリガリから卒業しつつあるカイルが、ベッドから起きるなりふらつく俺の姿を見てシーツの上に押し戻した。

いとも簡単に押し倒された俺の無様な様子に、カイルは彫刻のように整った美貌を曇《くも》らせる。

「今日はダンジョンに潜るのをやめておけ」

「……平気だって、こんくらい」

「駄目だ。許可できない」

「はは、心配症だなカイルは」

なにかが頭に付着しているような気がして頭をかくと、触れた耳からバサッと毛が抜けた。

「……」

カイルが目を見開きながら、無言で抜けた毛を掴《つか》む。

（なぜ、どうして今、急にハゲたんだ……？）

「……俺、思ってる以上にヤバい状態だったりする、のか？」

「医者を呼ぼう」

「待てって、んなおおげさな」

「おおげさでもなんでもない、病気だったらどうするんだ」

言い争う俺たちの耳に、突如ノック音が飛びこんでくる。カイルは俺から離れて偽耳を魔力で構築した。山羊《やぎ》耳を作り終えたカイルが部屋の扉を開けると、宿の従業員であるネズミ獣人が、おずおずと彼を見上げた。

「すいません、イツキ様はいらっしゃいますか？　犬獣人のテオ様がお見えになっています」

「そうか。おい、用件を聞いてくるから大人しく寝ておけよ」

カイルはそう告げると、上着を身につけ部屋を出ていった。ごっそり毛が抜けたのがさすがにショックだったので、毛布を被ってベッドの上で丸くなる。無性に寒かった。

宿の中は暖炉の熱を利用して暖かく調整されているのに、指先が冷えて体温が戻らない。耳も寒いように感じて、頭まで毛布を被って震えていると、カイルがテオを連れて戻ってきた。

とっさに毛布から頭を出す。

「イツキ様、病気だって聞いたんですが大丈夫ですか⁉」

「よお、テオ。久しぶりだな。俺はなんともねえよ」

笑顔でとりつくろおうとするものの、顔色が白かったのかテオは心配そうな表情を崩さない。彼は俺のそばまで歩み寄ると、床に散らばった抜け毛に目を留めた。

「あ、換毛期が来たんっスね」

ごく普通の調子で言われて面食らう。

(なんだ、換毛期って……アレか、犬の毛が生え変わる時期のことか?)

「……テオも、換毛期があるのか?」

尋《たず》ねると、テオは自身の犬耳をそっと撫でた。

「俺は兎より時期的に後なんで、まだ大丈夫っスけどね。コーギー系なんで抜ける時はめっちゃ抜けますよ!」

なんだ、病気じゃなくてよかった。それにしても獣人特有の事情にはまだ慣れねえな。

ってことはもしかして、春には発情期とかあったりするんじゃねえか……?　最近やけに性欲が薄いのは、環境が変わったせいかと思っていたが……

恐ろしくて考えたくもねえが、春までになにかしらの対策を練っておかねえといけなそうだ。

その時、カイルがホッとした様子で一人呟く声を、俺の長い耳が捉えた。

「よかった、病気じゃなかったのか」

存外素直な内心の吐露《とろ》がテオにも聞こえたらしく、彼はニッコリと微笑んだ。

「換毛期はイライラしたり体調崩しやすかったりしますけど、五日もすれば落ち着くんで心配いらないっスよ、カイルの旦那」

カイルはとりつくろうように腕を組んだ。

「そうか。いや、別に心配はしていない。普段ふてぶてしいヤツが臥《ふ》せっていたら、俺まで調子を乱されそうで嫌なだけだ」

「またまたー、そんな照れなくてもいいんスよ？」

「照れてない」

「わ、わかったから怖い顔を近づけないでほしいっス」

世にも美しい俺好みの顔は、テオにとってはただの怖い顔らしい。

フッと笑いをこぼすと、テオもつられてへにゃりと笑顔になった。

「あ、そうだ。ボスからお見舞いの品と、招待状を預かってきてるっスよ」

体調を崩しはじめたのは今朝のことなんだが、なぜ見舞いの品を前もって用意しているんだ？

「なんで見舞いの品があるんだ」

カイルも同じことを思ったようで、うさんくさいものを見る目でテオが抱えた包みを凝視している。

「それはですねー、ボスの偏執的……じゃなくて、変態……でもなくって、とにかく！　兎獣人さんへの愛の気持ちが為せる業だそうです」

……要するに、兎獣人の換毛期を正確に把握していて、俺もそろそろだろうと踏んだわけだな。タイミングがぴったりすぎて若干気味が悪いが、物に罪はない。ありがたくいただいておこう。

「十日後に時間がとれそうなので、レジーとの顔あわせをしたいそうっスよ」

詳しいことはこの手紙に書いてあるので、元気になったら読んでくださいね！　と手渡される。

上質紙と思《おぼ》しき手触りのよい手紙には、砦《とりで》と山の紋章の封蝋が押されていた。体調がよくなったら読むことにしよう。

「それじゃ、俺はこれで失礼するっス！　また十日後に迎えに来ますんで、ゆっくり体を休めてくださいねイツキ様～」

「ああ、ありがとうな」

テオは明るい笑顔を振りまきながら帰っていった。途端に部屋は静かになる。カイルは受けとった見舞いの品を無造作にテーブルの上に置くと、俺の寝ているベッドの端に腰かけた。

やけに距離が近いなと訝《いぶか》しんでいると、カイルの長い指がそっと頬《ほお》に触れてくる。壊れ物でも扱うような繊細な手つきだった。

「なにか食べられそうなら、飯を持ってきてやる」

「いいのか？　そうだな……少しは食べておくよ」

「なら持ってくる」

カイルは素早く立ちあがると、部屋を出ていこうとする。それから、扉の前で思い出したように振り向いた。

「結界は張れそうか」

「ああ……少しのあいだなら」

いつもと違う返答に思うところがあったらしい。カイルは軽く眉根を寄せて灰銀の頭を横に振った。

「無理するな。部屋にいれば大丈夫だろう、すぐに帰ってくるからそのまま待っていろ」

パタンと扉が閉められ一人きりになると、妙に寒さが迫ってくる気がした。

もぞもぞと毛布の中に体を沈めて、追加でインベントリからとりだした上着を着こむ。カイルが帰ってくるのを、身を固くして待った。

帰ってきたカイルは食事を載せたお盆とともに、櫛《くし》を持ってきていた。

「食べられるだけ食べておけ。その後はブラッシングしてやる」

「ブラッシング？」

「女将《おかみ》によると、抜けた毛をそのままにしておくのは不衛生でよくないらしい」

例のナンパ男事件で、女将《おかみ》と打ち解けたカイルだった。

結局変に否定するほうが、より噂に尾ひれ背びれがつきそうでそのままにしていたら、ギルドから流れてきた噂と合体して、花摘み兎と貴族山羊《やぎ》のとんでもストーリーができあがっていた。

詳しい内容は、思い出すと頭が痛くなるので割愛する。全滅村の悲劇の生き残り、助けてくれた恩人に恋をするとか、どこの三文小説の設定だよ。

その話は永遠に置いておくとして、とにかくカイルはその一件により親しみやすいと思われたのか、噂を知った者から話しかけられることが増えた。

それまでは強面《こわもて》貴族の山羊《やぎ》獣人と従者の兎、みたいに思われていたらしい。だからカイルに直接話しかけるヤツがほとんどいなかったんだな。俺が窓口だと思われていたわけだ。

つらつらとそのようなことを回想している間に、カイルは自身の尖《とが》り耳を元通りに出現させ、食事のセッティングをしてくれていた。

「スプーンは持てるか、なんなら食べさせてやるが」

「馬鹿言うな、そのくらいできるに決まってるだろ」

寒くて震える俺を見兼ねたのか、カイルがそんな提案をしてきた。

見くびんなよ。いくら指先が冷たくて動かしづらくても、そのくらい余裕でできるわ。

一口含むと温かいスープが身にしみる。半分食べたら腹が満ちてきたので、残りは下げてもらう。

「もういいのか」

「ああ」

「だったら背中を向けろ、耳に櫛《くし》を通してやる」

「お手柔らかに頼むぜ」

カイルは慎重な手つきで耳をささげ持ち、そっと櫛《くし》を通した。一定の速度で梳《す》かれて、マッサージされている気分になる。

「あー、それ気持ちいい」

「こうか？」

「ん……っ……」

耳を触られるのってすごくいい……カイルはブラッシングのセンスがあるぜ。

「はうぅ……」

「テメェ……変な声出すなよ」

「ん、ごめん……ふ」

反対側の耳も同じように、ブラッシングしてくれる。

俺はもう体をまっすぐ保っていられなくて、骨を抜かれた魚のように、ぐでっとカイルにもたれかかった。

「おい……やりにくいんだが」

「んんん……」

「仕方がないな、そのままじっとしていろ」

櫛《くし》でとりきれなかった細かな抜け毛は、カイルの指先が器用に動いてとり去っていく。

敏感な場所に指先が触れる度、ぴくんと体が震えた。

「ふ……、ぅ」

「こんなもんか……いいぞ、横になっても」

「わかった……ありがとう」

ゴロリと寝転ぶと、カイルが布団をかけてくれる。

頬《ほお》がむずむずと、勝手にゆるんできちまう。

「ふっ……」

「なぜ笑ってるんだ」

「カイルが優しいの、おかしくってさ」

「俺だって弱ってるヤツには優しくする」

カイルはフイッと顔を背けてしまった。とんがった耳の先が赤くなっている。

ほんと、かわいいヤツ。

「なあ……」

「なんだ」

「初めて会った時、俺のやりたいことにつきあってやるって、そう言ってくれただろ？」

カイルのギラギラとした、飢えた目つきを思い出す。

あの時とはうって変わって、理性的で案ずるような視線が重だるい体と心を軽くしてくれた。

「すげえ、心強かったんだ。やっとこの世界で、信じていい味方を見つけられた。そう思ってさ」

カイルはなにか考えあぐねているようだった。そしてなにも言わずに、俺の頭にポンと手を置いた。毛の薄くなった兎耳を慈《いつく》しむように撫でてくれる。

カイルは言葉を返さなかったけれど、その手つきは大切なものを扱うかのように繊細だった。

幾度となく撫でられていると、また俺の体がひくひくと反応しはじめる。カイルはその振動を感じとったのか、耳を触るのをやめてしまった。離れゆく手を冷えた指先で掴《つか》みとる。

カイルは俺の手の冷たさにギョッとしたようで、赤紫色の瞳を大きく見開いた。

「おい、どうしたんだこの手は」

「寒いんだ……少しだけ、手を繋いでもらっててもいいか？　こうしていると、寒さが和《やわ》らぐ気がするから」

カイルは逡巡しつつもうなずいてくれた。ふにゃ、とらしくないほど気が抜けたように笑う俺から視線を逸らしつつも、ベッドの端に腰かけてくれる。

「ありがとな。本当にちょっとのあいだでいいから、頼むよ」

「いちいち気にするな。弱っている時に気を遣わなくていい」

はあ、本当にカイルは優しいな。こんなにカッコよくて頼りになって、おまけに思いやりまであるカイルと出会えたんだから、俺は幸せ者だな。

触れた手の温かさに安心したのか、再び瞼《まぶた》がおりてくる。

「あれ、おかしいな……さっき起きたばかりなのに、もう眠いんだが」

「寝られるなら寝ておけ」

「そうする……おやすみ、カイル……」

カイルがいれば足や耳の先が冷えていたって、なんとか眠れる気がする。

うつらうつらと目を閉じて、そのまま眠ってしまったようだった。


寒い……寒い。ガタガタと震える体に、温かななにかが触れる。俺は必死でそれに手を伸ばして抱きついた。腕の中に引きよせると、呆れたような吐息が髪を揺らす。

ああ、温かい。これでもう大丈夫だ……

……次に目を覚ましたのは夕方だった。窓の外をぼんやり見て、西日が差していることを知る。

なんだか久々に、こんなにも安らかな気持ちで眠れた気がする。

腕を回している熱源にすり寄り温かさを享受していると、不意に優しく耳を撫でられた。

「ふわぁ……っ」

あぁ、気持ちがいい。もうどうにでもして……という気分で懐いていると、笑いを含んだ美声が至近距離で発せられた。

「本当、耳が弱いな……俺以外には触らせないよう、起きたら言って聞かせないと」

「……うん？　カイル？」

なんでそんなに声が近いんだ？

というか今俺が抱きついてる温かい体の主は、もしかして……!?

「なんだ、起きたのか」

「カイル！　な、なんで、同じベッドで寝てやがる」

言葉とは裏腹に離れがたくてギュッと抱きついたまま抗議すると、呆れたような眼差しが降ってくる。起きたのにますます抱きつく俺に、カイルは特にツッコミを入れずに、こうなった経緯を教えてくれた。

「お前が俺をベッドの中に、寝ぼけて引きずりこんだんだろう」

「そ……!?　それは、すまん。無意識だった」

カイルはハア、とため息をついた後、仕方がないなとでも言いたげに苦笑した。

「貸し一つだからな。もういい加減離れるぞ、お前もなにか腹に入れたほうがいい。獣人は頻繁に食べないと、すぐ腹が減るんだろう？」

「そう、だな」

カイルは起きあがると、読んでいた本を閉じた。

「あ、それ……」

「なんだ、読んだらいけなかったか？」

「いや、別にいいけどさ。アンタが読んでも面白くないんじゃないか？」

「そうでもない。なかなか興味深かった」

カイルは『悪魔の生態について〜残虐な生』を俺に差し出した。インベントリに入れていたはずなんだが……そういえば、夢の中でカイルに本をせがまれた気がする。あれは現実だったのか。

なぜよりによって、その本を渡したんだか。寝ぼけた俺の判断は理解できないが、カイルが楽しめたのならよしとするか。

「よし、飯を食いに行こう」

「また持ってきてやるから寝ていろ」

「少しは体を動かさないと、夜に眠れなくなりそうなんだよ。下におりるくらいは平気だろ」

カイルは疑わしげに俺の顔を凝視している。

いやあの、近いんだが？　照れるからやめてほしい。

ああ、それにしても好みすぎる顔だ。スッと通った鼻筋に、凛々《りり》しい眉。セクシーさを際立たせる形のいい唇。切れ長の目に納められた瞳はまるで、ろうそくの灯りに照らされたアレキサンドライトのように美しい。

まずい、見惚れていると顔に熱が昇っちまいそうだ。

「……顔色は悪くないようだが」

あれ、これもしかして、顔の血色がよくなって結果オーライなんじゃないか？

「そうだろ？　カイルに温めてもらったからもう大丈夫だ」

いかにも体調がよくなった風を装いそのように告げると、彼は渋々納得してくれた。

「下におりるのは飯を食べる間だけだ。食べ終わったらすぐ部屋に戻るぞ」

「いいぜそれで。さあ、行こう」

食堂はまだ客の姿が少なく、席が選び放題だった。落ち着いて食事がとれそうな窓際の席に座ると、女将《おかみ》さんが話しかけてくる。

「イツキさん、具合はいかが？　換毛期で体調を崩しているんですって？」

「ああ、カイルがおおげさなだけだよ。よく寝たから今は平気だ」

「そうなの？　だったら明日の朝食は、いつも通りの時間に用意したほうがいいのかしら」

「もちろん、それで……」

ギロリとカイルに横目でにらまれる。わかったよ、大人しくしてろってことだな。

「あー……いや、ダンジョンに潜るのはやめておくつもりだから、もう少し遅めの時間で頼むぜ」

「俺がとりに行く」

「わかったわ、カイルさんに渡すわね。うふふ、素敵な彼がいてよかったわね、イツキさん」

「いや、だから、違うんだが……」

巷《ちまた》の噂では俺がカイルに惚れていることになっているはずだが、女将《おかみ》さんの中では俺たちはもう恋人同士の設定なのか？

女将《おかみ》さんは控えめ、というかほとんど膨らみがない胸元に手を当てて、上品な仕草で笑った。

「ふふふ、わかってるわ」

……それ絶対、大いに誤解されているリアクションで間違いないだろ。ははは、ともはや反論を諦めて苦笑していると、なぜかカイルが満足そうにうなずいている様が目に入った。

いやだからさ、アンタもそれでいいのかよ……いいんだろうな、変に気にして意識してるの、俺だけなんだろうな……

やけに上機嫌な女将《おかみ》を見送って諦めの境地で食事をとり、部屋に戻った。歩いているあいだ、妙に尻尾が痒かった。部屋に入ってからも、もぞもぞしているとカイルに見咎《みとが》められる。

「どうしたんだ」

「ああ、尻尾が……」

「尻尾？」

カイルは意外そうに片眉を跳ねあげた。そういやこいつの前で尻尾を見せたことがなかったから、今まで俺に尻尾があるって意識していなかったのかもしれないな。

「そう、気になるんだ。カイル、櫛《くし》を借りてもいいか」

「腰の後ろは見えづらいだろう、俺がやる」

「自分でやるからいいって」

「見えないと細かい毛までとれないだろう？　いいから俺に任せろ」

「嫌だ」

俺の明確な拒絶に、カイルはムッと眉根を寄せる。だって嫌なんだ、こいつに頼んだら尻を見られてしまうだろうし、なんか気恥ずかしいんだよ。

カイルがぐいぐい背を押して、俺をベッドのほうへ追いやった。待てよ、実力行使するつもりか？

「カイル、櫛《くし》を貸してくれ」

「拒否する。お前には貸しがあったよな？　大人しくしていろ、すぐ終わるから」

ベッドに手をつく俺の腹側に手を回して、ズボンの留め具を外される。

おいおい、シャレにならねえからやめろよマジで。

「俺をブラッシングするのが、貸しを返すことになるのかよ……っやめろって、下ろすなっ！」

カイルの腕を手で掴《つか》んでも、まるで力が足りず止められない。あっという間に腰を露出され尻尾が外気に触れる。

「パンツの中が毛だらけだ。よくこんなになるまで放っておいたな」

「そんな状態なら、風呂に入って毛を落としたほうが早い……っあ！」

尻尾を手のひらで包みこむように撫でられる。ぶわりと腰まで電流が走り、ギュッと両手でシーツを握りしめた。

「こっちもふわふわなんだな……」

感動したような声が上から降ってくるが、俺はそれどころじゃないから速やかに手を離してほしい。それはもう、切実に。

イタズラな手は何度か尻尾を撫でてから離れていき、その後は櫛《くし》を当てられた。つけ根から毛先までを梳《す》かれて、その度にビクビクと腰が跳ねる。

「くっ……ぅん……！」

「揺れるなよ、やりにくい」

「無茶……っ言うな……っ」

明確に快感だとわかる刺激を無遠慮に与えられ続けて、冷たかった体はどんどん火照《ほて》っていく。

息を詰めて耐えていると、あらかた毛をとり終えたらしきカイルは尻尾に残った抜け毛を指先でつまみはじめた。

敏感な尻尾の地肌を指先で探られると、前がむくむくと硬くなるのが自覚できた。

「！　ぅく……っも、それやめ……」

「お前の尻尾、先端だけ色が濃いんだな」

(今その情報いらねえから！　呑気にそんなこと呟いてる暇があったら、早く終わらせてくれ！)

ぷるぷると震えながらなんとか立っていると、尻尾の掃除を終えたらしき指先が離れた。

やっと解放されると安堵したのも束の間、今度はパンツの中に手を突っこまれた。

「⁉」

「毛がまだ残ってる、動くなよ」

尻の谷間に指先を這わされる。

（うあ……ぞわっとするっ……！）

「いいっ、いいから、そんなとこまで触んなっ！」

振り向いてにらみつけ、ベッドに乗りあがって逃げようと試みる。

するとカイルにガッツリ腰を両手で固定され、逃げるのを阻止された。

「腰細いな」

「うるせえバカ！　離せ‼」

カイルにとっては抵抗にならないような身じろぎをしていると、不満そうな声が頭上から漏《も》れ聞こえてきた。

「バカとはなんだ。善意で綺麗にしてやっているのに」

「俺が嫌がってんのにやり続けるのは、善意とは言わねえんだよ！」

「そうだな……正直に言うと、心からの善意ではないかもしれない。お前の尻尾に興味があった」

神妙な声音で阿呆なことを呟くカイルに、もはやため息しか出なかった。

「もう十分触っただろ？　後は自分でやるから、とにかく離してくれよ……頼むから」

情けなさをかなぐり捨てて懇願《こんがん》すると、カイルは名残惜しそうに尻尾と腰回りを見つめた後、やっと解放してくれた。

　半分尻を出したまましな垂れるように身を伏せると、ゴクリと唾をのみこむ音が聞こえた。

「エロいな……」

「……アンタのせいだろ、はあ」

「抜くなら手伝うが」

「っ！　いらねえよ！　クソが！」

「威勢がいいのは口だけだな、腰が砕けている。シャワーを浴びるなら抱いていってやろうか」

「もう黙れよ……アンタ、耳や尻尾が獣人の性感帯だって知ってたはずだよな？　今回のは完璧にセクハラ案件だぞ」

　羞恥と興奮で赤く染まった顔を上げて恨めしげに半眼で見やると、カイルは今気づいたとでも言いたげにハッと表情を変えた。

「それは……すまなかった」

（こいつ、マジで気づいてなかったのか）

　ものすごく素直に謝られて、対応に困る。

　行き場のない憤りと、股間に集まったままの熱はいったいどうすりゃいいんだ。

「もう勝手に触るなよ」

「……」

「おい、聞いてんのか？」

「つまり、許可を得れば触ってもいいということだな?」

「アンタ反省してないだろ⁉」

「反省はしている。次からは許可を得てから触れることにする」

腕を組んでそう言い張るカイルに、もはやなにも反論する気が起きなくて、大きなため息をわざとらしくついた。やっと前の昂ぶりが収まってきたので、いそいそと尻をしまう。

多少痒いがいつまでもこいつの前で尻を出していたら、また尻尾の誘惑に惹きつけてしまいそうで怖いからな。

気力を振りしぼって立ちあがる。フラフラと浴室に向かうとカイルまでついてきた。

「おい、来んな」

「お前が倒れたら困るからつき添っているだけだ」

「一人で大丈夫だから、ここまででいい」

まだ若干刺々《とげとげ》しさを残したままの目でカイルを見つめると、憂慮《ゆうりょ》を滲《にじ》ませた瞳とかちあった。

「……異変を感じたら押し入ると、先に言っておく」

「そうならないように気をつけるさ。また後でな」

早く一人になりたくて勢いよく扉を閉める。バタンと大きな音を立てた扉は、俺の動揺の大きさを表しているかのようだ。

水は驚くほど冷たかったが、どうしても頭を冷やしたくて全身シャワー浴を決行した。

どうせ五日程度は体調不良で動けないんだ。これで風邪を引いたとしても、宿にこもって過ごすことになるんだから一緒だろう。

投げやりな気持ちで、体が芯まで冷えるのも構わず尻回りを念入りに洗ってから浴室を出た。急いで体を拭いて服を着こむが、寒い。寒すぎる。我ながらバカなことをしちまったな。

（カイルのせいだ、バカ野郎。責任とってもらってあいつに看病させよう）

シャワーを浴びて出てきた俺の顔色が真っ白なのを見て、カイルはガタンと椅子を倒しながら立ちあがった。

「おいイツキお前、真っ青だ！　やっぱり無理してたんだろう、早くベッドに入れ！」

あれよあれよという間にベッドに運びこまれて、毛布をたっぷりかけられた。

それだけでは温まらずにガタガタと震える俺を見て、カイルはためらいなくベッドに入ってくる。

ギュッと腕の中に閉じこめられて、その温もりに瞼《まぶた》が震えた。

「イツキ、死ぬなよ。俺が温めてやるから」

「これしきのことで死ぬはずないだろ……ックシュン！」

「お前は獣人の中でも最弱な部類の兎獣人なんだ。もっと自分が弱いということを自覚して体を気遣え」

「俺は……弱くねえ」

「嘘つけ。たかが水浴びした程度で死にそうなほど震えているくせに」

あの水はかなり冷たいぞ、たかがじゃない。

内心で妙なところに難癖をつけていると、カイルが俺の頭を胸にピタリとくっつけた。

「俺がついてるから、安心して眠るといい」

「はは……そりゃ、頼もしい限りだ」

「そうだろう。朝も気が済むまで寝ていろ」

「さすがにそんなに寝られねえだろ……ふわぁ」

カイルの熱が伝わってきて、少しずつ体が温まってくると同時に眠気が襲ってきた。その感覚に逆らわず、全身の力を抜く。ああ、人肌ってなんでこんなに気持ちがいいんだろうな。

さっき尻尾を無理やり触られたことを帳消しにした上で、有り余るほどに心地がいい。

カイルの腕の中にいると、大切に守られているように感じて安心していられた。特にこんな風に体と心が弱っている夜には。

生来のものとは色が変わってしまった青色の目を閉じ、カイルの背中に腕を回す。ほどなくして眠りについた。

「イツキ、寝たのか……？　かわいいな、お前……故郷に置いてきた問題が片づいたら、お前を口説いてみるのも一興かもしれないな」

……なにやら気になることを囁《ささや》かれた気がするが、もう瞼《まぶた》が持ちあがらない。そのまま意識は暗転した。

換毛期のあいだ、俺は風邪を拗《こじ》らせていた。自業自得でしかない、本当にどうにかしていた。

言い訳させてもらえるなら、あの時は頭が沸騰《ふっとう》していたんだ。予想外のことが起きても冷静に対処できる、そんな肝の据わった男になりてえもんだな。

だいたいのことは対応できるという自負《じふ》があったが、色恋が絡む時に冷静でいるのは苦手なのかもしれねえ……これまで本気の恋人など作ったこともなく、適当にバーとかでひっかけた一夜限りの関係ばかりだった。

他人を好きになったことは、高校生の頃に一度だけある。でも相手はノンケだったたし、ハナから恋愛成就させる気はなかった。

あの時は最終的に手痛い思いをしたたし、正直恋愛とかあまりしたくないんだよ。俺は自分のペースを乱されるのが苦手なんだ。

(そう、俺は恋愛がしたいんじゃなくて、相棒と楽しくダンジョンに潜っていたいんだよ)

だからカイルも対象外だ。ガキだし、そもそも好きじゃねえし。あまりにも顔の好みがドンピシャなもんだから、ちょくちょく意識しちまうだけだ。

なぜこんなことを言い訳がましく内心呟いているかというと、カイルが急接近してきているからだ。物理的にも、精神的にもだ。あの日以来、カイルは俺を抱きしめて眠るようになった。

今日だってすでにほとんど毛が抜けなくなり、寒さもマシになったからもういいって言ってるのに、目の前には秀麗な顔がある。

朝起きたら同じベッドで超絶好みの顔がドアップで寝ているシチュエーションには、三日経った今でもまだ慣れない。当分、慣れる気がしない。

ブラッシングだって自分でできるっていうのに、やたらとやりたがる。そんなに俺の耳と尻尾が気に入ったのか。元々俺には生えていない部位だったからか、複雑な気分だ。

断固拒否しようかと思ったが、敏感すぎる尻尾はともかく耳を触られるのはかなりの心地よさなんだよな……病みつきになるというか。

ブラッシングさせてくれとお願いされると、耳だけならと二回に一回は許可してしまう。

それから精神面での急接近についてだが。時々俺の名前を呼んでくれるようになった。

最初に気づいた時は感動したね。ついにカイルがデレた……！　と、内心ガッツポーズをした。

難攻不落のおすましニャンコを口説き落とした気分だった。

ニヤニヤしながら「名前を呼ぶついでに、相棒扱いしてくれたっていいんだぜ？」って提案しちまったよな。

思案顔で数秒虚空《こくう》を見つめたのちに、まだ背中は預けられないと一刀両断されてしまったが。

手厳しいな……わかった、精進するよ。

ほかにも、偉そうな物言いは相変わらずだが、そこに気遣いが明確に混じるようになった。

体調が悪いのはわかっているんだが魔力を食べてもいいか、と遠慮がちに聞かれた時は、あまりのいじらしさについ頭を撫でてしまった。子ども扱いするなとキレられてしまったが。

いいだろ、アンタだって俺の頭や耳を撫でるだろうがと反論すると、渋々撫でさせてくれて、そりゃもうかわいかった。

そんなわけで、換毛期も今日で五日目だ。風邪も治ったし新しく冬毛も生えてきて、体調はかなりいい。明日は外に出てダンジョンで肩慣らしと行きたいところだ。だが、その前に。

「そろそろこいつを確認しておくか」

サイドチェストの上に置きっぱなしにしていた手紙を手にとると、カイルはしかめ面をした。

「なよなよした弱そうな豹《ひょう》野郎からの手紙か。面倒事の臭いがする」

「弱そうな豹《ひょう》って……アンタにかかれば、ほとんどのヤツが弱いだろうが。用件はなんだろうな、ただの昼食の誘いだといいが」

それだって面倒だが、ほかの仕事を追加で頼まれるよりはいくらかマシだ。お高そうな紙の端にナイフを当てて切りとり、中の手紙をとりだす。

流麗な筆跡で書かれた文字を読み解くのに数分時間が必要だった。なんせ、回りくどい貴族的な文章だったもので。

ざっくり要約すると、昼食を食べにおいで、テオを迎えによこすよ。俺の母様と部下を紹介するので楽しみにしていてね、という内容だった。

この前聞いた話と相違ないようだ。約束の日は今日を入れて四日後だった。前回と同じ服を着ていってもマナー的に大丈夫だろうか。念のためほかの服も用意しておこう。

気になるのは、追伸と書かれた文字の後につけ足された走り書きだ。

『イツキ、プレゼントは気に入ってくれたかな？　カイル君にもとっておきのプレゼントがあるから、楽しみにしておいてね！』だとさ。

「カイルも読んでおけよ、名指しでメッセージがあるぞ」

彼は嫌そうな顔をしながら手紙を受けとり読み進めた。俺はそのあいだに放置していた手土産も開封する。中から現れたのは、大変毛並みのいい毛皮のコートだった。

毛皮の柔らかな印象を引きたたせるモカブラウンは、俺の耳とちょうど同じ色。

サイズも俺ピッタリで、フードには耳を出せるよう絶妙な位置に切りこみも入っている……オーダーメイドの一品なのだろう。

体のサイズなんて測られていないはずなのに、なんでこうもピッタリな物を用意できるんだあいつは……やはり侮《あなど》れないな。

これを先に開けていれば、カイルの手を借りなくても寒さを乗り越えられたかもしれない……もう今さら遅いが。冬のあいだに使わせてもらおうと決めて、インベントリにしまいこんだ。

カイルは手紙を読み終えると、ますます顔をしかめた。

「なんだこれは」

「さあな、行ってみればわかるんじゃないか？」

「気にいらないな……」

赤紫の瞳を細めるカイルは、クインシーの話が出てからずいぶんと不機嫌だ。アンタらは水と油くらいに性格が違うから、気があわねえんだろうな。

カイルは手紙を無造作にサイドチェストの上に投げると、俺の瞳をのぞきこんだ。

「おいイツキ、あの豹《ひょう》野郎に耳を触らせるなよ」

「もう触らせるつもりはねえけど」

「ほかのヤツらにもだ。いいな」

急にどうしたカイル、耳を触られると無防備になる俺の姿を見て危機感が募ったのか？

心配しなくても相棒のアンタ以上に信頼できる相手はいねえんだから、誰にでも耳を触らせたりしない。

「わかってる。触っていいのはアンタだけだ」

薄く笑みを乗せてそう告げると、今度はカイルが面食らったように目を逸らした。

「……そうかよ、ならいいんだ」

よく見ると耳の端が赤い。なんで照れてるんだ……あ、俺が笑ったせいか？

俺の笑顔がかわいいって思ってくれてるんだったよな。ははっ、そんなに好きならサービスしてやろう。逃げるカイルの瞳を、下からひょいとのぞきこんでニカリと笑いかけた。

「明日は買い物しに行った後、ちょっとだけダンジョンに行こうぜ。読む本もなくなっちまったし、貴族のつきあいに備えて服を買いたいんだ」

「ダンジョンに行くのか？」

カイルが難色を示す。おいおい、もう体調は回復したんだからいいだろ？

「心配しなくても奥までは行かねえよ。ただ調子をとり戻したいだけだ」

「……少しだけだぞ」

「おう、もちろん」

換毛期を経て過保護っぷりに輪をかけたカイルに苦笑して、その日ものんびりと過ごした。

翌日、朝から古着屋に出かけて、よそいきの服を追加で三着ほど購入した。

古着屋ではデザインを選べるほどの数が残っていなかったから、フリルのついた服とかも柄じゃねえなと思いつつ買っておいた。ほかに選択肢があればもっとシンプルなのがよかったんだが。

古本屋ではフェルクにオススメの本を尋《たず》ねて、五冊ほど追加で買った。王都の観光本、獣人の冬眠に関する本、食事のマナー本、あとの二冊はフェルクが選んでくれた冒険小説だ。

「お買いあげありがとうございます！　『木こりのはずだったのにダンジョン探索者になった熊人無双記』は本当に面白いので、読んだら語りあいましょう！」

「そうだな、楽しみだ。ところでフェルク、冬のあいだは店を閉めるのか？」

フェルクはおっとりとした仕草でうなずいた。

「そうですね、冬のあいだは冬眠こそしないものの眠気が強くて……お客さんもあまり来ないから、毎年その時期はお休みしてます」

「そうか。なら秋のあいだに買い溜めをさせてくれ」

「ええ、大丈夫ですよ！　初雪が降る頃までは営業していますので、またどうぞ」

フェルクと別れた後は武器屋に寄った。二十階層のボスがまあまあ強くて、今後ももしもの時のために攻撃を防げるように、近接武器もあったほうがいいのではと危惧《きぐ》したからだ。

武器屋の牛獣人に、俺でも扱える武器が欲しいと告げると困った顔をされた。

「あー、お客さんにはそうっすねえ、この辺りがオススメですかねえ」

木製の杖を渡されたが、鈍器として扱うには軽すぎる。歩行補助用の杖じゃないのか、これ。

「もっと硬くて重い武器じゃないと、ろくに攻撃できないんじゃないか？」

「そうかもしれないっすけど、お客さんの細腕ではそもそも……ゴホン。いえその、すみません」

困り果てている店主を見て、俺はカイルを見上げた。チラリと視線をよこしたカイルは、打つ手はないとでも言いたげに首を横に振る。

「お前には俺がいるだろう。大人しく守られておけ」

「万が一の時の想定もしておいたほうがいいだろう？」

「それはそうだが……」

カイルは店内を見渡して、再び首を横に振った。

「ここにお前が扱える武器はない。王都で探すほうがいいだろう。そのほうが選択肢も多い」

「そうか……」

残念だが武器を用意するのは諦めた。

代わりに隣の防具屋で、籠手を金属製の丈夫な物に買い替えておく。会計待ちの合間に様々な形の耳カバーと尻尾カバーが目に入り、カイルにブラッシングされた時のことが脳裏に蘇った。

……やめよう、これからダンジョンに行くって時に腑《ふ》抜《ぬ》けている場合じゃない。気を引き締めていかねえと。

さあ、五日ぶりのダンジョンにやってきたぞ。猪《いの》門《しし》番にはしばらく顔を見なかったと心配されたが適当にごまかしておいた。

最高到達階は二十階層だが、今日は十四階層辺りで体を慣らすことに専念する。病みあがりの体は多少体力が落ちていたが、十四階層まで来ること自体は問題なくできた。

いつものようにカイルが切った張ったの大立ち回りをする後ろで、氷や炎、雷の矢を作っては投げ、作っては投げる。

うん、問題なさそうだ。明日と明後日はまたダンジョンの奥に潜って、階層更新できそうだな。

前回は二十階層のボスを倒してすぐに帰ったので、次の階層がどういう風になっているか楽しみだ。

コウモリのモンスターを倒し終えたカイルは戦闘が終わるや否や振り向き、俺の無事を確認した。

「怪我はないな？　疲れていないか」

「ああ、そんなに神経張りつめなくたって平気だ」

「病みあがりに無理をすると次の日に動けなくなる。そろそろ帰るぞ」

「え、もうか？　まだ二十四程度しか倒してないのに」

階層を下る毎に敵が少なくなり個体の強さが上がっていく仕様だから、十四階層ならあと百匹は余裕で狩れると思うんだが。

「また明日、本格的に潜ればいい。今日は帰ろう」

「うーん……まだ行けそうだが、カイルがそこまで言うなら帰るか」

しぶしぶ同意を示すと、彼はそれでいいとでも言いたげに満足そうに微笑んで踵《きびす》を返した。

……換毛期、大変だったけどカイルとの距離は確実に縮まったよな。あんだけ恥ずかしい思いをした甲斐はあったわ。

破壊力抜群の柔らかな笑顔を目撃してしまい、つい気もそぞろになってしまう。

そのせいで、背後から近づいてくる羽ばたきを感じた時には、すでに長耳に触れられていた。体当たりの衝撃が直に耳に直撃する。

「ついひゃん!」

「イツキ!」

カイルが素早く剣を振り抜くと、コウモリのモンスターは瞬時に霧と化した。

(耳っ……耳に攻撃されるって、すげえ痛い……!)

痛いくせに接触した直後の一瞬ビリっと気持ちいい電流が走って、変な声を出しちまった……!

「おい、大丈夫か?」

攻撃を受けたところを押さえたまま動かない俺の様子を目撃して、カイルは切羽詰まった声を上げる。

「……いや、その……違うんだ」

「? なにがだ」

俺の嬌声《きょうせい》のような悲鳴は、聞かなかったことにしてくれるらしい。これ幸いと咳払いしてごまかした。

「ゴホン……大丈夫だ。ここを出たら耳カバーを買おう」

「耳、痛むのか?」

「今はなんともない。ただその、アンタ以外に耳を触らせないって約束したからな。モンスター相手でも触られずに済むようにしたくて」

「そうだな、買っておこう」

カイルは俺の耳を裏から表まで観察し、外傷が残っていないことを確認して離れた。

次の日は防具屋で買った黒のシンプルな耳カバーを装着してからダンジョンに赴《おもむ》いた。奇跡的に兎耳用のカバーの在庫があって助かったな。

耳カバーをつけていると遠くの音が聞こえにくいが、戦闘に支障が出るほどではない。カイルとも問題なく意思疎通できた。

少し耳に違和感があるが、そのうち慣れるだろう。なにより安心感があるってのがいいな。

今までカバーをつけずにダンジョンに通っていたことが、どれだけ無防備なことだったのか実感できた。次回からダンジョンに潜る時は必ず装着することにしよう。

二十階層までおりて、現れたドデカトカゲの巨体をカイルが斬りつける。

暴れる四本の足と尾に当たらないよう距離をとりながら、傷がついたところを狙って魔法を叩きこむ。トカゲの苦し紛れのひっかき攻撃をカイルは至近距離でかわして、首回りを剣の切っ先で切り裂いた。

「カイル、避けろ！」

「わかってる！」

カイルが新たにつけた傷口に電撃をぶつける。

全身傷だらけになっても暴れていたトカゲはやっと機能を停止し、巨体が横倒しになった。

「ふん、こんなものか」

「ボス戦は時間がかかるようになってきたな。カイル、まだ魔力は残ってるか？」

「半分ほどは」

「この先は魔力を温存しつつ、試しに一階層だけおりてみるか」

カイルはうなずくと、剣の刃先をぬぐい、鞘《さや》に戻した。戻ったら魔力を食わせてやらないとな。

二十一階層は真夏のような暑さだった。なにもしていなくても汗が噴きだすくらいには暑い。

外観的にはところどころ壁が赤っぽく光っている場所があり、そこから熱が噴きだしているかのように感じる。

「あっつ……」

せっかく買った耳カバーを外したくなってきた。上着を脱いで半袖になるが、カイルは外と同じ格好で涼しげな顔をして佇《たたず》んでいた。

「アンタ、暑くないのか？」

「そこまでの暑さじゃない」

「おかしいだろ、めちゃくちゃ暑いぞ」

「『魔力の支配』でどうにかならないのか？」

そうか、その手があったかと脳内の知識を検索してみる……体感温度を調整する方法はあるにはあったが、すこぶるコスパが悪い。

常時霧のような氷を纏《まと》わせる方法、火属性を帯びたダンジョン内の空間に働きかける方法、そのどちらも常時魔力を放出する必要があった。

俺の全魔力をもってしても、三時間程度しか効果が続かない。

カイルを飢えさせるわけにはいかねえし、魔力を使ってなんとかしようとするより、なにか別の方法を考えたほうがよさそうだ。

「今日のところはこのまま行って、無理そうなら引き返すか」

「それが無難だな。無理だと思ったらすぐに言え」

「ああ、わかった」

カイルと約束をして奥に歩を進める。ゴツゴツとした岩場は起伏があり、今までのダンジョンのフラットな床とは違って歩きづらい。

敵も大型で強い個体が増えてきた。小さめの牛や山羊《やぎ》、五階層でボスとして出てきたゴツくて大きな赤蛇も、通常モンスターとして遭遇する。

カイルは魔力を温存するため、剣だけで戦っていた。二度三度と切りつけ、それでも倒れない牛のモンスターに向けて雷の矢を投げて加勢する。

何度かそれを繰り返して倒すことができた。牛は苦悶《くもん》の声を上げながら空中に霧散していく。

「チッ、ただの魔物なら肉として食えるんだが」

面倒な様子を隠しもせずカイルが舌打ちした。俺は落ちた赤色の中魔石をインベントリにしまう。

「魔石だって捨てたもんじゃないと思うぜ？　なんせ金になる」

「金があったところで使い道がない」

「あっても困るもんじゃないだろ。なんならカイルも市民権を買って、俺と一緒に暮らすか？」

カイルは狐につままれたような顔で振り向いた。今まで考えたこともなかったのだろう、一瞬言葉を詰まらせた。

「……お前は家を買ったらどうする予定なんだ。ダンジョンに潜り続けるのか」

「そうだなあ、今のところダンジョン探索が楽しいから続けてもいいかもな。ポーションとか作って商売するのも楽しそうだが」

「ダンジョンに潜るなら護衛がいたほうがいい。俺も連れていけ」

「アンタが俺の魔力をもういらないって言わない限り、そうするつもりだったぞ」

「そんなことを言うはずがない」

真顔で力強くそんなことを告げるカイルに、ハハッと笑い声が漏《も》れる。

「俺の魔力をずいぶん高く買ってくれてるんだな、いやあ嬉しいぜ」

「魔力だけじゃないが……とにかく、一方的に契約を切るなよ。お前には俺が必要だろう？」

「違いない。よろしく頼むぜ、相棒」

ノリよく片手を掲げてみせると、カイルがコツンと拳をあわせてくれた。

（くうーっ、テンション上がるなあオイ！　この調子でダンジョン探索していくか！）

気合は十分に満ちたものの、二十二階層におりたところで本日の探索は切りあげた。いい時間になっていたし、深追いは厳禁だからな。

汗だくになった顔回りをダンジョンの入り口で拭いて、しっかり上着を着こんでから外に出る。

町の街路樹はもう紅葉がはじまっており、赤や黄色に染まった木々の下では温かいスープや保存食を売る店が繁盛していた。

全体的に獣人たちがふっくらしてきているように見えるんだが、実際に肥えているのか毛が生え変わったせいなのか、どっちなんだろうな。

俺のふわふわ兎耳も、換毛期を終えてさらにふわっふわになっていた。道を歩くと時々熱い視線が飛んでくることもある。

その度にカイルがにらみつけているので、宿で出会った山羊《やぎ》男以来ナンパされたことはない。

店をのぞいて美味《うま》そうな保存食は購入しつつ、ギルドにたどりつく。いつも通り魔石を売ろうととりだしたところで、ふと思いついたことがあった。

（魔石か……もしこいつを使えるなら、ダンジョン探索を快適に行えるんじゃないか？）

赤、黄、緑、紫の魔石を一色ずつ手元に残しておいて、残りを売り払うことにした。

中魔石をゴロゴロとりだす様子を見ていたラベッタが、感嘆の吐息を漏《も》らす。

「すごいわねイツキ、二十一階層までおりられたのかしら」

「いいや、二十二階だ」

「本当にすごいわ。大型獣人でも、二十階層より下にはなかなか行けないのよ。貴方に宿ったギフトのおかげかしら。それとも彼のおかげなの？」

チラリとカイルに視線を送るラベッタ。カイルは退屈そうに酒場を眺めている。

「どっちもだな。カイルにはずいぶん助けられているよ」

「そうなのね。貴方たちがうまくいっているならよかったわ。私も応援してるから」

勝ち気そうな目を細めて、いたずらっぽく微笑むラベッタに首をかしげる。

応援するってなにをだ……ああ⁉　ひょっとして花摘み兎と貴族山羊《やぎ》の三文小説恋愛ストーリーの噂が、ギルド内でも公然の噂として広まってんのか⁉

おいおい、勘弁してくれよ……と思ったものの、下手に否定したところで噂が長引くような気がしてならないので、ひたすら苦笑いをして話題を変えた。

「ははは……あ、そろそろ換金できたか？」

「ええ。依頼料と魔石売却料をあわせて、六十二ピン五ブェンよ」

下の階層に行けば行くほど魔石は大きくなるが、敵も少なくなるので買取金額は思ったほど高くならない。手頃な依頼が出ていない時は、無理して最奥に潜る必要はないかもしれないな。

一度行けるところまでおりてみたいって気持ちがあるから、明らかに労力が報酬に釣りあわなくなるまでは階層更新を続けるつもりだ。

「ところでラベッタ、ギルドはいつまで営業してるんだ？」

「毎年ダンジョンの休眠日から三日後に営業を終了してるわ。だいたい聖火祭の直前かしら」

「聖火祭か」

なんだそれは。また知らない単語が出てきたな。

「聖火の奉納は神秘的よね。私も毎年見に行ってるわ。今年は弟が遠出するらしくて一緒に見る人がいないから、どうしようか迷っているけれど」

なるほど、家族の恒例行事なのか？　神社のお焚きあげみたいなもんだろうか。

ラベッタは家族がいない俺を気遣いながら問いかけてくる。

「イッキは……カイルと見るのかしら」

カイルはラベッタに自身の名前を口に出されて、ピクっと反応し眉をひそめた。

なんだ？　と思ったが、彼が話に口を挟む様子はないので、ラベッタとの会話を続ける。

「ああっと、実は冬のあいだはカイルと一緒に遠出するから、マーシャルにはいないんだ。まだ先の予定がわからないいんだが、見られるもんなら見てえな」

なんとなく場にあわせた返答をすると、ラベッタは嬉しそうに微笑んだ。

「よかったわ、貴方が一人きりじゃなくって。私にも素敵な人が見つかるといいんだけど」

「見つかればいいな。それじゃ、そろそろ行くから」

「ええ、またね」

結局聖火祭ってのはなんなんだ。ギルドを出たところでカイルに聞いてみた。

「獣人どもの祝い方はよく知らんが、魔人も一年の区切りの日に聖火を灯し、魔王に忠誠を誓うイベントがある」

「へえ、そうなのか」

つまりなんだ、新しい年を祝う祭りみたいなものなのか？　獣人は魔王に忠誠を誓ったりしないだろうから、また別の祝い方をするんだろうな。

話の途中で探索者らしき大型獣人に話しかけられた。

「なあお前ら、花摘み兎と貴族山羊《やぎ》だろ？　最近ずいぶんと景気がいいみたいじゃないか。よかったら俺とパーティを組まないか？」

筋肉ムキムキの猪《いのしし》の獣人が、自慢げに俺を見下ろしていた。大型獣人ってのは、どいつもこいつも背が高く体が大きくて威圧感があるな。

「悪いな、人手は足りてるからパーティメンバーを増やす予定はないんだ。ほかを当たってくれ」

俺たちが魔法を使えるってことを赤の他人に漏《も》らす気はない。断るが、猪《いのしし》は噛みついてきた。

「なんだと？　兎と山羊《やぎ》の分際で……アンタ、すごいギフト持ちなんだろ？　ギフトのない俺に、少しくらいおこぼれを恵んでくれたっていいじゃないか」

どうやら兎の俺がダンジョンの奥深くまで潜れているのは、優れたギフトがあるからだと思われているらしい。

当たっているが、積極的に吹聴《ふいちょう》する予定はもちろんない。どう返事をするか考えていると、カイルが俺を隠すようにして前に出た。

「ギフトがないからなんだ、テメェはそれをはね退けるほどの努力をしたのか？　人の善意にたかる前に、自分の行いを改めろ」

カイルの至極真っ当な意見に対して、猪《いのしし》獣人は逆上した。

「てめえこの野郎、舐《な》めやがって！」

突進してくる猪《いのしし》をカイルはヒラリとかわして、足をひっかけて転ばせた。猪《いのしし》獣人はギルドの看板に突っこんでいき、大きな音を立てて地に伏せる。

そのあいだ立ち尽くしていた俺を、カイルは子どもを抱っこするみたいに片腕に抱えた。

「行くぞ」

「待て、なに勝手に人を担いで……っのわあ！」

「黙ってろ、舌を噛む」

すいすいと人混みを避けながら、カイルは俺を抱えたまま宿に戻った。

抱っこを目撃した女将《おかみ》が目を丸くした後、満面の笑みで手を振って見送ってくれた……こうして噂の尾ひれが大きく育っていくんだな……

「なあ、そろそろ下ろせよ」

「もう部屋につくから、じっとしていろ」

まるで重さを感じていないかのような、しっかりとした足どりで、カイルは部屋に入って扉を閉める。

やっとベッドの上に下ろされ一息ついたのも束の間、カイルはひざまずいて俺の手をとった。

「魔力を分けてくれ」

まるで騎士が主君に忠誠を捧げるような体勢で、俺の魔力を乞《こ》うカイル。

顔がいいヤツはなにをしても様になるが、突然こういうカッコいいことをされると俺の心臓がうるさく鳴るからやめてくれよな。

「アンタ、腹が減ったから急いで帰ってきたのか？　しょうがないヤツだな、ほらよ」

なんでもない風に茶化しながら指先から魔力を流すと、カイルは美味《うま》そうに吸いついてくる。

何回やられても慣れないむず痒さに、思わず手を引くとガッツリ手首まで掴《つか》まれてしまう。

「なぜ逃げる、嫌なのか？」

「違う、くすぐったかったんだ……」

ふうと息をつく俺に思うところがあったのか、赤紫色の瞳は獲物を観察しながら指先を舌の上に乗せる。

「……っ」

俺の様子をうかがいながら、ちろりちろりと魔力を食べるカイル。なんかその舐《な》め方、アレを舐《な》められているような連想をしちまうから、やめてほしいんだが……

数分間耐えていると、指先は解放された。カイルは立ちあがると今度は兎の耳を持ち上げる。

「今日もブラッシングしてやる」

「そんな毎日のようにしなくてもいいんじゃないか？　もう換毛期も終わったんだし」

「耳カバーに抜け毛がつくととるのが面倒だろう。そのまま座っていろ」

「風呂に入ってからのがよくないか」

「お前の匂いなど気にならないし、汗もとっくに乾いている。ほら、つべこべ言わずにじっとしていろ。いいな？」

「はあ……わかったよ」

嫌だとハッキリ言わない俺にゴリ押しして許可を引き出したカイルは、櫛《くし》をとりだして梳《す》きはじめた。はあ、すごく気持ちいいから、断りにくいんだよなあ……

換毛期は特に感覚が敏感になっていたらしく、今は声を漏《も》らすほどの快感に見舞われることはなかった。ほっと肩の力を抜く。

性的快感を引き出されるというより、凝った筋肉を揉《も》みほぐされる気持ちよさに近い。安心して夢見心地でマッサージを受けられた。ただただ心地よい刺激が耳を撫でていく。

「はあ……極楽」

「よかったな」

カイルも気に入っているらしいふわふわの兎耳に触れて満足そうにしている。ふと灰銀の頭の上にある、大きな角のことが頭をよぎった。

「カイルの角も、今度洗ってやろうか」

悪魔の角は獣人のように性感帯というわけではなく、魔力の豊富さを表すものらしい。町でごく稀《まれ》に見かける悪魔奴隷やポーション屋の羊じいさんより、よほど立派なカイルの角。一度心おきなく触ってみたかった。

「触りたいのか。構わないが」

「おお、やったぜ」

「洗うということは、一緒に風呂に入るのか？」

「ああー……そいつは遠慮しておこうかな。やっぱ触るだけでいいわ」

万が一俺の体が反応したら目も当てられない。風呂を辞退する俺に、カイルは思わせぶりな手つきで耳をそっとなぞった。

「いいのか？　もっと気持ちよくしてやることもできるが」

「つ、いや、それはやめてくれ」

「そうか、残念だ」

俺を翻弄《ほんろう》しようとするイタズラな手を掴《つか》んで押し留める。じとっとした視線でカイルを見上げると、彼は宝石のような目を機嫌よさげに細めた。

「気が変わったらいつでも言ってくれ」

「はいはい、わかったから。風呂に入ってから飯を食いに行くぞ」

どうも調子が狂う。カイルはどういうつもりで俺に誘いをかけているんだか……前みたいにからかっているのでも、美食のために提案しているようでもない気がする。

(まさか本当に、気持ちよくしてやろうという善意で誘われているのか……？)

魔人の貞操観念について早急に知りたいが、カイルに直接尋《たず》ねてやぶ蛇になりたくもない。

考えながらも階下におりて、時々給餌《きゅうじ》をねだるカイルに手ずから食事を分けてやって、部屋に戻り同じベッドで眠る。

あれ？　俺たちつきあってるわけじゃないんだが、それにしては行動が恋人同士そのもののようだな。

どうも俺の理想とする相棒の距離感とは違うなと腑《ふ》に落ちないものの、かといってカイルと離れたいわけでもない。

うんうん悩みつつも、俺を抱きしめる温かな体温を遠ざける気になれなくて、結局なにも言わずに眠ることにした。

次の日もダンジョンに潜る気でいたが、ダンジョン内のあまりの暑さで熱中症になりかねないと思ったため、先に対策を考えることにする。

ちょうどいいのでカイルには暇を与えて、宿にこもることにした。

「今日はなにをする予定なんだ」

カイルはすぐに部屋を出ずに、腕を組みつつ俺の予定を尋《たず》ねてくる。

「こいつをちょっと弄《いじ》ってみようと思ってな」

赤、黄、緑、紫の中魔石をとりだすと、カイルは渋面を示した。

「弄《いじ》るとは、具体的になにをするんだ」

「魔力を持続的に放出する機能をつけられたらいいなと思ってさ」

「暴発する可能性がある、素人が弄《いじ》るのはやめたほうがいい」

「『魔力の支配』があるから大丈夫だろ。いざ暴発しそうになっても簡単に止められる」

心配症を拗《こじ》らせているカイルへ不敵に微笑みかけると、彼は外出をとりやめて椅子に腰かけた。

「なんだ、出かけないのか？」

「お前を見張っている必要があると判断した」

「大丈夫って言ってんのに。いいから休んでこいよ、明日はクインシーに呼ばれてるんだから羽を伸ばすなら今のうちだぞ」

「やるならさっさとやれ」

クイッと顎《あご》を動かして俺を急かすカイルに、肩をすくめて準備を進める。

危なくないと理解すれば好きに休むだろう。

まずは魔石の魔力を読み解くところからはじめるか。試しに性質が安定していそうな黄色の魔石を手にとった。

赤の魔石は火属性、黄色の魔石は土属性で、緑は風、紫は雷らしい。青と白と黒がほかにあって、それぞれ水、光、闇の属性なんだとさ。

白の魔石は一度見たことあるが、マーシャルどころか獣人王国全土のダンジョンを含めても、一年に百個も産出されない超レアな魔石らしい。

水、闇は南のタルモ領にあるダンジョンでとれる魔石だそうだが、マーシャルのダンジョンでは一度も出たことがない。余談はこのくらいにして、じっくりと内部を透かすようにして視てみる。

ほうほう、ふーん、なるほどな。魔力が固体となって凝集しているのがわかる。

つまりなんらかの方法で一定の力を加えて蒸発させ続ければ、ＩＨコンロや放電器、扇風機が作れるってことじゃないか？

土の魔力を放出させ続けることによる用途は思いつかなかったので、土の魔石を実験台として利用することにした。

まず、手はじめに魔力を放出して魔石に圧力をかけてみる。うーん、なにも起きないな。

机に魔石を置いて、手で押して物理的に圧力をかけてみた。やはりなにも起きない。

「……なにがしたいんだ」

カイルが変なことをしはじめた俺に、怪訝《けげん》そうに声をかけてきた。

「魔力を持続的に放出させるには、どうすればいいか考えているんだ。なんかいい案ないか？」

「媒体が必要だろう。魔法金属なら魔石の力を引き出すことができる」

「それだ！　魔法金属ってのは、どこで売ってるものなんだ？」

「少なくともこの町で売っているところを見たことはない」

そうか……王都に行けば売っているだろうか。なんとか媒体なしでやり遂げられないかと、魔石をお湯に浸けてみたり、冷気を放出して冷やしてみたりと実験を続ける。

教本もなにもなく思いつきで実験してもこれ以上進展はなさそうだ。手詰まりだなこれは。

俺はゴロリとベッドに寝転んだ。今日はこれでやめておこう。

「無理だった」

「そうか。気を落とすな、もし魔法金属を見かけたら買ってきてやる」

「本当か!?　ありがとうカイル。そうだ、これやるよ」

前にポーション実験をした時にできあがった、魔力ポーションをカイルに三本渡す。

エメラルドグリーンの液体に、得体の知れない物を見るような目を向けるカイル。

「なんだこれは」

「俺が作った魔力ポーション。もしも戦闘の途中で魔力が切れそうになったら使ってほしい」

「お前が作ったのか」

「そう。飲んでみたが、味は悪くなかったぞ」

「そうか……ありがたくもらっておく」

「ああ」

「だが今度からなにか実験する時は俺に声をかけろ。怪我をするかもしれないだろう」

「そんなに危ないことはしてねえんだが……まあ、いいぜ。わかった」

カイルは一つうなずくと、結界を張っておけよと言い残して部屋を出ていった。忘れないうちに張っておく。さあ、お楽しみの読書タイムだ。

フェルクにオススメされた、木こりの熊探索者の話でも読んでみるか。思いのほか面白くて夢中でページをめくっていると、あっという間に時間が過ぎていく。

途中で昼食をとって、その後もほかの本を読んでいると、だんだん瞼《まぶた》が重くなってきた。日暮れが近づく頃、首をこっくりこっくりさせながら文字列を追っていると、カイルが帰ってきた。

「お？　おかえり……早かったな」

「売っていなかった」

「うん？」

「魔法金属」

「ああ、わざわざ探してくれたのか、悪いな」

「町歩きのついでだ」

カイルは耳の擬態を消すと浴室に直行した。かすかに焦げたような臭いが彼の服にまとわりついている。

(そういや、前に外出した時も同じような臭いがしていたな……いったいどこに行ってるんだ?)

秋の半ばだというのに、余裕で水浴びしてきたカイルに問いかける。

「今日はどこに行ってたんだ?」

「知り合いに会いに行っていた」

「へえ……」

知り合いって誰だ、ギルド関係者か? まさかクインシーやテオじゃないだろうし、フェルクとかだろうか。でもそれなら焦げた臭いがするのはおかしいしな。

まさかの大穴で、あの羊に擬態しているじいさんだろうか。いや、ないだろ。

誰なんだ、気になるじゃねえか。いやだがしかし、俺とカイルの関係はせいぜい護衛とその雇い主止まりだ。

最近距離感は近づいてきたものの、あくまでも仕事関係者と認識されているかもしれない。

職場の同僚に休日の行動まで根掘り葉掘り聞かれるのって嫌じゃねえか? 俺なら嫌だ。

聞きたい気持ちをグッと堪えて、大人の対応をする。

「そうか、なら息抜きできたんじゃないか?」

「ハッ、心労を与えられただけだ」

カイルは生乾きで色の濃くなった灰銀の髪の隙間に、ぐしゃりと指を突っこんでいらだちをあらわにした。

（なんでわざわざ休日にムカつく相手に会いに行くんだ。ますます聞きたくなるじゃねえか）

「イッキと一緒にいるほうがよほど安らぐ」

「そ、そうか？　そりゃ嬉しいな」

「今日もブラッシングさせてくれ」

「俺の耳はアニマルセラピー用じゃないんだが」

本気で抵抗する気のない俺は、いとも簡単にまるめこまれて至福のひと時を享受した。

はー、極楽極楽。


次の日の朝は、どんよりとした曇《くも》り空だった。昼頃にはテオがランチ会の迎えをよこすだろうから、それまでに用事を一つ済ませておこう。

いつもの時間よりゆっくり宿を出発してギルドの扉を開けた。カウンターの向こう側でオコジョの同僚とおしゃべりしていたラベッタが、俺を見つけて話しかけてくる。

「あらイツキ、今日は重役出勤ね」

「依頼を受けに来たわけじゃないからな。地図を買いに来たんだ」

最後に買ったのは二十五階層までの地図だった。時間があるうちに次の階層の地図を買ってルートの確認をしておきたい。

ラベッタは申し訳なさそうな顔をしながら眉根を寄せた。

「ごめんなさいね、現在発売している地図は二十五階層までの分しかないの」

「そうなのか」

「二十五階層以降はより起伏が激しくなって、同じ階層内でも上り坂や下り坂が多くあって入り組んでいるから、マッピングが進んでいないのよ」

そういうことならしょうがねえ、自力で道を見つけるしかねえか。

「道に迷って帰れないなんてことにならないよう、自分たちで地図を描くことをオススメするわ。目印はダメよ、ダンジョンの壁の自浄作用で消えることがあるから」

「忠告ありがとうな、気をつけるよ」

俺には帰還陣があるから問題ないが、ルートを見つけるためにも簡単なマップは描いておくほうがいいかもな。

地図でルートの予習はできなさそうだし、宿に戻って迎えが来るまで本の続きでも読むか。

ベッドの上で足を伸ばして腹這いになる。カイルも椅子に腰かけてリラックスしていた。

「イツキ、読み終わった本があるなら貸してくれ」

「いいぞ。ほい」

木こり探索者の本、食事のマナー本、王都の観光本をサイドチェストに載せると、カイルは王都の観光本に手を伸ばして読みはじめた。

「おい、念のためにマナー本を読んでおいたほうがいいんじゃないか」

老婆心から忠告してやると、カイルは面倒くさそうにマナー本をパラパラと流し読みしてからパタリと閉じて俺につき返した。

「必要ない」

あっそう……やっぱりこいつも上流階級出身者で決まりだな。

しばらくお互い無言で読書をして過ごす。そろそろ迎えが来るだろうと予想して着替えを終えた頃、部屋にノックの音が響いた。

「すみません、イツキ様とカイル様はいらっしゃいますでしょうか。テオ様が階下にお見えです」

「ああ、今行く」

宿の従業員にそう告げて、本をインベントリにしまって階段をおりる。普段より畏まった服装のテオが魔車の前で待っていた。俺たちを見つけて手を振ってくれる。

「お迎えにあがりました、イツキ様にカイルの旦那！　さあさあ、どうぞ乗ってください」

テオと一緒に魔車に乗りこむ。胸元のフリルを目にしたテオが服の感想をくれた。

「イツキ様ってカッコイイのとかラフな服装を好みますけど、そういうかわいい系の格好も抜群に似合うんっスね！」

「はは、ありがとうよ」

「ボスや奥様も目の保養だって喜びそう。カイルの旦那はシャツとベストだけで、寒くないんっスか？」

「俺は寒いのも暑いのも平気なほうだ」

和気藹々《わきあいあい》と会話を繰り広げているうちに、魔車は城の敷地内に突入する。

あ、そうだ。今のうちに聞いておきたいことがあるんだった。

「テオ、今日の食事会はクインシーの母親も参加するんだろう？　どんな人なんだ」

「奥様ですか？　綺麗な花や人がお好きで、よく芸術鑑賞会や花を愛《め》でる会を主催されていますね。気さくな方で、俺のような者にもよくしてくれるっス」

テオは機嫌よさそうにパタパタと尻尾を振りながら教えてくれた。奥様のことが好きなんだな。

「探索者に細かく貴族のルールを押しつけるほうじゃないんで、気楽に構えてもらっていいと思いますよー」

それなら付け焼き刃の知識でも咎《とが》められることはなさそうだと、内心ホッと胸を撫で下ろす。

話をしているうちに屋敷の前に魔車が停まった。テオに先導されて中に入ると、前回入ったクインシーの執務室より立派な扉の前に案内される。

テオが扉を開けてくれて中に案内される。そこはダイニングルームだった。

たっぷりとしたドレープカーテンがタッセルでまとめられていて、レースのカーテンからは暖かな陽光が差しこみ、部屋全体に明るい印象を抱かせる。

テーブルクロスのかけられた机の中央には、水差しと果物が用意されていて、席の前には布のナフキンが置かれていた。

部屋の奥にはクインシーと、彼と同じ金の髪の豹《ひょう》獣人の女性が椅子に座っている。クインシーが代表して声をかけてきた。

「いらっしゃいイツキ、今日もとってもかわいいね。カイル君も元気そうでなによりだ。どうぞ、座って」

「お招きありがとう、クインシー」

挨拶を返して、テオが引いてくれた椅子に着席すると、好奇心に溢れた緑の瞳と視線が交差した。

「はじめまして、貴方がイツキね？　クインシーの依頼を受けてくれてありがとう。私は彼の母で、フィオナというの」

「お初にお目にかかりますフィオナ様、イツキです」

行儀よく対応すると、フィオナは桃色に塗られた唇に笑みを乗せた。彼女は俺の背後に立ったままのカイルに視線を向ける。

「貴方もどうぞ座って、カイルといったかしら？」

「俺はイツキの護衛だ、食事はいらない」

ツンと顔を背けるカイル。アンタも昼食に招待されてたはずだぞ、いいから座っとけって。雇い主を守るために、貴族を敵にまわさない振る舞いを心がけるのも、護衛の務めだろ？

「あら、そうなの？」

フィオナは意外そうにクインシーに問いかける。クインシーはにっこり微笑むと、空いた椅子を指し示した。

「大丈夫、偏食のカイル君にも食べられそうな食事を用意したんだ。ここにイツキを害するような者はいないと保証するから、座ってよ」

クインシーはカイルが悪魔であると特定できないような言い方で、着席を促した。悪魔だと吹聴《ふいちょう》しないという誓約を、たとえ家族相手にも守ってくれる気があるようで胸を撫で下ろす。

カイルはクインシーに検分するような視線を送るが、ヘーゼルの瞳はまったく動じる様子がなかった。疑り深い魔人はしばらく彼と視線を交わした後、紫がかった柘榴《ざくろ》の瞳を一度閉じ、椅子に腰かけた。

金の髪の豹《ひょう》獣人は場の空気を変えるためか、パンと手を叩く。ことさら楽しそうな口調で告げた。

「さあ、楽しい食事会のはじまりだ。イツキと一緒に食事をしたいと思っていたから、今日は来てくれて嬉しいよ」

クインシーは失礼な態度をとったカイルのことを気にしていないようだが、奥様はどうだろうな……様子をうかがうと、なぜかランランと目を光らせている。

「カイルはイツキのことを、とても大切に思っているのね。素晴らしい主従愛だわ」

カイルはピクッと片眉を上げた。なんとかしろと俺に目線で語ってくる。

しゃーねえなあ。かわいらしく無邪気に見えるように、笑顔を振りまく。

「カイルはとても頼りになる護衛なんですよ、奥様」

フィオナはぱちくりと瞬くと、フフッと口角をゆるめた。

「あら……フィオナと呼んでちょうだい」

「フィオナ様?」

「うふふ、そうよ。貴方とても華があるわね、絵師を呼んで描かせてみたいわ。カイルも隣に並べたら映えそうよ」

「いいね母様、ぜひ今度やろうよ。隣に並ぶのはカイル君じゃなくて俺のほうが映えると思うけど」

「え、ははは……いやあ、それは……」

全力で断りたいんだが。拒否していいものか迷うので、言質をとられないように早めに話題を変えてしまおう。クインシーに話を振る。

「貴族のマナーはよくわからねえから、粗相《そそう》をしても見逃してくれよな……っと、このような場面では敬語を使ったほうがよろしいですか？　クインシー様」

「やめてよ、君にそんな話し方をされたら距離ができたみたいで嫌だなあ。夜会やパーティ会場じゃないんだから、普通に話してね？」

フィオナは息子と俺のやりとりをにこやかに眺めている。

うーん、いいのか？　本人がいいって言ってるんだから、タメ語でいいか。

テオと入れ替わりでメイドが部屋に入ってきて、食事を運んでくれた。出てきた前菜は、新鮮な野菜を使ったサラダだった。カイルも文句を言わずに食べている。

本の知識を思い出しながら、見よう見まねでカトラリーを操る。

無言でサラダを頬張《ほおば》る俺を見て、フィオナは小動物を愛《め》でるような雰囲気で俺を褒めた。

「クインシーに協力してくれる探索者はかわいい子だって聞いていたから、どんな人か気になっていたのよ。本当にかわいらしいわ」

「はは、ありがとうございます」

「イツキとカイルは凄腕の探索者なんでしょう？　炎晶花を見つけたのは貴方たちだと聞いたわ」

「炎晶花はフィオナ様が依頼されたとお聞きしました。お役に立てて幸いです」

「うふふ、今も温室の一角で咲いているのよ。周りの花が燃えないように厳重に管理しながらね」

敬語を使ってお行儀よくしている俺に、カイルが気味の悪いものを見る目を向けてくる。

なんだよ、俺だってそれなりに社会人経験があるんだから、フォーマルな場面なら畏まった対応をするんだよ。

羊の乳で作られたスープが提供される。うん、濃くて美味《おい》しい。こってりした味わいだ。

スープを味わう俺にさりげなく視線を走らせ、クインシーが尋《たず》ねた。

「イツキは所作が綺麗だね、カイル君もだけど。どこかで習ったことがあるの？」

「いや、本で読んだことがあるだけの、付け焼き刃だ」

「俺もそうだ」

さらりとカイルが嘘をつく。アンタ、嘘をつく時は基本無表情で、愛想がないんだな。

「そうなんだ、今すぐ王宮の立食パーティに出ても恥ずかしくないね」

どうやらお眼鏡にかなったようだ。面倒なマナー講座を押しつけられる心配はなくなったな。

カイルの分のスープは、ジュースに置き換えられていた。メインはラム肉だったが、それもカイルの分だけフルーツに置き換えられている。

魔人用の特別メニューを見ていたフィオナが、クインシーに問いかけた。

「彼は菜食主義者なの？」

「まあ、そのようなものだよ。ねえ、カイル君？」

「ああ」

無愛想に肯定するカイル。フィオナはまあと感嘆の声を上げた。

「今時獣性に則《のっと》った食事をする方がいるなんて。カイルは敬虔《けいけん》なのね」

獣性に則《のっと》るってなんだ、元々山羊《やぎ》は草食動物だから、それっぽい食事や生活をするって意味か？

クインシーがわざとらしいしたり顔で、うんうんと肯定する。

「そうなんだよ、彼は山羊《やぎ》獣人の鑑《かがみ》だ」

「素晴らしいわ。だからそんなに痩《や》せていらっしゃるのね」

なにやらあらぬ誤解を受けて、カイルはそっと金髪の二人から顔を逸らした。

いいぞ、もっと言ってやってくれ。そして根も葉もない恋愛の噂を流される俺の気持ちを、思い知らせてやってくれ。

誤解されるってのは、それが好意的な内容であっても、結構居心地が悪いもんなんだからな。

メインを半分ほど平らげたところで、俺の腹は満腹になった。これ以上は食べられない。カイルも果実をいくつかつまんで、カトラリーを置いた。

「イツキ、もういらないの？　カイル君も？　そっか、君たちは大型獣人ほど食べないんだったね。無理せず残していいよ」

クインシーとフィオナは、細身の体のどこに入るのかという量のステーキをペロリと平らげた。

食後は薄紫色の香りのいいお茶が出てきたので、ありがたくいただく。花のお茶らしく、フィオナのお気に入りなのだと語ってくれた。

彼女は終始笑顔で俺を眺めていた。素敵なお耳ねと褒め、やたらかわいがってくる。その上なにも言っていないのに、俺とカイルを見ては、お似合いだわ、と恋人扱いしていた。クインシーが即否定していたが。そのうち本気で画家を呼ばれそうで、肝が冷える。

「ねえ、この後温室にいらっしゃいな。私の自慢のコレクションを見せてあげるわ」

「ごめんね母様、これから冬の対抗戦の打ちあわせがあるんだよ」

「ああ、そうだったわね。名残惜しいけれど、私はこれで失礼するわ。イツキ、カイル、楽しかったわ。ぜひまた会いましょうね」

「素敵な食事会にお招きいただき、ありがとうございました」

次に会う時は画家に絵を描かせる時、という予感がひしひしとする。もしそうならやめてほしいなあ、という気持ちをひた隠しにして笑顔で応えた。

フィオナはメイドを引き連れて、部屋を出ていった。クインシーも立ちあがる。

「どう？　うちの母様は。貴族にしては、かなり接しやすいタイプだろう？」

「そうだな、話しやすかった」

「だからウチに雇われても、虐められたりこき使われたりしなくて安心だよ。よかったら、継続的に雇われることを考えてみて」

「そのうちな」

まったくその気はないが、いざ生活に困った時の頼みの綱として、完全に否定はしないでおく。

俺のやる気のなさを感じとったクインシーは、肩をすくめて話題を変えた。

「さあ、レジオットと引きあわせるよ。ついてきて」

クインシーは庭に向かった。フィオナの趣味らしき様々な秋の花が咲き乱れる庭園の奥に、小さなガゼボがあり、その中に一人の少年がいた。

金の髪の豹《ひょう》獣人より濃い蜂蜜色の髪は、ラベッタの髪色を彷彿《ほうふつ》とさせる。ラベッタと同じ狐獣人だから余計にそう見えるのかもしれない。

俺たちを見つけてハッと立ちあがった彼の背丈は、俺より少し高かった。

「クインシー様、本日はよろしくお願いします」

「そう堅くならないで、レジオット。新しい仲間を紹介するね。こっちのキュートな兎さんがイツキ、無愛想な山羊《やぎ》がカイル君だ」

彼は緊張しているのか、硬い表情で生真面目な返答をよこした。

「イツキ様とカイル様ですね。僕はレジオットといいます」

「彼は『雷魔法の達人』ギフトの持ち主なんだ。すごいでしょう？　姉の薦めで探索者になろうとしていたところを、速攻でスカウトしたんだ」

「ほう」

カイルが珍しいものを見るかのような目をレジオットに向けた。

ギフトの強さは心得、才能、達人、支配の順で強くなるんだったよな？　支配のギフトを持つのは国全体で五人もいないと聞いたから、達人のギフト持ちというのは実質最強クラスってことになる。

クインシーは自分が魔法を使えるわけでもないのに自慢げに胸を張って、楽しげな視線を俺に向けた。

「イツキも土魔法が使えるとこの前聞いたよ。ギフトの強さはまだ教えてもらってなかったね」

「俺は『土魔法の達人』だ」

そういう設定にしておこう。ある程度魔法が使えないと、もどかしいだろうからな。

ヘーゼルの瞳を輝かせたクインシーは、ヒュウッと口笛を吹いた。レジオットもつり目を丸くして目を見開いている。

「僕と同じ強さの魔法系ギフトを持っている人とは、初めて会いました。魔法を見せてもらうことはできますか」

「いいぜ。俺もアンタがどんな魔法を使うのか知りたいな。ここじゃなんだから、今度ダンジョンにでも一緒に行くか？」

「ぜひお願いします」

レジオットは若干頬《ほお》を染めて、キラキラと瞳を輝かせている。期待のこもった視線が眩《まぶ》しい。

さあて、どの程度の魔法を使ってみせればいいのやら。先にレジオットの魔法を見せてもらってから、俺のを披露《ひろう》するとしよう。

クインシーはにこりと微笑んで腰に手を当てた。

「いいね。対抗戦の前に、何度かダンジョンに潜って連携してみてよ。テオも含めてさ」

「わかった」

三日後にテオとレジオットを加えてダンジョン探索することを約束して、話はまとまった。

「いいねいいねー、君たちがうまくやれそうでよかったよ。そろそろお開きにしたいけど、この後イツキとカイル君には寄ってほしいところがあるんだよね」

「では、僕はこれで失礼します」

「ありがとうねレジオット。さてと、君たちはこっちだよ」

レジオットに別れを告げて、クインシーに連れられて廊下を歩く。とある部屋の前で立ち止まると、彼は中に入っていった。

「ほらこっち、これこれ。カイル君にあげる。この列の中で気に入ったのがあったら、好きに持っていっていいよ」

揺れる金髪の後について部屋をのぞきこむと、そこは衣装室のようだった。色とりどりの立派な服が並んでいるが、テイストに見覚えがある……カイルの着ている服の印象とよく似ているな。

赤紫色の瞳を大きく見開いて、魔人は自分の着ている服を見下ろした。

「な……これ、テメェの服……」

「思い出したんだよ。君の着てる服って俺のお古なんだって。若い頃に着ていた服だ、今君が着ているそれもね。趣味が変わったからいくつか売ったんだ」

カイルの本日の服は、灰色のシンプルなシャツと黒のベストだった。クインシーは今でこそ、裾《すそ》にフリルがついた派手目な服を着ているが、昔はシンプルなデザインの物も着ていたらしい。

彼はにんまりと笑みを浮かべて、驚いて声も出ないカイルに話し続けた。

「わざわざ古着屋でお金出して買わなくても、直接あげる」

「は？」

「その代わり対抗戦は気合入れてよー、悪魔だって思われないようにカモフラージュすれば、魔法もじゃんじゃん使っていいし！」

カイルは絶句している。しばらくのあいだ固まっていたが、再起動するとそのまま踵《きびす》を返した。

「あれ？　どこ行くの？」

「帰る。不愉快だ」

「ええっ!?　なんで？　どれもほつれてないし、綺麗に着てるよー？　食べかすとかついてないしさあ」

「イツキ、なにをボサっとつっ立ってるんだ。もう用事は済んだし行くぞ」

「え？　っうわ、だから急に担ぐな！」

カイルは俺をひょいと片腕で持ちあげると、玄関へ早足で急ぐ。なんだよ、急にどうしたんだ。

「おーい、ごめんなクインシー、帰るわ！」

「じゃあねイツキ！　カイル君ごめんねっ、ククッ、また手紙ちょうだいー！」

俺の高性能な長耳は、急速に遠ざかっていくクインシーの言葉を捉えた。

今なんか笑ってなかったか？　俺があまりにも軽々と持ちあげられたから、それで笑ったのだろうか。まったく、失礼なヤツだ。

はいはい、手紙な。ついでになんで怒ったのか、理由を聞いておいてやるよ。

カイルはそのまま玄関の外へ出ると、表庭の端で魔車の手入れをしていた御者に、俺たちを宿に送るよう命令した。

ネズミの御者はカイルの怒気にビビったようで、素直に宿まで送り届けてくれた。

悪いな、うちの護衛が偉そうにして。送ってくれて助かったぜ。

気の毒な御者に手を振っていると、再び片腕で担がれて部屋に連れこまれる。

（俺はアンタの手荷物じゃないから、そう簡単に抱えてほしくはないんだが……）

軽口を叩くとますます怒りそうなので、お口には厳重にチャックをしておいた。

部屋に入るなり、俺を降ろしたカイルは服を脱ぎはじめる。

「え？　な、なにやってんだカイル」

「あいつの服を着ていたくない」

「だからって脱いだら寒いだろ……ああっ、下まで脱ぐんじゃない！」

このままでは下着一丁になりそうなカイルの勢いを目の当たりにした俺は、体当たりで止めた。

カイルは腰回りに抱きついてきた俺にチッと舌打ちした後、そのままベッドに座りこむ。

「なにを急にそんなに怒ってるんだ。理由を話してくれ」

「……あいつが、服をやるとか言うから」

「はん？」

詳しく聴取したところによると、魔人の文化的に古着を譲るというのは身分が上の者から下の者へ下げ渡す、もしくは子ども相手に行う行為らしい。

どちらの意味でも受けとりたくなかったカイルは、馬鹿にされたと感じて怒って帰ってきたと。

ははーん、なるほどなあ。

「獣人にはそういう文化はないんだろ。クインシーは、善意で譲ろうとしただけだと思うぜ？」

「だとしても、あいつに施しを受けたくはない」

「そうか……その気持ちはわからなくはないがなあ」

腕を組んでしみじみとそう思っていると、なにか言いたげな瞳と視線がぶつかった。

「あいつが悪いというよりは、お前が……」

「うん？」

カイルは一度言葉を切り、そっぽを向いた。

「……お前が無防備すぎるのが悪い」

「なんだと？　俺のどこが無防備だって？」

今現在、前側全開のシャツを羽織っただけのアンタより、よっぽど用心してると思うんだが？

わずかに盛りあがってきた腹筋を突っついてやろうか。筋肉がついてきてカッコイイじゃねえか、おい。

煩悩《ぼんのう》混じりの俺の内心には気づく様子もなく、カイルはキッと目尻をつりあげた。

「貴族を信じるな。人の皮を被った魔物だと思え。腹の中ではなにを考えているかわからない」

「いや、そこまで言うほどのことか？　少なくともクインシーはある程度良識のある部類だと、俺は判断したんだが」

「ハッ、どうだか。よく笑うヤツほど、裏切る時はためらいがないものだ」

そう口にしたカイルの声音が寂しそうに思えて、つい聞き返していた。

「それは、実体験ってやつか？」

「……さあな」

カイルはそれ以上その話題には触れたがらなかった。露骨に話を変えてくる。

「それよりも、明日は休みをもらっていいか。やりたいことがある。半日でいい」

「なら半日はダンジョン、半日はアンタの休み時間ってことでいいか？」

「それでいい、助かる」

珍しい申し出に許可を出し、日暮れまでに古本屋に寄って新たに娯楽小説を買った。これで明日も暇が潰せそうだ。

半日の休みを過ごしたカイルはスッキリした顔で帰ってきた。どこに行っていたのか聞くと、彼は服を買ったと答えた。

カイルのサイズは古着屋で全然売っていないしどこで買ったのかと不思議に思っていると、なんとオーダーメイドしたらしい。

「どちらにしろもっと動きやすい服が欲しいと思っていた。いい機会だ」

へえ、どんな服にしたんだか。できあがりに一月かかるというから、一カ月後が楽しみだな。

「……ん？　おい、一カ月後はマーシャルにいないかもしれないぞ」

「手は打ってある」

どうやら宅急便のような機能があるらしいので、いざという時はそれを使うとのこと。

馬獣人が走って届けてくれんのかな。


翌日からはテオとレジオットに会う日までに階層を更新し、二十四階層にまで進んだ。

約束の日の朝、依頼は受けずに直接ダンジョンに赴《おもむ》く。テオとレジオットはすでにダンジョン前で待機していた。

「おはようっス、イツキ様、カイルの旦那！」

「イツキ様、カイル様、おはようございます」

「おう、おはようテオ、レジオット。今日からしばらくのあいだ、ちょくちょく一緒にダンジョン潜ることになるからよろしくな」

「はい、よろしくお願いしますー！」

「よろしくお願いします」

元気なテオと生真面目なレジオットを連れて、ダンジョン内へ入る。猪《いのしし》門番は珍しいものを見るような目で見送ってくれた。

「大型獣人が一人もいない四人パーティか、前代未聞だなこりゃあ」

「聞いて驚け、こう見えて精鋭ぞろいだ。じゃあな、行ってくる」

テオが先頭、次にカイル、俺、最後にレジオットの構成で先へ進んでいく。

「今日はどこまで行こうか、十八階層辺りが妥当か？」

「いいっスね、その辺りなら達人級の魔法でも一撃では倒しにくくなってきますし」

あれ、そうなのか。俺の魔法やカイルの剣なら、まだまだ余裕で一撃必殺できるレベルなんだが……結構手加減して魔法を使ったほうがいいな、これは。

テオは折に触れて効率的な罠の見分け方だの、レジーは姉思いのいい弟だのと、話題を振ってくれている。

「そうか、レジオットには姉がいるのか。仲がいいのか？」

「そうですね、毎年聖火祭を一緒に見に行きますので、仲はいいかと。姉はギルドで働いているので、イツキ様たちも会ったことがあるかもしれません」

「へえ……アンタの姉って、もしかしてラベッタか？」

レジオットの紫の瞳がまっすぐ俺に注がれる。俺がそう発言すると予想していたのか、その瞳に驚きの色はない。

「そうです。僕はラベッタの弟です」

「そうか、アンタの姉貴にはいつも世話になってるんだ」

にっこり笑ってそう告げると、レジオットは頬《ほお》をゆるめて笑い返した。キツい印象の顔が一気に幼さを帯びる。

「そうでしたか、イツキ様のお役に立てているのなら光栄です」

「アンタもその堅苦しい喋り方やめていいぜ。パーティ仲間になるんだし、もっと気楽にいこう」

「えっと……うん、わかった。イツキ様」

「様もなしだ、イツキでいい」

「イツキ……」

レジオットはほんのりとはにかんだ。はは、かわいいヤツ。弟とかいたらこんな感じなのかもな。

「ああ。テオもそう呼んでいいぞ」

「わっかりました、イツキの旦那がそう言うなら！」

テオはサムズアップしながら返答した。カイルはテオの伸びてきた腕をスッと避けて、迷惑そうにしている。

「おっと、すみませんカイルの旦那。当たりませんでした？」

「そんなに鈍くさくないんでな、問題ない」

ん？　カイルのヤツ、ちょっとピリピリしてるな。魔力は昨日分けてやったところだし、なにが原因だ？　二人がいるせいで、魔法を自由に使えないからだろうか。

とはいえ普段から、敵が集団で現れた時以外に魔法を使っていない上に、今日は手数がある分不自由は感じないはずだが……

原因が思いあたらないまま、どんどん下の階層へおりていく。

カイルの剣筋は正確だし撃ち漏《も》らしたりもしていないから、今は不機嫌の理由を追求しなくて大丈夫だろう。

レジオットも時々雷撃を飛ばして、敵を感電させている。時折それで即死するが、一撃で毎回倒せるというわけではなかった。

ふうん、『雷魔法の達人』ってのはこの程度の強さなのか。達人級魔法の程度を学んだ俺も、石《いし》礫《つぶて》や石の矢尻を魔力で生成しては、モンスターの目や喉を狙って打ちこむ。

特に狙いをつけずとも、『魔力の支配』による制御で毎回自動成功してしまうので、時々わざと外して、不自然にならないよう振る舞った。それでもレジオットは感嘆の声を上げていた。

「すごい、イツキはすごく魔力制御が上手だ。僕も見習わないと」

「あー、数をこなせば自然とできるようになるんじゃないか？」

俺の適当な意見に、レジオットはクソ真面目な返答をよこした。

「がんばる。僕もイツキみたいに、毎日ダンジョンに潜るようにする」

「毎日は潜ってないんだが。俺が毎日のようにダンジョンに行ってるって姉貴から聞いたのか？」

「うん」

ラベッタは弟に俺とカイルの話を聞かせていたらしく、俺たちのダンジョン事情に精通していた。

幸い、花摘み兎という異名や、カイルと恋仲だとか片想いしているといった噂は、レジオットの耳に入っていないようだ。グッジョブ、ラベッタ。

「毎日は疲労がたまって危ないからな。何日か連続で潜ったら、休養日を挟んだほうがいいぞ」

「うん、わかった。イツキの言う通りにする」

レジオットは素直に聞き入れた。純真だなあ、ラベッタも猫かわいがりしていそうだ。俺もつい頭を撫でてやりたくなる。

微笑む俺をじっと横目で見て、カイルがなにか言いたそうにしている。

だからわかんねえってば、口で言ってくれよ。

「なんだ？」

「……いや、気にするな」

気になるわ。いいや、宿に戻ったらもう一度聞いてみよう。

十八階層は、二十階層以降を目指すヤツらにとってはただの通過点、小魔石が欲しいヤツにとってはここまで潜る必要がないという、中途半端な階層だ。

だからこそ滞在人数が少なく、連携を確認するにはもってこいの場所だった。カイルにはしばらくのあいだ手加減して一撃で敵を倒さないように伝えると、案外器用に加減をしてくれた。

カイルが蜘蛛《くも》のモンスターに一撃入れて牽制している間に、俺やレジオットが魔法を繰りだし倒す、という練習を何度か行った。

テオも敵を挑発してみたり、ささっと避けて翻弄《ほんろう》してみたりとトリッキーな動きをしながら、短剣でチクチク蜘蛛《くも》の脚を突いている。

レジオットはあまり剣術には関心がないようで、俺の魔法を食い入るように見ていた。

もっとカイルを見ててもらっていいんだぞ？　そんなに熱い眼差しを注がれていたら、うっかり魔法の威力をミスったらすぐバレそうじゃねえか。

「カイルの剣の腕もなかなかのもんだろ？」

レジオットにそう話を振ってみると、彼は静かにうなずいた。

「僕は槍術の心得持ちと行動したことがあるけど、彼より強いと思う」

「ハッ、当たり前だ」

「カイルの旦那はほんとすごいっスね！　おかげでモンスターに囲まれることもないし、安心して罠に集中できるんで助かる〜」

テオもそう評して、また罠探しに戻っていった。四人でこの階層だと過剰戦力だということがわかったので、もう少し先へ進んでみるか。

二十階層のドデカトカゲは、少々手こずった。テオがカイルとともにトカゲの注意を引きつけようとするが、狙いを前衛に絞ってくれずデタラメに暴れるのだ。

「イツキ、俺が切ったらすぐ一撃入れろ！」

「ああ！　今だっ、えいやっ！」

テオがくるくると逃げまわり、レジオットはおろおろしている間に、ほとんど俺とカイルでボスを倒した。

「よっしゃー！　倒したぞー！　俺なんもしてないっスけど！」

「あんなに正確に、カイルさんと息をあわせて魔法を打ちこむなんて……イツキ、本当にすごい」

憧れの眼差しを俺に向けるレジオットは、恋する乙女のようにポーッとしている。

「これも経験の差だ。レジオットにもそのうち、できるようになるさ」

「僕もイツキに近づきたい……やってみる」

レジオットは強い決意を秘めた目をしていた。やる気があるのはいいことだ。

「ん？　あれ、なんだあの箱」

「おおっ！　宝箱っスね！　中身はなんだろうなー」

テオがうきうきと近づいていって、罠がないか確認をしている。

「大丈夫みたいっスね！　俺が開けてもいい？」

「ああ」

「ぱんぱかぱーん！　……おおー、なんか見たことないのが出てきた」

大きな宝箱には不釣りあいなほどに小さなお宝を、テオが手のひらに乗せる。赤い小さな石飾りがついたアクセサリーが二つ並んでいた。

イヤーカフに見えるが、金属部分が兎の形にデフォルメされているな。

（なんだこれ。これがお宝なのか？）

「……貸してみろ」

カイルがカフをつまみあげて、裏から表から確認する。

なぜか嫌そうに顔をしかめた後、魔人はおもむろに俺の耳カバーをちょいとめくって、耳の根元にカフを装着した。

「え、なんで俺につけたんだ」

「これはお前のものだ」

「待て待て、どういうことなんだ？」

「あ、わかった！　兎型だからっスね？」

そんな単純な理由があるかよと思ったが、レジオットも大真面目な顔で肯定の意を示した。

「イツキにとても似合う。僕も間違いなく貴方のものだと思う」

「いや……はあ？　これって貴重なものなんじゃないのか？　いいのかそれで」

「ああ」

「問題ないっス」

「イツキ以上に似合う人はいないから」

まさかの満場一致か……つけてても違和感ないし、とりあえずもらっておくか。カイルには後で理由を吐かせるぞ。

その日は二十階層のボスを倒してお開きにした。次は七日後に会う予定だ。

宿に戻ってシャワーで汗を流し、夕食をとった後はカイルと話をする時間を設けることにした。

「で、これはいったいなんなんだよ」

不思議としっくりくる耳元の飾りを指先でなぞる。カイルは不機嫌そうに鼻を鳴らした。

「だから、テメェのもんだと言っている」

「それじゃ意味わかんねえから」

「ムカついたからブラッシングさせてくれ」

「人の話聞いてるか？」

カイルは俺の耳飾りを外し、サイドチェストの上に転がした。耳を持ちあげられても逃げない俺の態度を了承ととったのか、ブラッシングをはじめる。

あぁ気持ちがいいんじゃあ……脳が溶ける……いや溶けてる場合じゃないんだったと、わずかに残った理性を働かせた。

「なあこれ、なんか効果とかあんのか……？　教えろよ」

しばらく好き勝手に櫛《くし》を入れ、手でも思う存分耳の毛を梳《す》いた後、カイルはやっと答えてくれた。

「……お前の耳に、お前が心を許している者以外が無断で触れると、火傷《やけど》を起こしたように錯覚させる魔道具だ」

「んえ？　なんだって？」

「つけていろ。そのほうが安全だ」

カイルは元通り耳にイヤーカフをとりつけた。んん……つまり、カイルは俺の耳をほかの誰にも触らせたくないと、そう言ってるんだな？

「心配症だな、アンタ以外に触らせるつもりはないっていうのに」

「お前は無防備すぎるから、これくらい警戒するのでちょうどいい」

「だからどこがだよ……それより、ダンジョンにいた時はなんで怒ってたんだ？」

「そういうところが、無防備すぎると言っているんだ」

「ああわかんねえ、時々カイルって話が通じなくなるよな」

ため息をつくと、カイルは俺をジッと見下ろした後、静かな声で告げた。

「もっとわかりやすく言ってほしいということか、それは。なら言ってやろう。誰にでも笑いかけるな、名前を気軽に呼ばせるな。不愉快だ」

「なんだそれ」

急に束縛が激しい恋人みたいなことを、言うじゃねえか。

どういう意味で言ったんだ……そう尋《たず》ねる勇気は出なかった。

ドキッと高鳴った胸の音は、意識的に聞かなかったことにする。ということは、これ以上この話題を追及するのもまずいわけで……

「無茶な要求すんなよ。俺は疲れたからもう寝る。アンタもほどほどにして寝ておけよ、明日もダンジョンに潜るからな」

「……」

返事をよこさないカイルに背を向けて、毛布を被った。当たり前のように同じベッドに潜りこまれて、息を詰める。

「……いつも思うんだが、狭くないか」

「問題ない」

「寝相とか」

「気にならない。明日は早いんだろう、もう寝ておけ」

「……わかったよ」

ああ、落ち着かない。そう思うのに、ぬくぬくとした背中の感触から離れがたくて、今日もカイルに抱き枕にされて眠った。

ここ数日ですっかり葉が落ちて、急に冷えこんできた。もうすぐ冬が来るな……

あの後カイルが古着に対して怒った理由を書き記した手紙をクインシーに送ったところ、その返事と一緒に王都への出発予定日を知らされた。

テオとレジオットに再び会う日から三日後には、マーシャルを発つとのことだった。それまでのあいだにダンジョンに潜れるだけ潜った。

手探りで二十八階層まで進んだが、三十階層にたどりつく前に王都へ向かうことになりそうだな。

四人連携の練習も重ねて、二十階層のボス戦でもレジオットが攻撃に回れるようになってきた。

これなら王都でもそれなりに活躍できそうだ。

町の中はすっかり人通りが少なくなった。旅行者やダンジョンに潜るため遠征に来ていた大型獣人たちが、雪が降る前に軒並み引きあげたせいだろう。

『骨喰い亡者』の二人組も、つい先日マーシャルを出ていった。タルモより南の都市に遠征に行くらしい。

冬のあいだも開いてるダンジョンはクセのあるところが多いから、面倒だと愚痴《ぐち》っていた……王都のダンジョンに行くのが不安になる言葉だな。

結局何度言ってもイツキちゃん呼びは変わらなかったし、抗議の気持ちをこめてにらみつけると頬《ほお》を染められるし、どうしようもないヤツらだった。

どうにも憎めないヤツらだったがな……春にマーシャルへ戻ってきたら、今度こそイツキちゃん呼びをやめるよう徹底的に抗議すると決めている。

すっかり閑散《かんさん》としたギルドに顔を出すと、いつも通りラベッタが笑顔で迎えてくれた。

「いらっしゃい、イツキ。明日はいよいよ王都に移動するんでしょう？　レジーもいなくなるし、寂しくなるわね」

「よおラベッタ、いい人は見つかったのか？」

「残念ながら、まだなの。あと一月ちょっとで一年が終わるのね……それまでに運命的な出会いがあるといいのだけれど」

ラベッタと会話しながら、手持ちの現金を銀行から多めに引き出しておいた。旅支度はあらかた終えたつもりだが、行く先々でなにか購入したくなるかもしれねえからな。

現在の全財産は、四百二十二ピン六ブェン二ヘンになっている。

日本円でいうと四百二十三万六千二百円だ。

秋のあいだに稼いで貯金したって考えると、なかなかすごい額じゃないか？　この調子で金を貯められれば、二年後には三ハン貯まる。そしたら市民権と家が買えるな。

今回はせっかく遠出をするんだし、少しばかり散財してもいいかもしれない。世話になっている人たちにお礼もしたいしな。

「王都で土産を買ってくるよ、なにがいい？」

「あら、いいの？　といっても、だいたい欲しいものはレジーにお願い済みなのよね」

レジオットとよく似た顔で考え事にふけるラベッタ。

ちゃっかりしてるな、そういうところも俺の姉貴とそっくりだぜ。

「貴方たちが無事に帰ってくることが、なにより嬉しいわ。王都でもダンジョンに潜るんでしょう？　油断しないでね」

「ああ、もちろん」

「気が向いたら、美味《おい》しいものでも買ってきてちょうだい」

「期待していてくれ。じゃあ、また」

「またね、イツキ、カイル」

ラベッタに手を振ってギルドを出る。最後にもう一回フェルクの店に行って、掘り出し物が入荷されていないかチェックすることにしよう。

古本屋に行くと、護衛として立っている馬獣人のホセが声をかけてきた。

「お二人さん、いつもご来店ありがとうございます」

「ああ、三日ぶりだな」

「フェルクのヤツは寝てるので、買いたい本があったら俺に声かけてください」

カウンターのほうを確認すると、毛布からピョコッと薄茶色の小さな耳がはみ出ていた。

最近寒くなってきたから、やたら眠いって言ってたもんな。起こさないように気をつけながら本を物色する。

本は値段が高いからなあ、本当は積読《つんどく》できるくらいの量を買いたいんだが。金も貯めたいのでめぼしいものだけを、ちまちま買い集めている。

カイルも珍しく本を探していた。王都へは一週間はかかるそうだから、暇つぶしになるものが欲しいのだろう。これはと思う本をかき集めて、ホセを呼ぶ。

「ホセ、会計してくれ」

「むにゃ……はっ！　寝てた……！　あれ、イッキさん!?　いらっしゃいませ、ごめんなさい、おまたせしちゃいましたよね？」

俺の呼び声でフェルクを起こしちまったらしい。首を横に振って苦笑した。

「いいよ、眠いなら寝ておけよ」

「いえいえ、そういうわけには。こちら購入されるんですね？　ありがとうございます」

フェルクは目をこすりながら本を受けとり、会計をしてくれた。カイルも何冊か購入している。

「ところで、フェルクに聞きたいことがあったんだ。この著者のほかの本って置いてないか？　自分でも探したが見当たらないんだ」

フェルクは悪魔の本を受けとり、その著者名であるローという名前を見て首をかしげた。

「覚えがないですね……春まで蔵書整理を行う予定なので、その時に見つけたらお教えしますね」

「助かる」

フェルクはふわりと笑うと、俺に本を差し出した。

「はい、お任せください！　冬のあいだはイッキさんたちって、王都に向かう予定なんですよね？」

「ああ、実は明日出発するんだ。春には戻る予定なんだが、土産はなにがいい？」

「ええっ、お土産なんてそんな……イッキさんたちは王都でもダンジョンに行く予定なんですか？」

「そうだ」

「だったら、また冒険譚を聞かせてください。それが僕にとってなによりのお土産です」

ラベッタもフェルクも欲がないな。店で見かけたことのない冒険小説を見つけたら、土産に買って帰ろうと勝手に決めて店を後にする。

白い角が美しい宿の女将《おかみ》さんにも、明日出発することを告げると大いに惜しまれた。

「そう、気をつけていってらっしゃい。カイルさん、貴方はイツキさんのことを、しっかりと守ってあげてね」

「ああ」

そしてお土産のリストを渡された。ハムやら布やら食器まで、欲しい物がてんこ盛りだな。

「手に入れてくれたらお代は弾むわ。春に帰ってくると信じて、お部屋は空けておくから」

「わかった、できる限り探してみるな」

俺たちが話をしていると、厨房からのっそりと狼獣人が現れた。宿の大将だ。無口な職人気質であまり言葉を交わしたことがないが、常連客が出ていくというので挨拶をしに来たのだろうか。

「まあ、あなた」

女将《おかみ》さんも驚いている。大将はギロリと眼光鋭く俺たちを見据えた。

「……気をつけて行ってこい」

「ありがとうな。またマーシャルに帰ってきたら、ここに戻ってくるよ」

大将はうなずいて、厨房へ戻っていった。

「無愛想な人でごめんなさいね、あれでも貴方たちのことを心配しているのだろうけど」

「別に気にならないぜ、かっこいい旦那じゃねえか」

「そう？　ふふ、少しカイルさんに似てるわね」

おお、確かに。無愛想で目つきが鋭いところなんてソックリだな。カイルは顔をしかめていたが、特になにも口を挟まなかった。

女将《おかみ》と別れて部屋に戻る。部屋に入ると、カイルがポツリと呟いた。

「お前はあのような無骨な男が好みなのか」

「え？　ああ、宿の大将か？　そうだなあ……」

クールで目つきが鋭いところはカイルと似ててかっこいいけど、大型獣人は筋肉質すぎて暑苦しいから、そこがちょっとなあ。

チラリとカイルを横目で眺める。怜悧《れいり》な印象を与える灰銀の髪に、神秘的な赤紫色の瞳、硬質でクールな顔立ちはセクシーさをも孕《はら》んでいる。

体つきはスレンダーだがうっすら筋肉もつきはじめ、低い声音は耳に心地よい。俺の好みでいえば、断然カイルに一票どころか万票は入るな。

相棒のカッコよさに魅入《みい》るばかりで、なかなか答えない俺に焦れたのか、カイルは見当違いなことを話しはじめた。

「大将は女将《おかみ》のような男が好みだろう、お前とは毛色が違う」

「おいちょっと待て、今なんて言った？」

女将《おかみ》のような男？　女将《おかみ》さんは女だろ？

目を白黒させていると、カイルは呆れたような表情で腕を組んだ。

「女将《おかみ》のあの立派な角は、男である証拠だろう。なにを寝ぼけたことを言っている」

「あれ……えっ」

そんな馬鹿な、女将《おかみ》の声は確かにハスキーだし、力仕事をスイスイこなすのも見たことあったが、まさか……

カイルはため息をついて、俺を見下ろす。

「やはりお前には、俺がついていたほうがよさそうだ。ここはお前の生きていた平和ボケした世界とは違う、もっと周りを観察しろ」

さすがにぐうの音も出なかった。毎日のように接している女将《おかみ》の性別を見誤っていたなんて。

「いや、だがな……鹿獣人の女性でも角が生えることだって、あるんじゃないか？」

「稀《まれ》に鹿獣人の女に角が生えても小さいらしい。あんな立派な大きさの角持ちは間違いなく男だ」

なんてこった。確かに胸はなかったが、未だに信じられない思いだ。さすが異世界、獣人も魔人も未知の存在すぎる。固定観念を捨てて、頭をもっと柔軟にしたほうがいいな。


出立の日の朝、こっそり女将《おかみ》に性別を尋《たず》ねると、こんな答えが返ってきた。

「私は確かに生物学上は男性だけど、かわいいものも綺麗な洋服も、女言葉も好きなの。好きに素直になったほうが、人生楽しく生きられるわ」

女将《おかみ》は柔らかく微笑んで、耳元で語りかけた。

「イツキさんも、もっと自分の気持ちに素直になれるといいわね」

「え……」

俺の自覚したくない思いを見透かしているような言葉に、内心ドキッとする。

女将《おかみ》は宿の扉前で通りを確認しているカイルに意味深な視線を投げてから、俺にウインクをした。

「行ってらっしゃい。王都を楽しんできてね」

「おいイツキ、迎えが来た」

「今行く！　女将《おかみ》さん、またな！」

迎えに来たテオの姿を見て、俺は女将《おかみ》に手を振って駆けだした。

第三部　王都ケルスに出発だ！

インベントリが使えると知られたくない俺たちは、おおげさな荷物を背負ってテオと合流する。

迎えに来たテオは徒歩でやってきたらしい。町の門を出た先に鳥車が待機しているというので、そこまで歩いて向かうことになった。

しっかりコートを着こんでマフラーまで巻いたテオは、枯れ葉の舞う道を歩きながら、ぶるりと体を震わせた。

「それにしても冷えるっスね。俺ちょうど今換毛期なんで、よけいに寒いし参っちゃうなあ」

「へえ、犬獣人の換毛期は今頃なんだな」

「もっと早い人もいますけど……へっくしゅい！　うー、早いとこ行きましょ」

先を行くテオの尻尾は、いつもよりしぼんでいる気がする。

コーギー系なのに尻尾が長いんだよな……あれって元から尻尾がないんじゃなくて、人の手で切られてるんだっけか。昔友達に飼われていたコーギーのことを思い出しながら、テオを追いかけた。

門を通り抜けると、灰色の大きな鳥に繋がれた乗り物が三台あった。これが鳥車か。一台は荷物用で、二台は人が乗る用っぽいな。

近づくにつれて鳥の大きさが目につく。エミューのような鳥はカイルより頭二つ分は背が高く、大変迫力がある。

鳥は乗り物に繋がれている以外にも四匹ほどいて、護衛の騎士が騎乗していた。俺の目線の高さより上に腰が乗っているから、落ちたらかなり痛そうだなとの所感を抱く。

後ろの鳥車の中にはクインシーとレジオットが乗車していた。車窓からクインシーが身を乗りだして手を振ってくる。

「おはよう、君たちは前の鳥車に乗ってー！」

「わかったっス、ボス！　旦那方、行きましょう」

促されて鳥車に乗りこむ。中はクッションが敷き詰められ、紐が座席にとりつけられていた。

「二人とも、この紐を体にくくりつけてほしいっス。かなり揺れるんで、最悪の場合は窓から体が飛びだす可能性もあるんで」

「そんなにすごいのか」

「そりゃもう！　俺は結構酔っちゃうタイプなんで、できれば窓際の席でお願いしたいんだけど、いいっスか？」

「ああ、いいぜ」

「ありがとうございます！」

窓側にテオ、真ん中が俺、ドア側にカイルが座り、幅広の紐を腰にくくりつける。

御者が鳥に合図を送ると、鳥車は走りだした。

「うおわ！」

「グッ……」

「わーっ！　酔いたくないー！」

勢いよく走りだした鳥の動きにつられて、後ろに体がひっぱられる。俺の垂れ耳が一瞬、宙に浮いていた。

ガタガタと車輪が跳ねて、思っていた以上に揺れる。これは優雅に本を読むどころじゃねえな。

幸いクッションのおかげで尻は痛めずに済みそうだ。

しばらくするとカイルは振動に慣れたようで、ドア側についている小さな車窓から、外の景色を眺めていた。逆側のテオは窓枠に必死にしがみつき、口元を手で覆っている。

「おい、大丈夫かテオ」

「い、今のところは……まだ、耐えられるっス」

アンタそんなんで一週間も旅できんのかよ。先行きが不安だ。

「いざとなったらミュードに騎乗するんで……長時間だと尻が痛くなるけど、がんばるっス……」

ミュードって、あのデカイ鳥の名前か。直接乗ったところで、すごく揺れるのには変わりがなさそうだが、自分で操ると酔わないもんなのか。

「換毛期だし体調が悪いんじゃないのか？　無理すんな。つらいなら肩を貸すぞ」

「ううっ、ありがとうございます、イツキの旦那……！」

こっちを振り向いたテオは、俺の背後に視線を向けて顔を青くした。

「あわわ……やっぱり大丈夫っス。心配には及ばないっていうか、ちょっと寒いだけなんで！」

そう早口で告げたテオは、再び窓の外に視線を向けた。くるりとカイルのほうを向いて問いかける。

「おい、アンタ今なんかしたのか？　テオがビビってんぞ」

「人聞きの悪いことを言うな、なにもしていない。なあそこの犬、そうだよな？」

「カイルの旦那はなにもしてないっスよ？　顔が怖かったから勝手に驚いちゃっただけで！」

（やっぱりなにかしてるじゃねえか）

じとりとカイルに視線を送ると、彼は素知らぬ顔で窓の外を向いて頬杖《ほおづえ》をついていた。

鳥車は風のように俺たちを運び、あっという間にいくつかの村を過ぎ去った。途中休憩を挟みながら、昼からはミュードの体力調整も兼ねて、景色のいいところはのんびり走ったりもしていた。

おかげで本を読む時間もできた。

日が暮れる頃たどりついた村で一泊することになった。念のため用意した寝袋を使う必要がなくて、安心したぜ。

「やあ、邪魔するよ。村に一晩泊めてほしいんだけど、空いている部屋か空き家はあるかな？」

「お、お貴族様！」

村人はにこやかなクインシーと、ひっそりと彼の背後に立つカイルを目前にして、速やかに泊まれる場所を用意してくれた。

やっぱり初見だと、カイルは貴族に見えるらしい……クインシーのお古を買って着ている上に、ただの山羊《やぎ》獣人にしちゃ迫力がありすぎるからな。

「空き家を貸してくれるって。さあ、行こうか」

宿代と食事代だよとクインシーがお代を弾むと、村人たちは拝みそうな勢いで彼にお礼を言った。村人が心尽くしの料理を持ってきてくれて、素朴なご馳走にありつけることとなった。ふっくらしたリスの娘が、恥ずかしそうに頬《ほお》を染めながら酌《しゃく》をしようとお酒を持ってきたが、クインシーはそれを断った。

「ごめんね。旅の途中だし急ぐから、酔っぱらって二日酔いなんてことになったら困るんだ」

「は、はい。わかりました……」

娘とその母親は残念そうに去っていった。優しそうな正統派美形のお貴族様と懇意《こんい》になりたかったのだろうけど、まあ無謀だよな。

簡素ながら掃除の行き届いた空き家には、俺とカイルとクインシー、テオとレジオット、そして出来たての料理が残された。パンと手を叩いてクインシーが宣言する。

「さてと、これで邪魔者はいなくなったね。イツキ、お酌《しゃく》してくれない？」

「お前はついさっき自分で言ったことを思い出せ」

懐《ふところ》からいそいそと酒瓶をとりだしたクインシーに、呆れた眼差しを注ぐ。彼は悪びれた様子もなく、ははは と笑った。

「だってせっかくなら、好みのコにお酌《しゃく》されたいんだもん」

「断る」

「ちぇー、つれないなあ。じゃあテオにお願いしようかな」

「わかりましたボス！　グラスをどうぞ」

「ねえねえ、みんなも飲もうよ。あ、カイル君とレジオットはジュースね」

カイルがギロリとクインシーをにらみつける。

「おい、なんでテメェに指図されるんだ。俺は成人している」

「そうだっけ？　最初に会った時は、ギリギリ子どもだって聞いた気がするけど」

「誰が子どもだって？　気に入らないな、お前」

一触即発な雰囲気に、レジオットがつり目をまん丸にして驚いている。レジオットはクイっとテオの袖を引いて助けを求めるが、テオは苦笑いをしていた。

クインシーはにらむカイルを前に両手を上げて、猛獣を宥《なだ》めるような対応をする。

「まあまあまあ。カイル君、短気はよくないよ。俺たちはもう仲間だろう？　親交を深めるためにも、まずは乾杯しよう」

はいどうぞ、とクインシーがカイルにグラスを差し出す。鼻を鳴らしながら受けとったカイルは葡萄《ぶどう》色の飲み物を一口飲んで、眉間に皺《しわ》を寄せる。

(うん……アンタに渡されてたの、酒じゃなくてジュースだもんな)

カイルはダンと音を立てて、グラスをテーブルに置いた。

「不愉快だ。俺はテメェと慣れあうつもりはない。テメェらで勝手に親交でもなんでも深めていろ、俺を巻きこむな」

カイルはそう言い捨てて、部屋の端で壁にもたれかかり腕を組んだ。

あーあ、すっかりむくれちまって。子ども扱いされるのはそんなに嫌いか、そういうところが子どもっぽいんだがな。

それでも律儀《りちぎ》に俺の護衛を続けるため、部屋に居残るカイルにむずむずと口角が上がる。

かわいいヤツだな、髪を撫でくりまわしたい。

「拗《す》ねちゃったね。まあいいか、俺たちは俺たちで楽しくやろうよ」

「クインシー様、それでいいのですか」

「いいよいいよ、気にしないでレジオット。カイル君もお腹が空いたらこっちに来るよ、きっと」

お腹が空いたら戻ってくるという言葉に、子ども扱いされている気配を感じたのか、カイルが指先で肘をとんとん叩いている。

どうすっかな、カイルのフォローをするべきか……親睦会が終わってから、たっぷり甘やかしてやることにしよう。

「イツキの旦那、これをどうぞ……あ、旦那は成人してるんっスか？」

「もちろん」

「兎獣人って成人しても、ちっこい人が多いもんね！　……あ、もし気にしてたらごめんなさい」

「ははは」

テオ、アンタにはいろいろと世話になってるからな。正直すぎて失礼な発言だが、今回は見逃してやろうじゃねえか。

黒に近い赤色の飲み物に顔を近づけると、酒精の香りが鼻いっぱいに広がる。ワインだろうか、いい匂いだ。

「飲み物は行き渡ったかな？　じゃ、かんぱーい」

ゆるいかけ声とともにグラスを掲げて、クインシーは一息に酒を飲み下した。

「ぷはーっ！　父様秘蔵の酒は、五臓六腑《ごぞうろっぷ》に染みわたるなあ！」

「え、くすねてきたのか？」

「まさか！　そんなことしたら地の果てまで追いかけてこられて、お尻ぺんぺんの刑が待っているからね。精神的にくるんだよ、あれ……」

もう酔っているのかと疑うような、ぶっちゃけた発言をするクインシーに、カイルはハッと鼻で笑った。

「お子様なのはテメェのほうなんじゃないか、そんな子どもみたいな罰を受けるなんて」

「受けてませんー、ちゃんと許可をとって持ってきたから、受ける予定もありませんー」

ぷーんと顔を逸らすクインシー……おい、アンタもたいがいお子ちゃまな反応してるぞ。

しかし怒っているフリをしながらも口角が上がっている……さてはカイルと喧嘩するのを、案外楽しんでいるな？　俺がキモイとかうざいとかの暴言を吐いても、若干楽しんでる節があるもんな。普段そういった、遠慮なく本音をさらけ出せる相手がテオ以外身近にいなくて、反応が楽しいのだろう。

背の高い組が仲違いをしている間に、犬と狐は和《なご》やかな空気を築きあげていた。

「葡萄《ぶどう》ジュースっておいしい」

「ボスの仕入れたものだから、高級そうっスよねー。この機会にいっぱい飲みだめしようっと！」

「テオが飲んでるのはお酒でしょ。飲みすぎはだめ」

「あー、そっスね。換毛期で体調もあんまりよくないし、ちょっとだけにしとこ」

「それがいいよ」

俺も注いでもらったワインを口に含む。芳醇《ほうじゅん》な香りと、奥深い苦味が舌の上に広がる。

うーん、ちっと苦いが、美味《うま》い。料理も食べつつ、ちびりちびりと酒を味わう。

「イツキも飲んでる？　あれ、それっきりしか飲んでないの？　もしやお酒に弱かったりする？」

「いや、それなりに飲めるほうだぜ？　味わって飲んでるんだよ、大人らしくな」

「いいねえ。俺も君を見習って、ゆっくり優雅に飲むとしよう。大人らしく、ね」

カイルは料理にすら見向きもせず、そっぽを向いたままだった。このメンツの中で誰よりも高い背丈なのに、子ども扱いされて気の毒にな……魔人基準では、とっくに成人しているんだろうが。

日本じゃ二十歳まで飲酒禁止だが、獣人社会では十七歳で成人とされていて、飲酒も可能になる。

フランスとかイギリスなんかは十六歳から飲めるっていうし、国が変わればルールも変わるもんだ。

カイルがもし十七歳を超えてるんだったら、ちょっとくらい分けてやってもいいんじゃねえか？

「カイルって何歳なんだ？」

「……十八」

お、素直に答えてくれたぞ。十八歳なら獣人基準でもセーフなんじゃないか？

「クインシー、カイルにも酒を分けてやってもいいんじゃないか？」

「うーん、でもカイル君は特殊な体質だしなあ……大丈夫なの？」

こそっと俺の耳元で呟くクインシー。魔人が酒を飲んだらどうなるのか……そういえば、俺も知らないな。

「あー……いや、やっぱいいいわ」

まずは二人だけの時に少量飲ませてみて、問題なさそうなら外でも飲めるようにしよう。カイルが酔っ払ってうっかり耳の擬態が解けたりしたら、目も当てられないからな。

「ふう……ボス、俺そろそろ抜けてもいいっスか？　もう耳が痒くて痒くて」

テオが退出の許可をクインシーに求めると、彼はこころよく送りだした。

「いいよ。ブラッシングをしてゆっくり休むんだ、明日も君の苦手な鳥車に乗るからね」

「はい……お疲れ様です旦那方。ボスとレジーを頼みます」

「ああ、しっかり休めよ」

レジオットはそっとテオに手を振っていた。そんなレジオットにもクインシーが話を振る。

「レジオット、君も疲れているんじゃない？　先に休んでていいよ」

「え、そうですか？　……クインシー様がそうおっしゃるなら、お言葉に甘えます」

レジオットは少し考えるそぶりを見せたが、主のすすめに従いテオを追いかけた。

「さてと。ここから先は内緒話をするよ」

クインシーは人差し指を立てて、唇の前に掲げる。俺はそっとカイルと目配せして、部屋から音が漏《も》れないように結界を張った。

金髪の彼はそれに気づく様子もなく、足を組みなおしておもむろに口を開いた。

「カイル君、君が悪魔だとほかの人に漏《も》らさないと約束をしたよね。どうだろう、レジオットにだけはうち明けたほうがいいんじゃない？」

カイルはジロリとクインシーを睥睨《へいげい》する。豹《ひょう》獣人はまったくひるむ様子もなく、にこりと笑いかけた。

「対抗戦のあいだは同じパーティとして毎日一緒に行動するんだから、ずっと気を張るのは疲れちゃうんじゃないかなって思ってさ」

「不要な気遣いだ」

「そう言わずにさあ。君が別のことに気をとられていたら、出せる力も出せないだろう？　大丈夫、レジオットは誠実だよ。約束は必ず守る子だ」

「断る」

「うーん、とりつく島もないね。イツキ、君からもなんとか言ってやって。なにも言わないでバレちゃった時のフォローのほうが大変だよ？」

クインシーの言うことも一理ある。筋が通った言い分だと思うし、俺たちの信頼を得るために、先に俺たちに話を通してくれているところにも好感が持てる。

どうだろうな、俺は信じてみてもいいんじゃないかと思うが……カイルにはまた、考えが甘いと言われそうだな。

だが誰も信じないというやり方は、この先誰も彼もを疑い、排除しながら生きることになる。そういうの、俺は好きじゃねえんだよなあ。

やっぱ信頼を得るためには、先に心を開いて相手を信じてみないことにははじまらない。レジオットに悪魔だと知られることでカイルに命の危険があるなら、もっと考える必要があるが。

そうでないなら協力してもらえるかもしれないチャンスを、みすみす逃す手はない。

「レジオットは悪魔に対して恨みとか、恐れとかの気持ちはないのか？」

「そういう話は聞いたことないね。マーシャル領には比較的、悪魔に対して寛容な人が多いよ。もちろんそうじゃない人もいるけど」

領地対抗戦のあいだ、俺たち五人はダンジョンにこもりきりになると聞いている。ダンジョン宿泊は早くて三日、遅ければ五日ほどかかるそうだから、途中で魔力補給も必要になることだろう。その度にカイルのために、十数分指を舐《な》められる時間を確保しなくちゃならねえ。最初から話を通せるのであれば、通しておいたほうがいいに決まっている。

「カイル、レジオットを信じてみよう。もし裏切られて王都にいられなくなったら、噂の届かないところまで二人で逃げればいい」

カイルとクインシーの顔が、勢いよくこっちを向いた。なんだよアンタら、息ぴったりだな？

「イツキ、お前……わかった。そこまで言うなら、こいつの話に乗ってやる」

「ちょっと、裏切る気も裏切られる気も、さらさらないからね!?　縁起でもないこと言わないでほしいなあ、まったくもう」

クインシーはぷりぷり怒りながらも、じゃあ内緒話はおしまいね、と締めくくった。肩をすくめて話題を変える。

「毎年領地対抗戦のために王都に行くけれど、今回のような楽しいメンツは初めてだよ。肩が凝らなくていいね」

カイルの怒りを受けても楽しいと思える、クインシーの鋼の心臓っぷりがすげえな。

「同行させてる護衛と御者は俺が話しかけても、あんまり話が弾まないし。部下はあくまで部下だしさ？　君たちみたいなのがいると、新鮮で面白いよ」

「そりゃどうもな」

クインシーは、貴族同士のやりとりは建前やルールがありすぎて疲れると、少しだけ貴族社会の愚痴《ぐち》をこぼした。

その点自分にへりくだったり、はめようとしたりしない君たちとは、率直に意見を交換できるからいい、なんて話をしてくれた。そうかそうか、だったらこれからも歯に衣を着せたりせず、遠慮なく言いたいことは言わせてもらうぜ。

話しているうちにいい時間になったので、そろそろお開きにするかと聞くと、クインシーはあっさりうなずいた。

「じゃあねイツキ、カイル君。楽しい会だったよ」

「俺も楽しかった。明日からまたよろしくな」

「よろしくね～。ところでさ、一つお願いなんだけど。夢見がよくなりそうだから、耳を触らせてくれない？」

「い、や、だ」

「ケチ！」

恒例のやりとりをしてから、結界を解除する。カイルを連れて部屋にこもった。

少し迷って、この建物全体に結界を張っておいた。護衛や御者は来るかもしれないので、把握している気配以外を弾くようにしておく。夜盗や魔物が現れないとも限らないからな。

カイルは部屋に入るなり、俺をベッドの上に腰かけさせて、据わった目で俺を見据えた。

「ブラッシングさせてくれ」

「すっかりアニマルセラピーの虜《とりこ》じゃねえか。それもいいんだけどさ、今日はもっといいのを分けてやるよ」

「なんだ？」

インベントリから、とっておきの生酒をとりだした。前の世界から持ってきた日本酒だ。声を潜めて、にんまりと笑いかけた。

「酒が飲みたかったんだろ？　貴重な日本の酒、少しだけ分けてやるよ」

カイルは俺の兎耳と日本酒ボトルを見比べている。日本酒のほうにも興味が湧いたようだった。

木の器をインベントリからとりだして、瓶の半量を二つの器に分けて注ぐ。生酒だからな、全部飲みきっちまうのはもったいねえ。

(なんらかの方法で増やせるかもしれねえよな、酵母が生きてるんだから)

なので、ミニボトルの半分だけ空けて、残りは置いておくことにした。秘密の時間を楽しむように、密やかに会話を交わす。

「ほい、これカイルの分な」

「ああ……初めて嗅《か》ぐ匂いだ」

「米の酒だよ。米ってこの世界にあんのかな」

「どういうものだ、それは」

「穀物の一種だ。麦みたいに主食として食べるんだが、脱穀……殻を剥いてから炊いて食べる」

「ほう、聞いたことがないな」

うーん、この世界って米が存在しねえのかな。そろそろ米を食いてえんだが。

王都ならあるかもしれねえし、目的地についたら米を探してみようと頭の隅に入れておく。

「じゃあ、乾杯」

軽く木の器を掲げてから口に運ぶ。フルーツのような甘味と旨味が口いっぱいに広がり、思わずため息をついた。

「ああ、新鮮で美味《うま》いなあ」

「こんな酒があるのか……果実のように口当たりがいい」

「だろ？　俺のお気に入りなんだ」

こんな性格だからか辛口の酒を好みそうなイメージを持たれがちだが、酒なら甘口でも辛口でもなんでも美味《おい》しくいける口だ。

もう一口、さらに一口とどんどん飲んだ。久しぶりに好みの味の日本酒を飲んだのだ、美味《おい》しすぎてやめられるわけがない。

度数の高い酒だからゆっくり飲もうと思っていたのに、気づけば半分以上なくなっていた。

「はあ、うっま。こんなちみっとの量じゃ足りねー」

「おいイツキ、顔が赤くなっているが大丈夫か」

「ん？　平気だって。俺は顔が赤くなっても、足も頭もしっかりしてるタイプだから」

「そうか……？」

疑わしそうな目でカイルが見てくる。そんな彼の目の前で、また一口飲みすすめる。

ほら、フラフラしてねえし、言動もおかしくねえだろ？　問題ねえって。

一方カイルのほうは、まるで素面《しらふ》のように見える。これっぽっちの酒じゃ酔えねえってか。

「カイル、酒には強いのか」

「酔いつぶれた記憶はない」

「へえ、じゃあ強いんだろ。いいなあ、俺はそこそこ飲めるってだけだからな」

「だったら、そろそろやめておいたらどうだ？」

「まだいけるって言ってんだろ……あ、なくなっちまった」

今飲んだのが最後の一口だったらしい。名残惜しげに器に視線を落としていると、カイルが器を差し出した。

「そんなに物欲しそうな顔をするな。一口分けてやるから、それで最後にしろ」

「いいのか!?　ありがとなカイル！」

満面の笑みで器を受けとる。器を引き寄せた時勢いがよすぎたのか、中身が溢れてしまった。

「あ、やべ」

ぴしゃりと頬《ほお》から首、胸元にかけてを派手に濡らしてしまった。カイルに呆れたような目線を向けられる。

「やはり酔っているだろう」

「これしきの量でそんなわけ……つーかもったいねえ！」

せっかくの貴重な日本酒が！　なんとかかき集めようと、『魔力の支配』の知識を使って水魔法で水滴を集める方法を検索した。

「酒を被ったまま固まるな、風邪を引くだろう……まずはその格好をどうにかしろ」

カイルがチラリと胸元に視線を向けて、サッと目を逸らした。ようやく酒が回ってきたのか、頬《ほお》が色づいている。

「待ってくれ、この瓶の中に酒を戻すから」

「は？」

酒を浴びた場所に魔力の膜を纏《まと》わせる。一滴も逃さないように厳重にコーティングして、魔力ごと瓶の中に日本酒を注いだ。

服に染みこんだ酒も分子レベルでかき集める。あってよかった魔力の支配。一瞬で服も乾いた。瓶に向かって収束していく酒の水筋を、カイルが呆気にとられた表情で見送る。

「これでよし、無駄にならずに済んだぞ！　……って、そういやこれカイルにあげた酒だったわ、すまん戻しちまった」

「いや……相変わらず神がかった魔力操作の腕だな」

カイルは酒よりも魔法のほうが印象深いらしい。ボソリとそう呟いていた。

だけどこれじゃあ、せっかくカイルをフォローしようと思っていたのに台なしだ。

俺はばっと頭を下げて、耳を差し出した。

「ほんとごめん。俺にかかった酒なんて飲みたくないだろうし、今日は耳を存分に触らせてやるから、それで許してくれ」

カイルは俺の言葉を聞いて無言でカフを外し、垂れ耳を持ちあげる。つられて顔を上げると、思いの外真剣な表情と視線がぶつかった。

「いいんだな？　心ゆくまで触っても」

あ、これ墓穴掘ったわ。そんな予感がひしひしとしたが、一度いいと言ったことを撤回するのは男がるぜ。

ここは勇気を出して肯定しておこう。強気な笑みを唇に乗せる。

「いいぜ？　だが明日も早いらしいから、ほどほどにな？」

「ほどほどにを心がけつつ、心ゆくまで触るとしよう」

（それってつまり、めちゃくちゃ触られるんじゃねえか……？）

俺の予想は、見事に的中した。

「ふあぁ……そこ、そう、もう少し右、そこをこちょこちょして……ああ気持ちいいよう」

「ここだな」

「カイルゥ、指もっとして……すげえいいー、ふぁん」

酒とマッサージのダブルパンチで無事理性を溶かされた俺は、半ば喘ぎながらカイルの指使いに酔いしれた。

カフを外した耳を上から下まで撫でられ、毛をわざと立てるような触り方をされて、弱いところを全把握されてしまった。

「お前が弱いのはここだろう、耳の付け根の少し内側」

「あうっ」

「それと、頭の後ろ側の縁」

「はぅんっ！」

「ははっ、かわいいな……もっと気持ちよくしてやるよ」

高く悲鳴のような嬌声《きょうせい》が上がるのを、もはや抑えられない。なぜだろうか、ヤられたわけでもないのに、なにか大切な物を失くしたような気がするのは。

俺はカイルに体を預けたまま耳を散々に弄《いじ》られて、恍惚《こうこつ》とした表情で眠りについた。

翌朝。机の端に放置されたままの酒瓶を見つけて、迷った末にインベントリにしまった。捨てるにはもったいなさすぎる……一度溢したものが入っているから、飲める気もしないが。

……昨日の俺は、自覚しないうちに酔っていたようだな。洗濯すればいいのに溢れた日本酒を魔法を使ってまで瓶に戻したり、とられてはいけない言質をとられたりと大変やらかしている……

頭を抱えていると、俺が腕の中にいないことに気づいたカイルが起きだした。

「イッキ、起きたのか」

「……おはよう」

「ああ。いい朝だな」

俺の耳を散々に弄《いじ》りたくったカイルは上機嫌で、朝日に照らされた俺の顔を見上げた。

(ああ、くっそ。今日も顔がいい)

めったに見られない自然な微笑を目の当たりにして、理性がふやけるまで触るな馬鹿野郎、と訴《うった》える気力が萎《な》えていく。

「……そうだな。着替えるか」

昨日と同じままだった服を着替えてからカイルとともに居間に向かうと、すでにテオがいて朝食の準備をしてくれていた。

「おはようテオ、早起きだな」

「！　お、おはようイツキの旦那……！　その、あの、爽やかな朝っスね！　はは、は……」

ん？　なんだこの反応は。顔が真っ赤になっている、なにを恥ずかしがっているんだ？

俺はカイルと顔を見あわせる。彼は赤紫色の瞳を思案するように細めた後、ニヤリと笑った。なにか勘づいたらしい。

「犬っころ、盗み聞きとはいい度胸だ」

「違いますって！　聞こえてきちゃったんスよ壁が薄いから！　レジーが寝た後でよかったよほんと、情操教育に悪すぎる……」

情操教育？　だからなんの話だ……もしかして昨日のリラックス声が、壁越しに聞こえていたのか？

「違うぞテオ、なにか誤解してるだろ。昨日のはただ耳のマッサージをしてもらっていただけで」

「耳の!?　マッサージ！　十分すぎるほどにアダルトじゃないっスか！」

あ、そうだったわ。こいつら獣人にとっては、耳は性感帯扱いなんだった。申し開きもできねえなと苦笑していると、テオはこっそりと耳打ちしてきた。

「イッキとカイルの旦那は、そういう関係だったんっスね……！」

「違うんだ。これには深い訳があってだな」

「訳アリなんっスか!?　じゃあ俺、誰にも話さないよう黙っておくんで」

お口の前にバツマークを作るテオ。ああ、もう、うん。

誤解を解くのに多大な労力がかかりそうだし、誰かに吹聴《ふいちょう》されないのなら、もうそれでいいわ。

「ああ、ぜひ黙っておいてくれ」

「了解したっス！」

話し終えてしばらくするとレジオットもやってきた。一番最後にクインシーが現れる。

「ふわあぁ、おはよおぉ……ねっむ。テオ、俺のことちゃんと起こしてくれた？」

「起こしましたよ。あと十分だけって何回もお願いされたんで、十分ごとに声かけたんっスよ？」

「そうだっけ？　記憶にあるような、ないような……」

「クインシー様は僕が声をかけたら、やっとベッドから出てこられました」

「ああ、うん。レジオットもテオもありがとうね」

クインシーは朝に弱いようだ。眠そうに目を擦っていたが、俺とカイルを視界に入れると、やけににこやかに微笑んだ。

「おはよう、昨日は二人ともよく眠れた？　遅くまで起きてる気配がしたから心配したんだけど、とても気持ちよく寝られたんじゃないかなって気がするよ」

……壁、思った以上に薄いな。丸聞こえだったんじゃねえか？　前半の日本の話や、魔力の話まで聞かれていただろうか。その辺はかなり声を潜めていたから大丈夫か？

「いやあ、邪魔をするのがアホらしくなったよね」

「なんの話だ？」

「なんでもないよ。あんなに遅くまで、なんの話をしていたのか参考までに聞いていい？」

「……聞きたいのか？」

わざと恥ずかしそうに視線を逸らしてチラッと見ると、豹《ひょう》獣人は砂糖の塊をのみこんだような顔をしていた。テオまで主従そろって同じ顔をしている。

聞かれていないようだな、セーフ。まだそこまでぶっちゃけて話すのは怖いからな。

王都で貴族や王族をはじめ、この世界の人々の異世界人に対する考え方なんかを一通り洗ってから、異世界人であることや『魔力の支配』の情報を開示するかどうかを判断したい。

「いやー、それにしても結構寝心地のいいベッドだったっスね！　俺も気持ちよく眠れましたよっ、換毛期のイライラが吹っ飛ぶなあ！」

クインシーの言葉を文字通りの意味で受けとったテオ。彼は気まずい雰囲気を紛らわそうとしてか、大声でベッドの感想を口にしている。

ピュアピュアだなあテオ、どうかそのままでいてくれ。

もう一人の穢《けが》れなき少年が、テオの言葉を受けてまじめに返答した。

「僕もよく眠れました、夢も見ませんでした」

「そう、それはよかったね二人とも。レジオット、今日はイツキたちのほうの鳥車に乗ってくれる？　順番に親交を深めようと思うんだ」

「はい、わかりました」

出立前にテオが用意してくれた食事を、五人で分けあって食べた。

ほとんど料理を口にしないカイルに、テオとレジオットが気遣わしげな視線を向ける。

「大丈夫なんすかカイルの旦那、昨日からほとんど食べてないっスよ？」

悪魔の生態を詳しく知らないらしいテオが、そんなことを言いだした。

「カイルさん、よかったら人参のソテーを分けましょうか」

レジオットも自分の皿を持ちあげてカイルのほうに寄せる。クインシーはレジオットをたしなめながら、首を横に振った。

「レジオット、好き嫌いはよくないよ。自分の分は自分で食べようね」

「はい……」

肩を落とすレジオットに、クインシーは苦笑した。

「カイル君は獣性に従った食生活をしているんだ。この場では食べられる物が少ないけど、ちゃんと食べ物は確保してあるから心配しなくていいよ」

「へえ、そういう感じなんっスね。わかりました！」

「すごいですねカイルさん、僕だったら生の植物だけの食事なんて耐えられません」

レジオットが畏敬の念をこめてカイルを見上げた。カイルは視線を逸らしたまま、居心地悪そうに腕を組みなおしていた。こうやって偽の噂は広まっていくんだな……

「さて、そろそろ出ようか」

その日はレジオットとカイルとともに、鳥車に乗りこんだ。またしても俺が真ん中の席になった。カイルは護衛のためにドア側に控えたいし、そうなると俺が真ん中の席に座るのは必然だよな。

少々窮屈《きゅうくつ》だが、安全のために背に腹はかえられない。

レジオットは乗り物に強いらしく、テオとは打って変わって朗らかな表情で窓の外を眺めている。

「イツキ！　景色が風のように過ぎていくよ」

「そうだな。レジオットは王都に行くのは初めてか？」

「うん。姉さんは前に行ったことがあるんだって、いろいろなお店の情報を教えてくれた」

レジオットの知っている店は、女性に人気のスイーツ店や服屋ばかりだった。思いっきりラベッタの趣味一色だな。しかし異世界の菓子か、少し興味がある。

「なかなか面白そうだな、一緒に連れていってもらってもいいか？」

「一人では行きづらいと思ってたんだ。ぜひイツキと一緒に行きたい。カイルさんも来る？」

「……ああ」

「それなら、みんなで行こう。約束」

レジオットはほかにも、王都の観光スポットの話をしてくれた。

硬貨を投げ入れると願いが叶う泉や、王都中を見渡せる高い塔があるらしい。どこかで聞いたことのあるような観光スポットだ。

「冬立月《ふゆたちづき》は領地対抗戦の準備と根回し、冬中月《ふゆなかづき》は領地対抗戦の予選、冬暮月《ふゆぐれづき》は本戦で忙しくなるみたい。どこかで観光に行けるといいね」

十二月は準備、一月に予選、二月に本戦ってことか。どんな勝負内容になるのか、楽しみだな。

そのほかにもレジオットは木の実パイが大好物なこと、ラベッタがいかに頼りになる姉さんなのかといった話をしてくれた。

「アンタの姉貴はしっかりしてるよな、俺の姉貴と似てる」

「そうなんだ、たまに口うるさいところも？」

「そうそう、弟を遠慮なくコキ使うところもな」

「あははっ、そうなんだ！　姉さんも、イツキは弟みたいで、面倒を見てあげたくなるって言ってた。実力はあるけれど、危うげなところが放っておけないって」

ラベッタ、そんな風に思っていたのか。道理で親身になって接してくれたわけだ。

ちっと恥ずかしいが、ありがたいことじゃねえか。この世界での姉貴的存在だな。お土産は奮発してやらねえと。

レジオットは狐耳をピンと尖《とが》らせほんのり頬《ほお》を染めて、自分より少し背の低い俺を見つめた。紫の瞳が楽しそうな色を帯びている。

「そうだとしたら、イツキは僕の兄さん？　それとも弟？」

「弟はやめてくれ……兄さんって柄でもねえが」

「イツキ兄さん……うん、兄さんじゃないかもしれない。もっとこう、イツキはそばにいるとワクワクして、心がふわふわして……」

レジオットは適当な言葉を探しているようだったが、見つからなかったようで肩を落とした。

「よくわからないけれど、僕はイツキのことがとても好きだ」

「ん、ありがとな」

レジオットが弟みたいにかわいく思えてきて、手を伸ばして蜂蜜色の艶やかな髪を撫でた。

「わっ、くすぐったい」

「はは、逃げんなよ」

その時鳥車が大きく揺れて、伸ばした手は大きく空を切った。バランスを崩した俺の体をカイルが支えてくれる。

「おっと、悪いな」

「大人しく座っていろ」

フンと鼻を鳴らして、カイルは再び外を向いてしまった。

今朝は機嫌がよかったくせに、また不機嫌になってないか？　気難しいヤツだな。

あれが原因だろうなあ……誰にでも名前を呼ばせるな、笑いかけるなと言われたことを思い出す。

完璧に無茶な要求だが、どういうつもりで言ったんだか。何度考えても、束縛の激しい恋人みたいな言い分なんだよな……

いや、だがこれに関しては譲れねえ。俺は友達や知り合いには気軽に名前を呼ばれたいし、笑いたい時に笑わないなんてのもナンセンスだ。

その度に機嫌を悪くされるのも嫌だから、やっぱり訳を尋《たず》ねて妥協点を見つけたほうがいいよなあ。気は進まねえけど……

鳥車はその日も順調に進み、宿の三階を借りきって泊まることとなった。夕食の後、クインシーが部屋にテオとレジオットを呼び、俺とカイルに意味深な目配せを送る。

うなずいてカイルを見やると、扉横の壁際に立つ彼は仕方がなさそうに首肯した。

「実はね。レジオットに内緒話を打ち明けようと思うんだ」

レジオットはきょとんとつり目を丸くする。

「内緒話ですか」

「そう。ここにいる俺たち以外に、誰にも話してはいけないよ。できる？」

「はい。クインシー様がそうおっしゃるなら、たとえ拷問されても話しません」

キッパリとそう言いきるレジオット。見上げた忠誠心だなあ。慕われてるんだな、クインシーは。

豹獣人《ひょう》は柔らかい笑みを浮かべて部下を労《ねぎら》った。

「ありがとう。拷問されるような事態には、俺がさせないから安心して」

「はい」

「話というのはカイルのことなんだ。ね、イツキ」

俺に全員の視線が集まる。四対の瞳を順番に見つめ返し、最後にレジオットに焦点をあわせた。

「実はな。カイルは悪魔なんだ」

レジオットは口を半開きにして、ポカンとしている。至って普通の声音で返答がきた。

「え、そうなんだね」

「あまり驚かないな」

「驚いてる。そう……それで？」

「それでって、ほかにもっと言うことはないのか」

「ほかに……あ、もしかしてご飯をあまり食べないのは、魔力を食べるから？」

クインシーとテオが驚いた顔をしている。レジオットは意外にも悪魔の理解が深いな。もしかしたら悪魔の知り合いでもいるのか？

カイルは目だけを動かしてレジオットを見下ろし、問いかけに答えた。

「そうだ」

「そうなんですね。以前悪魔の奴隷に会った時、僕は美味《おい》しそうな魔力をしてるから、分けてくれと言われたことがあります」

「それでどうしたんだ」

「奴隷の主人にとても嫌がられたから、あげませんでした」

レジオットは不思議そうにカイルを見上げている。

「僕の知っている悪魔は、カイルさんのように健康的じゃなくてガリガリでした。かわいそうなくらいに。それに動物の耳も生えていません」

「これは偽物だ」

カイルが山羊《やぎ》耳の擬態を消して尖《とが》った耳が見えるようにすると、テオは後ずさり、レジオットは確かめるように一歩近づいた。

「本当に悪魔だ……不思議な形の耳をしていますね」

「俺から言わせれば、テメェらのほうが不可思議だ」

しばらくのあいだじっとカイルの尖《とが》り耳を凝視していたレジオットは、クインシーに向きなおる。

「クインシー様、彼が悪魔だという秘密を守ればいいのですか？」

「そうだね。お願いするよ、レジオット」

「わかりました」

キリッと真剣な顔でうなずくレジオット。受け入れるのが早い。全然大丈夫だったな……だがこうやってすんなり悪魔を受け入れてくれる獣人は、少数派だと思ったほうがいいだろう。

レジオットは生真面目な顔でカイルに申し出た。

「カイル様、僕はあまり悪魔について詳しくないので、なにか失礼なことをしたら教えてください」

「わかった」

「それとお腹が空いてるなら、僕の魔力も吸っていいですよ」

いや、それはまずいことこの上ないだろ。狐少年の指を美味《おい》しそうに吸う悪魔なんて、絵面的に犯罪臭がぷんぷんしやがるぜ。

「レジオット、その辺は俺がどうにかするから大丈夫だ」

断ると、レジオットは気遣わしげな表情をした。

「本当に？　もし魔力をあげるのがつらい時があったら、僕にも声をかけて。魔力不足ってクラクラしてつらいから」

「気遣ってくれてありがとうな。いざって時は声をかけさせてもらうさ」

カイルは俺とレジオットのやりとりを興味深げに眺めている。なんだよ、レジオットの魔力にも興味があるのか？　いたいけな青少年をたぶらかすなよ、俺で我慢しとけよな。

「さてと、これで遠慮なくパーティ内で魔法を使っていいよカイル君！　ますます強そうな構成になってきたね、これは優勝を狙えるかもしれないよ」

クインシーはご満悦で、特に南のタルモ領には負けたくないからがんばろうねと発破をかけた。

「なんだよ、タルモ領とはライバル関係だったりするのか？」

「そうなんだよー。そこの領主子息が、めちゃくちゃいけすかないヤツでさあ。毎回喧嘩を売ってくるから、うざったいのなんの」

クインシーは、いかにタルモ伯爵の次男が面倒なヤツかを力説していた。はいはい、領地の威信がどうだとか大層な建前を語っていたが、要するにそいつに負けたくないんだな。

「クインシーも王都ではダンジョンに潜るんだろ？　今まで参加できなかった分、冬立月のうちにしっかり連携の練習をしていこうな」

「あーそうだね、ごめんね仕事が立てこんでいたから。優勝を目指してがんばるよ」

適当なところでお開きにしてカイルとともに部屋に入る。さあここからは、こいつとの話しあいだ。

「カイル、ちょっと話したいことがあるんだが」

「なんだ」

さっさと寝ようとするカイルを呼びとめる。

前回の反省を活かし、俺たちのいる部屋だけに防音を兼ねた結界を張っておいた。二重結界は神経を使うから、宿全体に結界を張るのは諦める。話しあいに集中したい時は不向きだ。

俺は机の端に体重をかけ、腕を組んで話しはじめる。

「アンタはこの前、誰にでも笑いかけるな、名前を気軽に呼ばせるなって俺に言ったよな」

「ああ」

カイルは備えつけの椅子に腰かけ、話を聞く体勢をとった。紫がかった柘榴《ざくろ》の瞳が、まっすぐに俺に向けられる。

「それは、いったいどういうつもりで言ったんだ。アンタが時々不機嫌なのはそれが理由なんだろ？　教えてくれ」

灰銀の頭を見下ろしながら頼むと、カイルは一瞬目を伏せた後、話しはじめた。

「笑顔については前にも指摘したはずだ。お前は魅力的すぎると」

「う……そうだったか？　確かに聞いた覚えはあるが」

さらりとそういうことを言われると照れるんだが。

カイルはまっすぐ俺の瞳に焦点をあわせると、名前を呼んだ。

「イツキ……いや、鏑木樹」

「なんだよ」

俺のフルネームを覚えていたのか。悪いがアンタの真名は長すぎたから、俺は半ば忘れてるぞ。

契約の時に使った魔法陣に書いてあるから、確認すればわかるが。

「真名を呼び捨てにさせることは、生涯の友と見定めた相手か伴侶、または身内にしかさせないものだ」

「へえ、そうなのか」

「それをお前は、ほぼ初対面の相手に誰にでも呼ばせて……節操がないとは思わないのか」

「あいにくと、そういう文化は持ちあわせていないんでね。なるほどなあ、魔人はそうなのか」

重々しくカイルがうなずく。はーん、そういうことか。それで怒ってたんだな。

にっと笑って、カイルの顔をのぞきこむ。

「つまりアンタは、俺がほかのヤツと仲よくするのを面白く思わないと。そういうことだよな？」

「違う、お前に節操がないのを呆れているんだ」

カイルはパッと視線を逸らしてそう反論した。

怪しい。カイルが視線を逸らすのは、なにか隠したいことがある時なんだよな。

本当は、俺がほかのヤツに構うとヤキモチ焼いちゃうぞってことなんだろ？　あれほど俺に塩対応だったカイルが、ずいぶんと変わったなあ。

懐かれて嬉しいような、心がそわつくような、どこかくすぐったい気持ちになった。

「そうは言っても、俺は堅苦しいのが嫌いなんだよ。様づけなんて肩が凝るし、さんづけも他人行儀で寂しいだろ？」

「それが他人に対する適切な距離感というものだ」

「魔人的にはそうなんだろうが、ここは獣人の国だぜ？　郷に入っては郷に従えって言うだろ？」

「なんだそれは」

「つまり、ここは獣人の国なんだから、獣人のルールにあわせろよってことだ」

「ハッ、馬鹿らしい」

カイルは悪態をついて、椅子の背に体重をかけた。ぎしりと木の軋む音がする。

魔人はしばらく腕を組んで考えこんでいたが、やがて顔を上げた。

「……たいそう馬鹿らしい限りだが、俺もお前を困らせたいわけじゃない」

「お、わかってくれるか」

「まったくもって本意じゃないが、譲歩してやる。その代わり」

カイルは思わせぶりに言葉を切った。立ったままの俺を挑戦的な瞳で見上げて、口の端をつりあげるようにして笑みを見せる。

「俺にばかり我慢をしろと、意見を押しつけられるのは気に入らない」

「そりゃそうだ。なにか俺にできることがあるなら協力するぜ」

「そうだな……だったら協力してもらおうか」

「なにをすればいい？」

「服を脱げ」

「え？」

なんだって？　今なにか、聞き捨てならないことを言われたような気がするんだが。

カイルはわざとらしくため息をついて、足を組み直した。

「聞こえなかったか？　服を脱げと言った」

「嫌だよ、なんでだよ」

「どうせなら美味な魔力をもっと美味《おい》しく食べたいと、常々思っていたんだ。ついでにお前のことも気持ちよくしてやるから、さっさと脱いでくれ」

「はいアウト。そんな言い方じゃ、俺は一枚も脱がないぞ」

焦って変なことを口走ったが、一枚だって脱ぐ気はない。カイル相手にそういうのはナシだ。

カイルとは相棒になりたいんだ。このまま許可するとセフレになっちまう。

「じゃあどう言い換えればいい、頼むから脱いでくれとお願いすればいいのか」

「言い方の問題じゃない。アンタはまだ十八歳なんだろ、子どもに手を出すのは俺のポリシーに反する」

厳密には日本でだって未成年じゃないはずだが、十代なんて俺の認識ではまだ子どもだ。ガキに手を出すのはためらっちまうんだよ。

カイルは断固として断る俺にため息をついた。

「俺は大人だと何度も言っているだろう。この前酒を飲ませた張本人がなにをほざいている」

「あー、それはだなあ……」

「郷に入っては郷に従うのだろう？　獣人の国基準でも、俺は大人だ」

それを言われるとなあ……自分でもなぜここまで頑なにカイルを拒否しているのか、わからなくなってくる。

相変わらず好みすぎる顔を見下ろす。下から見ても上から見ても、推しの顔は推すところしかないもんなんだな。野生味を感じさせるセクシーな唇が、俺を揺さぶるための言葉を紡ぎだす。

「そんなに俺との粘膜《ねんまく》接触に抵抗があるのか……だったら、あの狐坊主を味見してみるか」

「なに？」

「狐坊主も、俺に魔力を分けてやってもいいと言っていたな。イツキほどじゃないが、確かにいい魔力の持ち主だ。たまには別の魔力を味わうのも……」

最後までその言葉を聞き終えることなく、俺はカイルの頬《ほお》を両手で包み、口づけた。

赤紫色の瞳が至近距離で見開かれる。やけくそな気分で唇の隙間に舌を差しこむと、ピクリと反応した舌がすぐに絡みついてくる。

「んっ、ぐ」

絡みつく舌は精力的にうごめき、俺の口内にまで潜りこむ。じゅわっと湧きでてきた唾液を啜《すす》られ、カッと頬《ほお》に熱が昇った。

「ふ、ぁふっ」

遠慮のカケラもない激しい口づけに、肩を押して身を引こうとすると、後頭部に手を添えられた。いとも簡単に抵抗は封じられる。

貪《むさぼ》られ続ける俺の唇から、のみきれなかった唾液が一筋流れていく。

「……イル、カイル！」

「……っなんだ」

「もっと、ゆっくり……激しすぎるんだよ、お前」

「そうか」

カイルは再び俺に口づけた。今度は俺の反応を探るようにして舌を吸われる。じゅ、くちゅ、と水音が鼓膜を打つのが、とてつもなくいたたまれない。

（なんで俺、自分からキスなんてしてるんだ。こんな、舌を自ら絡めて……）

違う、これはレジオットをカイルの魔の手から守るためだ。そうじゃなきゃ、こんな……

歯列をなぞられ、頬《ほお》の内側を丹念に舐《な》められると、だんだん抵抗する力が弱くなる。頭の中がぽやんととろけていくような繊細な舌使いに、気づけば身を委《ゆだ》ねていた。

「ふ、……ぁ……っ」

あえかな声が、水音に混じって漏《も》れでていく。カイルはたっぷり数分間俺の口の中を蹂躙《じゅうりん》した後、そっと唇を離した。

「ゴチソウサマ」

ゆっくりと濡れた唇を舐《な》めて魔力混じりの唾液の残滓《ざんし》を味わうカイルは、壮絶な色気を放っていた。機嫌よく瞳を細めて、戯れに俺の口の端についた唾液を指でぬぐう。その指を口に含んだ。

「……っ」

「やはり格段に美味《うま》い。たまらないな……」

俺も別の意味でたまらない気持ちになり、ガッと腕で口を拭くと廊下に向かって逃げだした。

「おい、どこ行くんだ」

「トイレ！」

へっぴり腰でなんとかトイレにたどりつく。さすがにカイルもトイレにまではついてきていないようで、ホッと一息ついた。個室に入ってもたもたとズボンを下ろし、いきり勃った雄をとりだす。

「く……っそ！　は、ぁっ！」

キスだけでこんなにも煽《あお》られてしまった。あいつうますぎだろ……っ！

悪態をつきながらも肉棒を扱く。最近抜いていなかったせいか、何度か擦っただけで射精欲が限界近くまでこみあげてきた。

「う……んっ！　っくぁ！」

便器に狙いを定めて欲望を吐きだす。ドッドッドと全力疾走した後のような心臓の鼓動が、俺の興奮がいかに大きかったか物語っている。

「ああ、もう……最悪だ」

ずるずると、トイレの扉にもたれかかりながらしゃがみこむ。頭の中がぐちゃぐちゃだ。

（俺はカイルのことが好きなのか？　わからない、わからないままにしておきたいんだ）

だってそんな、恋愛なんてしてる場合じゃないだろ？　今の俺に必要なのは不安定な恋愛関係ではなく、信頼できる相棒だ。

学生時代、かつて好きだった人が見せた、青褪《あおざ》めた顔を思い出す。ズキリと痛む胸が、現実を再認識させた。

飛び散った精液を綺麗に流して、衣服を整えてのろのろと部屋に戻る。

（俺の気持ちがあいつにバレたら……いや、そもそも気持ちなんてない。好きなんかじゃない）

今回の出来事は、レジオットに被害が及ばないように体を張っただけ。カイルは俺に、恋愛感情を抱いているわけじゃないんだ。勘違いしたら痛い目に遭うと自分に言い聞かせる。

扉の前で深呼吸を一つ。問題ない、いつも通り振る舞えるさ。そうだろう？　俺ならやれる。

ガチャリと扉を開けると、椅子の前で立ちあがったまま突っ立っているカイルと目があった。

「ずいぶん時間がかかったな、腹の調子でも悪かったのか」

「そうじゃない……なんでもねえよ。もう寝ようぜ」

「ああ。美味《うま》かった、ありがとう」

カイルは薄く微笑むと、何事もなかったかのように俺の耳からカフを外して、いつも通り俺を抱きこんで寝ようとした。性懲りもなく跳ねる心臓を、胸元を掴《つか》んで宥《なだ》める。

「あのさ、今日は別々に寝ないか」

「なぜだ」

「窮屈《きゅうくつ》なんだよ」

「俺は困らない」

「俺は困るんだ」

ぼやけるほど近くにあるカイルの顔を、暗闇の中で真剣な眼差しで見つめると、ふわりと口づけがおりてくる。

「!?」

「いいから寝ろ。おやすみ」

そのままがっつり腰に手を回されてしまい、身動きがとれなくなる。胸板を押しながら叫んだ。

「おいカイル、カイル！　無視すんな」

「……なんだ」

「もう粘膜《ねんまく》接触はこりごりだからな、二度とするなよ」

「……その話はまた今度にしよう。もう寝ろ」

「なんでだよ！　おいってば‼」

それ以上はなにをやってもカイルは目を開けなかった。この野郎、逃げやがったな……

鳥車前で護衛やテオとともに、ねぼすけクインシーを待っていると、ヤツはレジオットに背を押されながらやっと姿を見せた。

「おはよう、お待たせ」

「おはようございます、ボス！」

「フン」

「なんでそう毎日起きるのが遅いんだ？」

俺の素朴な疑問に、クインシーは稲穂色の髪を揺らして首を横に振った。

「俺にはやることがいろいろとあるんだよ。例えば手紙を書いたり、魔道話で人と連絡をとったりね」

「魔道話？」

「遠く離れた人と話ができる魔道具さ。高価で貴重な物だから、現在は一部の貴族間にしか普及していないんだ」

へえ、つまりは電話か。思った以上に文明が発達しているんだな。

「さて、それじゃ今日は、俺がイツキとカイル君の鳥車に同乗するからね」

「クインシー様、お言葉ですがそれは……」

護衛頭が苦言を呈したが、クインシーは眉根を寄せて首を横に振った。

「だから、彼らは大丈夫だって昨日散々説明しただろう？　なにかあったとしても君に責任をとらせたりしないから、俺の自由にさせてくれ」

「はあ……」

「さあイツキ、こっちだよ。乗って乗って」

先導するクインシーについていき鳥車に乗りこもうとするが、そこで一悶着起きる。

「テメェはイツキの隣に座るな、それなら俺が真ん中の席につく」

「ええー、やめてよ。一番背の高い君が真ん中だなんて、圧迫感がひどいから」

「おいおい、こんなことで喧嘩するんじゃねえ。カイル、俺が真ん中でいいから。アンタが目を光らせていれば、クインシーだって悪さしねえよ。な？」

「そうそう。いやーイツキは理解が早くていいねえ」

カイルはチッと舌打ちすると、クインシーをにらみつける。金の髪をひるがえした豹《ひょう》獣人はカイルの舌打ちに反応を返さずに、さっさと鳥車に乗りこんで窓際の席を確保した。

「俺たちが乗らないと、いつまで経っても出発できないよ。さあ乗った乗った」

続いて俺が鳥車に入って座ると、カイルも諦めたように乗りこんできた。

さりげなくカイルと距離を空けて座ってみる……体が触れてると、昨日のことを思い出しちまいそうで、落ち着かねえんだよ。

揺れる鳥車の中で、身体固定用のベルトにしがみつく。背の高い二人に挟まれると圧迫感があるな、窓の外の景色がなんも見えねえ。

しばらくのあいだ無言で揺られていると、クインシーがおもむろに話しはじめた。

「実はちょっと、個人的に俺が動かないといけない案件ができたんだ。冬立月のあいだできるだけダンジョンに一緒に潜るけど、無理な日もあるかもしれない」

「そうか、忙しいんだな」

「まあね。毎年この時期は、貴族間のやりとりや根回しが活発化するから、元々結構忙しいんだけどさあ……」

クインシーは眉間の皺《しわ》を揉《も》みほぐしながら、はあとため息をついた。その後はすぐに表情を改めて苦笑する。

「まあそういうわけだから、君たちも俺がいない間はそれなりに適当にがんばって。せっかくの王都なんだし、冬立月ならではのイベントに参加してみるといい」

「へえ、王都ではなんのイベントがあるんだ？」

「聖火祭に向けていろいろな店が立つよ。それに夜になると、町中でろうそくに火を灯すんだって。最近は雷魔の光で代用しているところも多いけれど」

雷魔というのは電気のことだ。クリスマスイルミネーションみたいな感じなんだろうか。それにしてもクインシーのヤツ、昨日まで勝ちたいと言っていたのに、今日は急に投げやりになったな。いったいなにがあったのか気にはなるが、貴族事情に首を突っこんでもろくなことはなさそうだ……いや、少しはわかっておいたほうがいいのか？

「なあ、もしも領地対抗戦で優勝したりすると、貴族との接触も増えるのか」

「陛下からお言葉をいただく場が設けられるね。その場合俺の参加は強制だけど、探索者の参加は任意だよ」

よし、もしも優勝した場合は、全力で参加を辞退させてもらうことにしよう。貴族との繋がりが持てるメリットよりも、俺の特異性がバレるリスクのほうが高そうだからな。

俺はこの世界で成りあがりたいわけじゃない。有名になったり責任ある立場についたりしたら、不自由になりそうだからな。

知り合いも何人かできたし、できることならマーシャルでひっそりとスローライフを楽しみたいと思っている。

「ちなみにマーシャルと仲がいいのはどの領地で、仲が悪いのはどこなんだ」

その辺りは領地対抗戦の時にライバル視されるか、それとも協力関係が張れるか変わってきそうだから、把握しておいたほうがいいだろう。

尋《たず》ねると、クインシーはキラキラと瞳を輝かせた。

「イツキどうしたの、めちゃくちゃ領地対抗戦に積極的じゃない？　もしかして俺の仕事も助けてくれる気ある？」

「やるからには全力でやりたいからな。だがアンタの仕事は俺の契約外だろ、貴族の事情に関わりたくねえから、自分でがんばれよ」

「まあ、そうだよねえ……イツキ秘書とのめくるめくお仕事、してみたかったなあ」

「あん？　なんだって？」

「なんでもないよ」

クインシーは若干がっかりとした様子を見せながらも、マーシャルと友好関係、敵対関係にある領地を教えてくれた。

「仲がいいのはリーシュアン、ガルミア、レハドだね。俺もここの人たちとは親交がある。まあそうは言っても、勝負では手加減してくれないかもだけど」

そうだよな、それぞれ利害関係もあるだろうし。敵対関係にあるのはやっぱりタルモ領だった。

「ところで君たち、今日は妙に距離が遠くない？　なにかあった？」

俺がこの狭い鳥車の中で、頑なにカイルと肩の触れあわない距離を保とうとしているのが、ついにバレたらしい。かわいらしくを意識しながら、笑顔を顔に貼りつけた。

「気のせいじゃないか？」

「そうかなあ……」

俺たちの会話を耳にしたカイルが、口を挟んでくる。

「テメェが気にすることじゃない。むしろ俺とイツキは仲がいいと言えるだろう、昨日だって」

「同じベッドで寝たもんなー!?」

粘膜《ねんまく》接触のことを口にされたくはなくて、とっさにほかの仲よしエピソードを披露《ひろう》したが、これはこれでアウトな気もする。耳のブラッシングよりはまだマシか!?

案の定、クインシーは目を見開いて、ショックを受けた顔をした。

「え？　君たちもしかして、毎晩同衾《どうきん》してるの？　破廉恥《はれんち》だ！　もうつきあってるじゃんそれ！」

「違う、誤解だ」

「なにが誤解だって言うのさ！」

両手で顔を覆ってわめくクインシーに、なにか危機が迫ったのかと思った護衛が、窓越しに声をかけてくる。

「クインシー様、なにかありましたか」

「なんでもないよ！　もう！」

ちなみに本当に、毎晩ナニかしていると誤解されていた。ただベッドで寝転がって文字通り寝ているだけだとわかると、クインシーは気が抜けたように座席の背に体を預けた。

「もう、紛らわしい言い方しないでよ」

「あー、ごめんな？」

「本当にそれ以上のことはなにもしてない？」

昨日のキスを思い出して一瞬動揺したが、しっかりヘーゼルの瞳を見つめ返した。

「してない。つうか人の事情に首を突っこむなよ」

「えーだって気になるじゃん。二人はもうつきあってるのかなって」

「つきあってない」

「本当に？　実はカイルのこと好きだったりとかしない？」

グッと息を詰めて腹に力をこめつつも、さらっとした口調を心がけて返答した。

「ないない。こいつは相棒だから」

「ふーん？　……まだ俺にもチャンスはあるのかなー？　諦めたくないなあ……」

待ってくれ、背後から視線がバシバシ刺さっている気配がうるさくて、気が散って話に集中できない。そのせいでクインシーが小声でなにか呟いていたのを聞きそびれたじゃねえか。

なぜか色っぽいため息をついて俺を見つめるクインシーは、行儀悪く窓枠に頬杖《ほおづえ》をついている。

ああもう、アンタら視線が鬱陶《うっとう》しいぞ!? いつまでも女子みたいなノリで恋バナしてんじゃねえよ、話題を変えよう。

その後は貴族の聖火祭の過ごし方を聞いたり、マーシャルのダンジョンについて感想を言ったりしてやりすごした。

そしてなにも大きな事件はなく、三日が過ぎた。

今日あたり、カイルにまた魔力をやらなきゃならねえが、どうすっかな……指先から吸うようになんとか説得しなくては。

キスとかさ……本当に無理なんだ。意識せずにはいられない。このままじゃ、カイルのことを本気で好きになっちまいそうだ。是が非でも阻止しなくてはならない。

説得方法を考えながら昼過ぎに外で休憩をしていると、倒木に座る俺の耳が奇妙な羽音を捉えた。

「ん？ なんか鳥の群れがこっちに向かってきてるな」

空を仰ぎ見ると、そばにいたレジオットもピクリと狐耳を動かし鳥の方向を見た。大きな荷物を抱えた鷹に見えるんだが、なんなんだあれは。

「本当だ。伝荷鷹《でんかだか》が来た」

「伝荷鷹……あ、おりてくるな」

荷物を抱えた鷹の群れは、俺の隣に立っていたカイルの周りを飛びながらなにかを訴《うった》えている。

「ああ、俺宛ての荷物か」

カイルは一羽ずつ足につけられた荷物をとっては下ろし、とっては下ろして、それを十羽分程度繰り返した。

身軽になった鷹は一声鳴く。カイルが荷物から紙を千切って足に結ぶと、鷹は一声鳴いてもと来た方向へ飛び去っていった。

なんだったんだ、あれ。伝書鳩のでかいバージョンか。クインシーたちも平然としているところを見ると、この世界ではメジャーな荷運び方法らしいな。

テオが代表して疑問を口にする。

「カイルの旦那、なにを頼んだんっスか？」

「服だ」

「へー、どんなのっスか？　気になるなあ」

「明日着るから、それまで披露《ひろう》はお預けだ。おい豹《ひょう》野郎、お前の荷鳥車の場所を借りるぞ」

「え、勝手に決めないでよ。場所あったかなー？」

インベントリが使えることは内緒にしているから、場所を借りることにしたらしい。

そうか、マーシャルの町でオーダーメイドしていた服が届いたのか。どんなの頼んだんだろうな、俺も見るのが楽しみだ。

その日の夕方。

村があるはずの場所につくと、そこには凄惨《せいさん》な光景が広がっていた。夕日を浴びて鈍く光る剣が転がり、周りにはおびただしい量の血溜まりができている。

魔物の死骸と獣人の死体が折り重なって倒れている。壊された扉、踏み荒らされた畑、横倒しになった柵……カイルが眉根を寄せて一言呟く。

「スタンピードか」

「……なんて、ひどい」

普段はあまり驚きを顔に出さないレジオットの表情も、驚愕《きょうがく》で引きつっている。テオはそっとレジオットの肩を押した。

「レジー、鳥車に戻るっス。ボスもお早く」

クインシーも村に生き残りがいないことを護衛に確かめさせた後、静かに首肯した。

「そうだね……ここは領主の采配に任せて、俺たちは今夜泊まる場所を見つけなきゃ」

俺は動く者がもう誰もなにも残っていないと聞いて、信じられない思いでふらりと一歩踏みだした。

ぐちゃぐちゃに荒らされた店先に、事切れた店主が倒れているのを見つけて目を伏せる。身じろいだ拍子に、コツンとなにかが足先に当たった。

拾いあげたのは青銀色の金属質な物体に嵌《は》めこまれた、闇属性の中魔石だった。なんでこんなところに……

その時風向きが急に変わり、むせるほどの血の匂いと死臭が鼻に飛びこんできた。

「うぐっ……」

「イツキ、行くぞ」

あまりにも強い臭気でクラクラする。カイルがひっぱってくれて無事に鳥車へ戻ることができた。

クインシーとレジオットは二台目の鳥車に乗りこんだが、テオは護衛と二人乗りで巨大エミュー……じゃなかった、ミュードに乗っていた。

周囲を警戒するため、テオも表に出たのだろうか。一台目の鳥車はカイルと二人きりになった。

「……」

「おい、大丈夫か」

黙りこくる俺を心配してか、カイルが声をかけてくる。

正直に言えばショックだった。あんな風に人が殺されているところを見るのは初めてだったから。

「あんま大丈夫じゃねえ、かな」

ほとんど初めてと言っていい俺の弱気な発言を受けて、カイルは俺を抱き寄せた。

「……っ！」

「心配する必要はない。俺が守ってやるから、お前は死なない」

カイルの温かな体にしがみつく。胸に顔を寄せると心臓の鼓動が伝わってきて、やっと満足に息を吸えた。

鳥車が動きはじめる。急いで次の宿泊候補地に移動するのだろう。舌を噛みたくないから、そのまま黙って揺られていた。

持ってきてしまった、闇魔法の魔石がついたアクセサリー？　装置？　なにかのボタンにも見えるそれを、こっそりインベントリにしまう。

隣の村についた頃には、もうすっかり暗くなっていた。それでも表を普通に歩いている人がいて、心底安堵する。小さな宿屋を借り切って泊まれることになった。

夕食時はみんなどことなく沈鬱な雰囲気だった。クインシーは一人難しい顔をしている。

「ボス、どうしたんっスか？　なんか考え事です？」

「うん……スタンピードのタイミングがおかしいと思ったんだ。生まれ変わりの時期にあたるダンジョンは、現在は存在しないはずだから」

カイルが顔を上げて話に興味を示した。レジオットは蜂蜜色の髪を揺らして、首をかしげている。

「スタンピードは、突然起こるものではないのですか？」

「突然単発で起こることもあるけれど、最近頻繁に起きているんだ。頻繁にスタンピードが起こった後に、ダンジョンが生まれることが多いんだよね」

カジュ村が滅びた件もスタンピードだったしね、とクインシーは思案げに顎《あご》を撫でた。

(ダンジョンって生まれ変わるのか……どういうことなんだ、生まれ変わるし休眠もするし、なにかの生き物なのか？)

「スタンピードは魔力のゆがみで魔物が興奮したとか、ダンジョンの波動を恐れた魔物が異常行動に出たとか、諸説あるけれど。なんにせよ、新しいダンジョンができるかもしれない」

「魔石を得られる場所が増えるのはいいことじゃないのか？」

俺がそう問いかけると、クインシーは残念そうに首を振った。

「マーシャルのダンジョンは難易度がほどよくっていい感じに稼げるけれど、難しいダンジョンが増えると大変だよ？」

「生還率が低いのに、間引かないとモンスターが溢れでてくるダンジョンとかありますしね」

テオがクインシーの言葉を補足すると、豹《ひょう》獣人はそうそうとうなずいた。

「町にダンジョンができると人の流れや経済は活性化するけど、同時に爆弾を抱えこむようなものなんだ。難易度の高いダンジョンの影響で滅びた町もある」

「おいおい……マーシャルは大丈夫なのか」

「少なくとも、今のところは均衡を保てているよ。ダンジョンで町が滅びたのは極端な例で、めったにないことさ。ねえテオ」

「そっスね」

あっさりと首肯するテオ。彼が恐れを微塵《みじん》も感じていないってことは、本当にマーシャルのダンジョンは安定しているのだろう。

クインシーは食事を食べ終えた後、カトラリーを机の上に置き、腕を組んだ。

「だけど、今回のスタンピードはなにか変な気がする。用心したほうがいいかもね」

「用心っつったって、なにができるんだよ」

「旅のあいだは魔物の動向に注意して、王都についたらダンジョン内で無理はしないこと。みんな、よろしくね」

その日の宿は一人部屋だったが、当然という顔でカイルが部屋についてくる。俺も特に止めたりしなかった。水が豊富な場所なのか部屋にシャワーがついていたので、温かいお湯になるよう調節して汗を流した。

体がさっぱりすると、ざわついていた心も少しは落ち着いた。ベッドでカイルを待ちながら、これまでよりも念入りに結界を張る。

聞くと見るとじゃ大違いとはまさにこのことだな。根拠もなく俺は大丈夫だと思いこみ、ダンジョンにも軽い気持ちで潜っていたが。

カジュ村が滅んだ、ダンジョンで獣人が行方不明になった。そういう言葉の裏では、見知らぬ人が大量に死んでいる。

(俺もダンジョンに潜るのだから、肝に銘じておかなきゃならないな。絶対にカイルと離れないようにしよう)

そう強く決意したところで、改めて先ほど拾ったものをとりだして眺める。

青っぽい銀の金属に嵌《は》まった、闇魔法の魔石。この魔石と金属はいったいなんだろうと、『魔力の支配』の知識を使って、正体を突きとめようとする。

青い金属は魔力を通すようだ。もしかして、これがカイルの言っていた魔法金属というやつか。

魔法陣で動くタイプではなく、なにかの回路が組みこまれていて、その回路部分は『魔力の支配』の知識でも解読できそうになかった。

ガチャリと扉が開いた。バッと振り向いた先にいたのはカイルだ。そりゃそうだ。部屋に張った結界は、カイルだけが通れるようにしてあるのだから。彼以外が入ってくるはずがない。

ビビってるみたいでカッコ悪いな、俺。平常心を心がけろ、冷静でいることが生存率を上げるんだと、自分に言い聞かせた。

灰銀の髪が湿ったままで、いつもより色が濃く見える。部屋の中は仄《ほの》かな明かりをつけているだけなので、一見灰色っぽい黒髪のように見えた。

見慣れた色の髪を見つけた気になり安心していると、彼は俺の手の中にあるものに目を留めた。

「おいイツキ、それはどうしたんだ」

「さっき立ち寄った、村だった場所で拾ったんだ」

「貸してみろ」

カイルは魔石装置らしきなにかを受けとると、眉間に皺《しわ》を寄せ険しい顔で検分しはじめた。

「……もう、ほとんど魔力が抜けているが……これは俺が預かっておく」

「あ、なに勝手に持っていこうとしてるんだよ」

「装置が暴走すると危ない」

「暴走……？」

なんだ、どういう意味だ。この装置は壊れているってことか？

闇魔法の作用を脳内で検索してみると、目くらまし、闇を深くする、身体や精神を汚染する魔法だと結果が出た。

「精神汚染……もしかして、誰かが魔物を洗脳して、意図的にあの村を滅ぼしたのか……？」

信じられない気持ちでそう呟くと、カイルは痛みを堪えるような顔をして俺のことを抱きしめた。

「お前は絶対に死なせない」

「カイル……」

「お前だけは……クソッ」

「なあカイル、アンタはなにを知っているんだ」

「……」

「教えてくれ」

俺を抱きしめるカイルの腕が、小刻みに震えている。なにか耐えがたい怒りや悲しみに翻弄《ほんろう》されているようなカイルをうかがおうと体を離そうとするが、より力をこめて抱きしめられた。

「……知ったところでどうせ無駄だ。わかっていたのに俺は、なにも……なにもできなかった」

カイルは絞りだすように、やっとのことでそう囁《ささや》く。つらそうな顔をした彼になにかしてやりたくて、濡れたままの髪を撫でると、優しいキスが降ってきた。

「……っ、ん……」

抵抗はしなかった。傷ついている様子のカイルを、拒否したくなかったから。

やんわりと舌を差し入れられ、歯列をなぞられる。慈《いつく》しむような優しいキスに、心がじんと震えた。

「は……っう」

唇をやんわりと甘噛みされて、腰に甘い疼《うず》きが走った。魔力を十分に吸った後も、カイルは俺にバードキスを繰り返す。

「イツキ……」

「ん……カイル」

「お前は、お前だけは……」

カイルは俺をベッドに押し倒して、ぎゅっと胸元に俺の頭を抱きこんだ。手早くカフを外されて、耳を撫でられる。手のひら全体で耳を包まれる心地よさにうっとりと身を任せながらも、これだけは伝えたくて言葉にした。

「カイル、絶対に離れてやらねえから……ちゃんと守ってくれよな」

「……ああ。誓う」

「……はは、そりゃ頼もしい」

その言葉に身を委ねるように俺はカイルの胸に頭を埋め、気づけばそのまま眠りについていた。

ガタゴトと揺れる鳥車の窓から、テオが顔をヒョイと出して歓声を上げた。

「旦那方、ついに王都が見えてきたっスよ！」

「やっとか」

「どこだ？　俺にも見せてくれ」

テオに体を引いてもらって窓の外を確認する。川の向こうの平原に城壁があった。

四角いフォルムの大きな建物から、尖塔がいくつか飛びでている。威風堂々とした趣《おもむき》の城が城壁の中に存在していた。

「あれが獣人王国ダーシュカの首都、ケルスか」

「街の規模が大きいっスよね！　ボスと一緒だからすぐに城壁の中に入れるだろうなー、もう冬のイベントがはじまっていそうで楽しみっス」

テオは首に巻いたマフラーが風で飛ばないよう、手で押さえている。窓から吹きこんでくる風はすでに真冬の様相だ。

「テオ、寒くなってきたから窓を閉めてくれねえか」

「おっと、ごめんイツキの旦那！　ところでそのコート似合ってるっスね」

窓を閉めながら、テオは俺の服装を褒めた。いつも人のことをよく見てるよな。今朝は一段と冷えこんだので、クインシーがプレゼントしてくれたモカブラウンのコートを身につけている。

「似合っているといえば、カイルの旦那の服もかっこいいっス！　すげえいいと思います！」

「フン。自分で選んだんだから、似合っていて当然だ」

「さすが旦那はセンスがいいですね！」

カイルはクインシーの古着ではなく、新しく買った襟《えり》の高いコートを着ている。伝荷鷹たちが運んでくれた荷物のうちの一つだ。

重厚で厳《おごそ》かな雰囲気が漂うが、前側の裾《すそ》は短く動きやすそうなコートだ。中のシャツも華美ではないが襟《えり》のデザインが凝っていて、ストイックな色気が漂っている。

ロングブーツはカイルの足の長さを強調しており、スタイルのよさを引きたてていた。ぶっちゃけ前の服より似合いすぎていて、目のやり場に困るくらいだ。かっこよすぎて直視しづらい。

せっかく見ないように気をつけていたのに、カイルはジッと俺に視線を注ぎつつ尋《たず》ねてきた。

「イツキはどう思う」

「へ？　ああ、かっこいいと思うぜ」

「そうか」

満更でもなさそうな様子で腕を組み直すカイル。

テオは俺たちのやりとりを前にして、にこにこしている。やめてくれ、仲良しでいいっスね、みたいな目で見てくるのは。

列に並んで待つ平民たちを尻目に、鳥車は城壁のそばまで走り寄る。クインシーが顔を見せて書状を掲げると、すぐに入街許可が下りた。

鳥車は街の中では走らせてはならない決まりだそうで、城壁のすぐそばにあるミュード飼育場と鳥車置き場に一度預けた。ここから魔車に乗り換えるらしい。

クインシーの屋敷まで、魔車に揺られながら悠々と過ごした。道中チラリと窓から外をのぞいてみたが、マーシャルでは見かけたことのない獣人も多かった。

ロバ、ゴリラ、シマウマ、それにあれは……セイウチかアシカか？　手に灰色のヒレがついている。一見耳がないように見えるが、顔の横に耳の穴があった。

段々と街並みが綺麗になっていき、貴族街らしき場所へ魔車は進んでいく。

等間隔に並んだ街灯のあいだにはろうそくを置く燭台が飾られている。聖火祭のイベントとやらはすでにはじまっているらしいな。

魔車はとある屋敷の前で停まった。門番が門を開くと、そのまま庭へ進み屋敷の前で降りる。

「やっとついた。ようこそ、マーシャル家のシティーハウスへ。みんなこっちに来て、お茶休憩といこうじゃないか」

クインシーはずんずんと屋敷の中に進み、そばにいた兎獣人の使用人にお茶の準備を言いつけた。

応接室は暖かく、暖炉の火がパチパチと燃えている。コートを脱いで淹《い》れたてのお茶を飲んで、ホッと一息ついた。

「みんなお疲れ様。今日はゆっくり休んで、明日は……テオ、俺の予定はどうなってるかな」

「明日は陛下への謁見《えっけん》、その後はドロセロナ侯爵が来訪予定ですね」

「だったら明後日、みんなでダンジョンに潜ろう。各々装備を調えたり、準備をしておいて」

クインシーはカップを置いて立ちあがる。彼は俺の手をとろうとするがカイルに阻止されて、肩を落とした。

「ごめんよイツキ、本当は君と王都観光や、屋敷の案内を手とり足とりじっくりしたかったんだけど、仕事が立てこんでいるんだ」

「ああ、がんばれよ。俺たちは適当に過ごさせてもらうさ」

「つれないねえ。そういうところも素敵だけれど。カイル君もくつろいでね」

「テメェに言われるまでもない」

クインシーは肩をすくめて、俺たちに手を振った。

「それじゃ、俺は行くよ。テオとレジオットは一緒に来て、ちょっと手伝ってほしいことがあるんだ。イツキたちは一服したらメイドに部屋へ案内してもらって。よろしくね」

扉脇に控えていたメイドが一礼する。白い耳の兎獣人は、俺たちがお茶を飲み終わるのを見計らって客室に案内してくれた。

俺たちの部屋は別々に割り振られていたが、彼は俺の部屋に当然のように顔を見せた。

「カイルも休んでていいぞ。俺も長旅で疲れたし、今日は部屋に結界を張ってゆっくりするから」

「もう大丈夫なのか」

カイルは俺に歩み寄り顎《あご》を捉えて、ジロジロと顔を眺めた。昨日珍しく弱気な態度をとったことを気にしてくれているらしい。世にも素敵な推し顔に内心ドキドキしながらも、笑ってみせた。

「問題ねえよ、世話をかけたな。カイルこそなんともねえのか」

「……ああ」

そう言葉では肯定しつつも、カイルの表情は硬い。さっきまで俺と視線をあわせていたはずの赤紫色の瞳も、よそに泳いでいる。

あの時、カイルもなにかを苦悩している様子だった。

(知っていたところでなにもできなかった、か……)

全滅村の襲撃には、魔人が関わっているのかもしれねえな。聞いても詳しくは答えてくれなかったが……今ならどうだろう。

「俺にできることがあれば言ってくれよ？　アンタが苦しんでいるのを見るのはつらいんだ」

「……なんでも言っていいのか？」

カイルの目がキラリと光る。あ、エロいやつはダメだと念押ししておこう。

「だからといって、また服を脱げとかそういうのは聞かないからな」

「チッ」

「おい」

「まあいい。休むなら結界を張っておけ」

「カイルはどうするんだ？」

「見回ってくる」

彼はそう告げて部屋を出ていった。護衛の職務に熱心なことで。

カイルはやたらとクインシーを警戒しているからな。俺がマーシャルの屋敷に行った時のような気分を、カイルは今味わっているのだろう。

結界を張って、カイルだけ俺の部屋を通れるようにしておいた。俺の護衛だからな、必要な時に部屋に入れないと困るだろうと思ってのことだ。

そうなると、おそらく今日も一緒のベッドで寝る流れになるだろうな……冬だからくっついて寝ること自体は温かくて気持ちいいんだが、いろいろと意識しちまう。

なんであんなに好みのツボを、ことごとくついてくるんだ、あいつは。

そう、恐ろしいことに好きなのは顔だけじゃない。ほどよく筋肉のついた体つき、スパイシーで情欲を誘う匂い、スマートな見た目に反して柔らかな唇……パンと頬《ほお》を叩いて思考を止める。

（しっかりしろ、俺。カイルの色気に惑わされてる場合じゃねえぞ。あいつは俺の護衛で相棒だ）

カイルは割合早く戻ってきた。当然のようにブラッシングさせろとせがむので、ため息とともに受け入れる。

「あー、きもちい……」

「お前の耳が一番触り心地がよさそうだった」

「んあ？　そりゃどういう意味だ？」

「館の使用人に、兎獣人の割合がやたらと多かった」

そりゃクインシーの趣味だろうな……好みがハッキリしていてわかりやすいヤツだ。

俺なら兎獣人ってだけで好かれても嬉しくもなんともねえが、あれだけ見目がよかったら熱を上げるお嬢さんもいるかもしれねえな。

「アンタは兎獣人じゃなくて、俺の耳と笑顔がお気に入りなんだもんな？」

「そ……なにを言っているんだお前は。馬鹿なことを言っている暇があったらもう寝るぞ」

今絶対、肯定しかけたよな。ふふ、かわいいヤツだ。


次の日はカイルを連れて王都内を散歩した。

聖火祭が近いからか、寒いなかでも商店は元気に営業していた。当たり前だがマーシャルより規模はでかい。また時間ができたら改めて見ることにして、ギルドに赴《おもむ》いた。

兎獣人がなぜここに？　という視線を受けながら、残っている依頼書を一つ一つ確認していく。

「土魔石関係の依頼が多いな」

「獣人王国の王都にあるのは土属性のダンジョンだから、順当だろう」

王都のダンジョンは、前にテオと話したことがある土属性のダンジョンだった。

確かエイダンとかいうすごい探索者が、獣人の最高記録である五十六階層までたどりついたとか聞いていたところだ。俺たちは何階層まで潜ることになるんだろうな。

「依頼を受けるのか」

「いいや、様子見しに来ただけだ」

めぼしい依頼があれば受けてみてもよかったが、報酬がしょぼいものが売れ残っているばかりだったので、なにも依頼を受けずに外に出た。

ギルドからほど近くに武器屋があったので入ってみる。多種多様な武器が売られており、魔法金属でできた武器も少ないが存在していた。

赤みを帯びた黄金の長剣、青銀色の短剣、赤紫の斧があったが、まともに振れそうなのが短剣しかない。店主に許可をもらって手にとってみた。

「ふうん、思ったより重くないな」

俺の力でも普通にブンブン振りまわせる。魔力を通して貫通力を高める、強度を上げるといった、攻守両用として使えそうな代物だ。

「それでいいんじゃないか」

カイルも賛成したので、短剣を買うことにする。相当な値段がするのかと思ったが、量産品短剣の三倍程度の値段で買うことができた。

貴重な魔法金属であるミスリルが使われた逸品だが、そもそも魔力を武器に流せるほど魔力操作に長《た》けた獣人がほとんどおらず、売れ残っていたらしい。

「ちょっと待て……この剣も買おう」

カイルも魔法金属でできた、赤色を帯びた黄金の長剣に買い替えた。ヒヒイロカネだそうだ。

武器を新調してクインシーの屋敷へ戻った。庭のスペースを借りて、短剣を振ったり魔力を流したりしながら実際に使えるか試してみよう。

庭を使いたいと使用人に申し出ると、特に反対はされなかった。軽く振ったり、短剣で防御の型をシミュレーションしていると、カイルが呆れた顔で歩み寄ってきた。

「まるでなっていない。基本の型はこうだ」

「こうか？」

「違う。もっと脇を締めろ」

腕に手を添えられ、理想の型を叩きこまれる。自分で思っているほど、器用には動けないもんなんだな。

カイルの及第点はついぞもらえないまま、日が暮れてしまった。

「……お前は俺のそばから絶対に離れるなよ」

「……わかった」

わかっていたが、剣に関しては才能がないらしい。生まれてこの方初めて触ったしな。モノになるまで、大人しくカイルに頼らせてもらおう。

そしてダンジョン探索の日が来た。今日はクインシーも一緒だから、ますます気を引き締めていかねえと。

魔法の威力はこのくらいに抑える、命中率は心持ち落として……と脳内で予習をしていると、クインシーが玄関先までやってきた。

「お待たせ。さあ、行こうか。ダンジョンは歩ける距離にあるから、今日は歩いていくよ」

「はい、ボス。行きましょう！」

クインシーは珍しく帯剣している。鞘《さや》の細さを見るに、得物はレイピアだろうか。

「本日はよろしくお願いします、クインシー様」

「よろしくねレジオット。イツキ、今日もかわいいね。俺のあげたコートを使ってくれてるんだ」

「ああ、暖かくていいな、これ」

モカブラウンの毛皮のコートはとても着心地がよかった。クインシーはデレデレと笑み崩れる。

「そうでしょ？　絶対イツキに似合うと思ったんだ。冬のあいだ重宝すると思うよ」

上機嫌で歩くクインシーを、カイルが険呑な瞳で見つめている。おいおい、喧嘩するなよ？

ダンジョンは朝一通いの列がちょうどはけたところらしく、すぐに入ることができた。ダンジョン前にいた門番の虎獣人から、小さいな……とでも言いたげな視線を向けられたが、素知らぬフリでクインシーについていく。

「さてと。実際の対抗戦では、俺は指揮官を務めることになるから、主に戦うのは君たちだ。まずは君たちの戦いっぷりを見せてもらおうかな」

なんでもクインシーが参加証的なものを体に身につけて、それを守りぬかないとチームが失格になるらしい。

それじゃこいつはろくに戦えねえよな。俺たちで彼を守りつつ、戦う流れになると理解した。

「わかった」

クインシーはにこにこと俺を見つめた後、そろそろ行こうかと俺たちを促した。

地図を用意していたテオが先導し、罠があれば解除していく。出てきた敵は小さな猿やモグラだった。そのことごとくをカイルが瞬殺し、前衛以外の敵を俺とレジオットが狙って倒す。

すぐに十一階層までおりてきた。クインシーがパンパンと手を打ち注目を集める。

「見込んだ通り、君たちの実力に不足はなさそうだね。ここからは俺も戦いつつ、マップと照らしあわせながら歩きまわってみよう」

「確か予選では、設置された鍵を三つ見つけたら勝ちなんっスよね？」

「そう、先着順で六番目の領地までが本戦に出場できるんだ。十一階層以降に鍵が設置される予定だから、この辺りの地理を把握しておこう」

赤、青、黄の三色の鍵を集めて、ダンジョンから出たチームが勝ちらしい。赤は十一以降、青は二十一以降、黄色は三十一以降の階層に置かれるそうな。

三十階層っていうとマーシャルでもまだ行ったことのない深層だ。

テオがくんくんと鼻を利かせながら、クインシーに返答する。

「土属性のダンジョンは奥に行けば行くほど入り組んで、隆起や落とし穴、細い崖道も増えていくらしいっスね」

「そうだよ。そこも危険だけど、正直深層にたどりつく以前に、十階層まででもたつくのが一番厄介なんだ。鍵は各色六つしかないからさ」

「最初に鍵を手に入れられなければ、ほかのチームから奪いとらなければいけないのですね」

レジオットが真剣な顔で相槌《あいづち》を打つ。クインシーは飛びだしてきたモグラに突きを入れて、素早く片づけるとうなずいた。

「そういうこと。もしもそうなったら、どのチームが鍵を持っているのか探るところからはじめなくちゃならない。だから最初に鍵を手に入れたいんだ」

「わかりました、俺がんばります！」

「その意気だよ、テオ。イツキとカイル君もわかったね？」

「ああ、スタートダッシュが肝心ってことだな」

「その通り。ということで、地理の把握を今からがんばっていこう」

クインシーの指揮に従って鍵が置かれそうな場所への最短距離を歩いたり、罠の状態把握に努めたり、襲撃を受けそうな死角を把握したりして歩いた。

十八階層までおりたところで戻ることになった。クインシーには貴族同士のつきあいがあるそうで、帰らなければならないらしい。

「今日みたいな要領で地理の把握もよろしくね。俺もなるべく時間を作って来るようにするから」

「はい、ボス！」

「わかりました」

今までのダンジョン探索とは、また違った視点で攻略することになりそうだ。出てきた魔石を山分けして解散した。当たり前だが、カイルと二人で潜る時より取り分が少ない。

あいつらも毎日ダンジョンに潜るわけじゃないから、俺とカイルだけでダンジョンに潜るのもアリだなと思った。

翌日、早速ダンジョンに再び赴《おもむ》いた。いい依頼は残っていなかったので、依頼は受けずにギルドを後にする。今日は三十階層付近に赴《おもむ》き、魔石をとってきて売るプランでいこう。

ダンジョン入り口の死角に帰還陣を設置して、先に進む。

チラホラと人がいる低階層をさっさと抜けて三十階層までおりると、カイルはヒヒイロカネの剣をとりだした。

昨日までカイルは、マーシャルで買った剣をそのまま使っていた。ここにきて新しい剣を使う理由がわからず尋《たず》ねてみる。

「それを使うのか」

「ああ。大型の敵にはこいつを使うほうが効率がよさそうだから、肩慣らしにな」

「普段から使ってないのは、魔力消費を抑えるためか？」

「それもある。あとは目立つから、人前であまり使いたくない」

「それなら俺も、ミスリルの短剣は人前で使わないほうがいいか？」

カイルは静かに首を横に振った。

「いや、お前は魔法を主体に戦うのだから、ミスリルに魔力を通せてもおかしくないだろう」

なるほど。カイルはただ剣がうまい山羊《やぎ》獣人ってことになってるから、ほかのパーティに会った時に、魔力が扱えると思われたくないんだな。

逆に言えば、人がほぼいない階層なら遠慮なく使える、というわけだ。

「だがお前が短剣を使う場面はそうそうないと思っていい」

「まだ腕前が未熟で危ねえから、使わせるつもりはないってことか？」

「お前をみすみす危ない目に遭わせるつもりはない、という意味だ。イツキの髪一筋さえ傷つけさせたりしない」

うっわ、カッコいいなカイル……！　あやうくトキメキが顔に出そうになり、ヒュウッと口笛を吹いてごまかす。

「いいねえ、それでこそ俺の相棒だ」

「相棒じゃない、護衛だろう」

「ならそういうことにしておいてやるよ。そろそろ行こうぜ」

二十階層以降はマーシャルのダンジョンと同じように、敵が大型化してきた。

はたして三十階層だとどうなるのか。考えていると、突然一メートル半はありそうな猿が通路の先から飛びだしてきた。

何事か叫びながらこっちへ向かってくる猿に、カイルは無造作に剣を振りおろす。

「ギャッ！」

猿は耳障りな悲鳴を上げて倒れた。ピクピク痙攣《けいれん》しそのまま動かなくなる。空気中にかき消えた死体は土の大魔石に変わった。

「フン……たわいもない」

マーシャルで大型モンスターを時間をかけ倒していたのが嘘のように、カイルは素早く敵を屠《ほふ》った。剣が違うとここまで腕が上がるのか。

サッと剣先の汚れを拭いて鞘《さや》に戻すカイルは、惚れ惚れするほどキマっている。

俺はピュウと口笛を吹いた。

「やるな、カイル」

「俺の実力ならこの程度の敵は相手にならない」

「頼もしいな、この調子でどんどん行こう」

「ああ……はぐれるなよ」

「はぐれねえよ。ちゃんとアンタについていく」

「違和感のある突起も踏むな、色の変わった壁も触ってはいけない」

「わかってるって。相変わらず心配症だな」

カイルはジッと俺の顔に視線を注いだ。赤紫の瞳が、視界が暗いせいで葡萄《ぶどう》色に見える。

「そうだな、俺はお前のことが心配なんだ」

「え？　……いきなりなんだよ」

「いや、思ったことを言っただけだ。遅れずついてこい」

薄く笑みを浮かべて前を歩きはじめたカイルは、ダンジョンの薄明かりの中でも輝いて見えた。

本当に頼りになるな。危険なダンジョン内でもカイルといれば大丈夫だと、心からそう信じられた。

ほとんど黄色、時々赤と青、黒の魔石を集めながら歩みを止めずに奥へ向かう。

飛んでくる鉄球、突然消える足元、鍾乳石が落ちてくる通路など、悪辣《あくらつ》なトラップをなんとか潜り抜けながら階層をおりていく。

屈まないと進めない場所や、モンスターハウスのように敵がみっちり詰まった部屋もあった。

三十階層を超えるとなかなかにえげつなくて、人を殺しにくるようなトラップが多い。

しかしカイルにかかればそのほとんどは無力化され、うち漏《も》らしや細かいところを俺がフォローすれば問題なく先へ進むことができた。

「三十五階層まで来たわけだが、どうするかな」

「少し先を見て、面倒そうな地形なら今日は戻らないか」

「そうだな……そうするか」

もういい時間だしな。体感時間では夕方くらいだ。

警戒しながら歩を進めると、いきなり断崖絶壁にぶち当たる。

「え？　わお……これはすごいな」

崖下には有象無象の大きな影がひしめいていた。目を凝らして見てみると、影の主は先ほど遭遇した大猿らしい。ヤツらは俺たちを見咎《みとが》めて、キーキー耳障りな声を上げる。

大猿が石を投げてきた。カイルがサッと腕を引いてくれて事なきを得る。

「ボサっとするな」

「悪い。これ以上道はないのか？」

カイルは辺りを見渡し、右側を顎《あご》で示した。

「あれだろうな」

「うっわ……無事におりさせる気がないだろ」

靴の縦幅くらいの細い通路が、崖に沿うようにして設置されていた。

あの石礫《いしつぶて》攻撃を避けながら断崖絶壁を歩くなんて芸当は、常人には無理だろうな。

「土属性ダンジョンだからか温度変化もほぼないし、案外おりやすいと思っていたらこれか」

変化といえば、二十階層以降は多少土埃《つちぼこり》が舞うようになった程度だ。視界が遮《さえぎ》られたり咳こんだりすることもあるが、その時は布で口元を覆えば済む。

火属性ダンジョンの熱中症になりそうな気温よりは断然対処しやすい。

「うーん、だがこれはなあ……今日のところは帰って、仕切り直しといくか」

カイルの魔力もそう残っていないはずだし、俺も慣れない道を歩いて疲れている。次回万全な状態にしてから階下へおりてみよう。

帰還陣までひとっ飛びで戻り、ギルドに向かう。

ギルド内はほとんど人がおらず、数人残っている獣人も無闇に絡んでくることはなかった。

耳カバーもつけてるし装備も立派になったせいだろうか。兎獣人だというだけで突っかかってくるバカはいなかった。

カウンターの犬獣人には魔石を大量に持ってきたことを驚かれはしたものの、特に騒がれることもなく買い取ってもらえた。

マーシャル家の屋敷に帰って夕食をいただく。クインシーは時間があえば一緒に夕食をとりたいと言っていたが、今日は忙しいそうで各自部屋で食べることになった。

カイル用にもサラダを用意してくれているが、カイルはわざわざ俺から食事をもらおうとする。

「その青いのが食べたい」

「自分のをまず食えよ」

「イツキのサラダのほうが美味《おい》しそうに見える」

「別に違わねえだろ……まあいいや、ほれ」

フォークを差し出すと、パクリとカイルが食いついてくる。野菜をよく噛んで嚥下《えんげ》したカイルは、ペロリと唇を舐《な》めた。

「足りないな」

「もうあげないぞ」

「サラダはもういい。イツキが食べたい」

濡れた唇でとんでもないことを告げてくるので、ギョッとして身を引いた。

「その言い方はやめてくれよ。俺の魔力が食べたいんだろ？」

「そうとも言う」

「まったく……食べ終えるまで待ってろよ」

だからそういう誤解を招く言い方は、無駄に意識するからやめろよな。

カイルは俺に、自分が魅力的であることを理解しろとか言ってくるが、それはアンタにも言えることなんだからな。

俺の好みドンピシャすぎる容姿だってことを自覚して、わきまえた言動をお願いしたいもんだ……なんてことを伝えたら、からかわれる気しかしないので口にできないのが歯痒い。

食事を終えると、お茶を飲む時間すら待てないとばかりにカイルが俺のほうに近づいてきた。

「イツキ」

「ストップ！　今日は指から魔力を摂取してくれ」

「なぜだ？」

カイルは片眉をピクリと上げた。納得がいかないらしく眉間に皺《しわ》も寄っている。

「……食べたばかりだし口の中に食べ物の味が残ってるかもしれねえ」

「魔力を味わうのだから気にならない」

「いや気にしろよ」

「お前が気になるというなら、先に歯を磨いてくるといい。待ってやる」

「そういう話じゃなくてだな……あー、アンタのキスがうまいから声が出るのが恥ずかしいんだ」

恥を忍んで理由の一端を話すとカイルは余計に距離を詰めてきて、椅子に座る俺の顎《あご》を捉えた。

「お前の声はうるさくないし、キスをするとしっとりと艶があるいい声が出る」

「な……っ⁉」

予想外の方向で褒められて不本意にも頬《ほお》に熱が集まってしまう。

「聞かせろよ」

「い、嫌だが⁉」

「なにが気に入らない？　優しくする」

(優しくする、じゃねえから！　なんで口説かれるみたいな流れになってんだ、おかしいだろ⁉)

鼻先が触れそうな距離にまで顔を寄せたカイルは、ろうそくの灯りに照らされたアレキサンドライトのように美しい赤紫色の瞳で、ひたと俺の目を見据えた。

「どうしても嫌か？」

……ああ、くっそ。俺はアンタの顔に弱いってわかってやってるのか⁉

(嫌か？　なんて弱気に聞かれたら、嫌だなんて言いたくなくなっちまうだろうが……！)

「なあ……イツキ」

「……っ」

「耳、触るぞ」

「ぁ、」

カフを外され、根元の弱いところをピンポイントでつままれる。息を詰めて身を硬くする俺の耳に、カイルが息を吹きこんだ。

「……っ～！」

ビリビリと背中に電流が走り抜ける。たまらなくなって目をつぶると、カイルは秘密の逢瀬《おうせ》を交わす恋人のように甘やかな声音で俺を唆《そそのか》した。

「嫌じゃないよな？　イツキはただ、恥ずかしいだけだ。そうだろう？」

（もう駄目だ無理だ、これ以上カイルの美声を耳に吹きこまれ続けたらどうにかなっちまう！）

俺はとうとうカイルの猛攻撃に押されるようにしてうなずいた。わずかな首の動きだったが、カイルはしっかりと気がついて蠱惑《こわく》的に微笑んだ。

「恥ずかしがる暇もないくらい気持ちよくしてやる」

カイルの唇が俺の口を塞《ふさ》いだ。舌先で閉じた唇をノックされる。

むずがるように首を振ると、カイルは唇全体を舌を使って愛撫しはじめた。

「ん……っ」

ぬるぬると唇同士を擦りあわされると、ゆるやかな快感が体中に広がっていく。頬《ほお》に入っていた力は次第に抜けていき、開いた唇の隙間から舌が侵入してきた。

「あ……ふ、んっ」

ぺちゃ、くちゅ、と水音が口の中で弾ける。くすぐるように口蓋《こうがい》をなぶられているうちに、自ら積極的に舌を絡めていた。

「んぅう――……は、んっ、んぁ……ぅ」

何度も角度を変えて情熱的に口づけられ、性感が高まっていく。気がつくと、俺の雄はパンツの布を痛いくらいに押しあげていた。

カイルは兎の耳を片手間にくすぐりながら魔力を摂取していたが、やっと満足したのか口を離した。そしてはふはふと息をつく俺の体を眺めると、愚息の様子に目を留めた。フッと目元を細める。

「気持ちよかったようだな？」

「う……この野郎……っ」

とんでもなく気持ちよかった。キスだけで勃つなんて快感に弱いヤツみたいで悔しい。

カイルはなんのためらいもなくテント状態の俺の分身に触れようとするので、慌ててその手を押しとどめる。

「や、待てって。触るな」

「勃ったのは俺のせいだろう、抜いてやる」

「いいから。マジで、触るんじゃねえ」

強い口調での制止に、さすがのカイルもピタリと手を止めた。

「ほっとけよ。そのうち収まるから」

「……」

カイルは若干不満そうな様子で、しかし俺の嫌がることはしないと決めたからか、一つため息をついて身をひるがえした。

「風呂に入ってくる。結界を忘れるなよ」

カイルが出ていった部屋の中で、なんとか立ちあがるとベッドの上に寝転んだ。

「はあ……なんでカイルはあんなにカッコよくてキスもうまくて、好みドストライクで俺を守ってくれて頼りになって……はあああぁ……」

怒涛の展開に言語能力を失ったまま、思いつくまま彼の魅力を羅列した。最後はもはや言葉にすらならず、吐息となって部屋にまき散らされる。

（あんな風に迫られたら本気で好きになっちまうだろうが……）

本当になんだっていうんだ、あいつはなんのつもりで俺を口説くような真似を……いや、わかってる。カイルにとっては、ただ美味《おい》しくご飯を食べるための行いだってことは。

ズキリと胸が痛む。深く掘り下げると途方もなく困ったことになりそうで頭を振りまくる。それでは足りずに、ベッドの上で激しく回転して危ない思考を追い払おうとしていると、ノックの音が部屋に響いた。

「おーい、起きてるイツキ？　少しだけ時間ができたから会いに来たん、だ……けど……事後？」

許可を告げないうちから気の早いクインシーがドアの隙間から顔を見せて、そのまま固まった。

事後って……ああ、俺の恥ずかしがる様子と、転がりまくったせいで乱れたベッドの相乗効果でそう見えてるのか。

「事後じゃない」

カイルの食事のために粘膜《ねんまく》接触はしたけれど、決してキス以上のことはしていないぞ。

まだ火照《ほて》っていそうな顔をパンと叩き上体を起こす。幸いなことに勃起もすでに収まっていた。

クインシーは俺がベッドの端に腰かけると同時に再起動し、ギクシャクと動きはじめた。

「そ、そう？　そっかあ、びっくりしたなあ。なんかイツキ、色っぽいんだもん」

「運動してただけだ」

「そんなに髪も毛並みも乱して？　なんの運動？」

「ベッドの上をひたすら転がるんだ。意外と体力を使うぞ」

「へえ……変わった運動の仕方があるんだね？」

（よし、なんとかごまかせたぞ）

跳ねた耳の毛を押さえながら安堵の息を吐いていると、クインシーは部屋の中をのぞきこんだ。

「ん？　もしかして、カイル君はいないのかな？」

「ああ、あいつなら風呂に行った」

「そうなんだ……ちょっと話したいことがあるんだけど、入ってもいい？」

「そこで話せばいいだろ」

彼はなにも知らない頃のいたいけな俺の耳を触った前科がある。また触られたら敵わねえ。

しかし豹《ひょう》獣人は警戒するように廊下を見渡した後、俺の顔を困ったように見つめた。

「ちょっと人に聞かれたくない話なんだ。触られたくないって言うなら、耳には決して触らないから。話だけでも聞いてくれないか？」

クインシーは普段の余裕ある態度と違い、珍しくどこか憔悴《しょうすい》しているようだった。

最近忙しいって聞いてたしな……少し愚痴《ぐち》を聞く程度のことで調子をとり戻せるなら、つきあってやってもいいか。こいつにはいろいろと世話になってるし。

カフを耳につけ直してからクインシーを手招いた。

「いいぜ。もうちょっとしたら寝るつもりだから、少しだけだぞ」

「ありがとうイツキ。お邪魔するよ」

クインシーはしなやかな動きで部屋に入ってきた。今の動きは獲物を追う豹《ひょう》っぽかったな、豹《ひょう》獣人だけに。

彼は備えつけの椅子に腰かけると、俺の飲みかけのお茶に目を留めた。

「これ、イツキの？　喉が渇いてるんだけど飲んでいい？」

「なんでだよ。わざわざ俺の飲みかけなんて飲まなくても、アンタに茶を淹《い》れてくれる使用人ならいくらでもいるだろうが」

「今ここに使用人を呼ぶわけにはいかないんだってば。ねえ、飲んでいい？　お茶を飲む暇もなくて喉がカラカラなんだ」

「はあ……しょうがねえなあ」

仕方なく許可すると、クインシーは甘露でも飲むかのようにごくごくとお茶を飲み干した。

「ぷはあ、ああ美味《おい》しかった」

「天下のお貴族様が、庶民の飲み残しの茶なんて美味《うま》そうに飲むなよ」

「だって本当に喉が渇いていたからさ。ありがとうイツキ。それで話というのはね」

クインシーはやっと本題を口にした。

「実は俺、厄介な貴族に目をつけられているんだ」

彼は豹《ひょう》耳をヘタリと後ろに寝かせながら、存外真剣な口振りで話しはじめた。いつも笑っている印象のクインシーの顔には笑みがなく、肩も硬く強張っている。本当に珍しいな。

「ふうん、どんなヤツなんだ？」

「公爵家の三男なんだけど、権力を使って俺を操ろうとしてくるんだよ」

「そりゃ大変だな。それで？」

「今度の対抗戦で勝たなければ、俺の未来はそいつの意のままにされてしまうんだ……」

クインシーは本気で嫌そうにしながらブルリと自分の腕を抱きしめた。なんだか知らんが、それを阻止するために最近忙しそうにしてたのか？

俺のような平民は貴族相手に気を張るが、貴族は貴族で大変なんだな。腹の探りあいや権力争いだなんて、考えただけでも頭が痛くなる。

クインシーもいろいろがんばってるんだな。ちょっとは真面目に応援してやるか。

「わかった。対抗戦を本気でがんばってくれって話だな？」

「そういうこと。もし優勝できたら追加で一ハン払うから、ぜひ本気でよろしく」

一ハン……一千万も支払うとは大きく出たな。よっぽどそいつに好き勝手されるのが我慢ならねえのか。

俺はクインシーを励《はげ》ますように、肩をポンと叩いた。

「権力で好き勝手されるのが我慢ならねえって気持ち、よくわかるぜ」

「わかってくれる？」

問いかけてくるクインシーの豹耳《ひょう》は相変わらず萎《しお》れたままだ。脅されでもしたのだろうか。

「媚《こ》びへつらって相手の顔色をうかがいながら生きるなんて、そんな生き方はごめんだよな。一緒に対抗戦がんばろう、クインシー」

元気出せよという気持ちをこめてにかっと笑いかけると、彼は感極まったように抱きついてきた。

「イツキ……ッ、愛してるー！」

「おお!? おい、おおげさだな……？」

勢い余ってベッドに押し倒され、胸元に顔を擦りつけられる。くすぐったいからやめろって！

なんとか引き剥がそうとしていると、ドアのほうからメリッという不穏な音が聞こえた。

(メリッて、なんの音だ……？)

クインシーと二人で顔を見あわせて恐る恐る扉のほうを振り向くと、そこにいたのは鬼のような形相をしたカイルだった。

扉は変な角度にひしゃげている上にドアノブもない。カイルが引きちぎられたドアノブを投げ捨てると、床は硬質な音をカンと鳴らした。

「おい、テメェこの貧弱豹《ひょう》野郎……イツキになにをしてやがる」

「待ってカイル君、まだなにもしてない」

「ああ？ この状況でよくそんな白々しいことが言えたものだな？」

乱れたベッド、クインシーにのしかかられた俺、そして顔を擦りつけられたせいで胸元のボタンが一つ偶然にも外れている……

クインシーはカイルがなにをどう勘違いしたのか一瞬で答えを導きだし、泡を食って弁明しはじめた。

「誤解！　誤解だから！　襲ってない！　ねえイツキ、そうだよね!?」

「そうだな、クインシーはただ俺に抱きついてきて、その勢いで俺が押し倒されたように見えるだけだ」

「ちょっと！　それフォローになってるようで、全然なってないから！」

カイルは青褪《あおざ》めるクインシーを眼光鋭くにらみつける。

「今すぐ出ていけ」

「いやここ俺の屋敷……はいすいません、なんでもないです」

カイルがインベントリから剣をとりだすと、クインシーは素早く身を起こして飛び退いた。

「じゃあ俺は自分の部屋に戻るから！　イツキ、カイル君にちゃんと俺の身の潔白を証明しておいてくれよ!?　それじゃあ！」

クインシーはサッと片手を掲げて挨拶するやいなや、脱兎のごとくカイルの横をすり抜けて部屋を出ていった。

「行っちまった、あいつ逃げ足早えな」

「……」

「おおっ？　なにすんだよ」

カイルは無言で俺を片腕で抱っこすると自分の部屋に連れ帰った。彼は後ろ手に扉を閉め、内鍵をかける。

俺は落とされるような勢いでベッドの上に下ろされた。跳ねるベッドの上で慌てて身を起こすと、カイルもぎしりと音を立てて乗りあがってくる。

「結界は張らなかったのか」

「……ごめん、それどころじゃなかった」

「あいつになにをされた」

「本当になにもされてないんだって。ただ話を聞いてやったら感動されて抱きつかれただけだ」

カイルの目をまっすぐに見つめて説明すると、なんとか信じてもらえたらしい。彼は逞《たくま》しい腕で俺を抱きしめた。

「あまり迂闊《うかつ》な真似をするな。自由にさせてやれなくなる」

「なんだその不穏な言い方……俺は思った通りに生きるぞ？　たとえアンタにだって行動を制限されるつもりはない」

カイルは俺の顔を穴が空くかと思うほど凝視した。俺も負けじと見つめ返す。

お互いに一歩も譲らずにらみあうが、先に折れたのはカイルだった。深くため息をついた彼は、俺を腕の中から解放する。

「俺が結界を張れと言った時は必ずそうしてくれ。でなければ危なっかしすぎてお前の自由を奪ってでもそばにいたくなる」

「わかった、必ず守るようにする……ごめんな？」

「肝が冷えた、気をつけてくれ」

「……おう」

寝支度を終えると、カイルに抱きしめられて眠る。俺を囲むその腕はいつもより力強い気がした。


一夜明けて、またダンジョンへ行く予定だったがどうも疲れが抜けきらない。大事をとって休むことにした。

街歩きでもしようか？　ああでもそろそろカイルに休日をやらねえと。幸いフェルクの古本屋から仕入れた本はまだ残っている。

「今日は休みってことでいいか？」

「わかった」

今度こそ結界をしっかり張って本を読んで過ごした。昼になったので食事をもらいに行こうとすると、レジオットとばったり出くわした。

「こんにちはイツキ。暇してる？」

「よおレジオット。別にそんなことはねえよ、充実した読書時間を過ごしてるぜ」

「そう、よかった。ところで明日時間ある？　イツキと街歩きしたいと思って。よければカイルさんも一緒に」

「いいな、カイルには俺から話を通しておくよ」

「ありがとう」

レジオットは、はにかむように微笑んだ。素直でかわいいヤツだなあ。

「あ、そうだレジオット」

「なに？」

「カイルから魔力が欲しいって言われても、ちゃんと断れよ。変に気を遣わなくていいからな」

カイルはレジオットの魔力も美味《おい》しそうだと言っていたし、万が一レジオットがカイルの毒牙にかかったら目も当てられない。

くどいかもしれねえが念押ししておかないとな。事故防止には確認と意識共有が大切だ。

レジオットは紫色の瞳を瞬いた。なぜ？　と言いたげに首をかしげる。

「うん……でも、悪魔にとって魔力は生きるために大切なもののはず」

「そこら辺は俺がなんとかするから心配すんな。カイルはちょっと……ほら、人がされたくない方法で魔力を吸うことがあるから……」

あ、今言わなくていいこと言っちまった気がする。ごにょごにょと言葉を濁《にご》したが、レジオットはすかさず話に食いついてきた。

「イツキ、困ってる？　なにをされたの？」

「いや、大したことじゃねえんだ。レジオットが被害にあったらいけねえと思ってな」

「僕は大丈夫。イツキのほうが心配……僕からカイルさんにイツキの嫌がることしないでって言ってみようか」

「いいって！　本当に大したことじゃないんだ、夕飯のサラダを盗られた程度のことだから」

「えっと、それってつまりお腹空いてるの？　だったら僕のとっておきの木の実をあげる」

「え？　ありがとう……」

レジオットのポケットから紙に包まれたナッツが出てきた。二、三個渡されて微笑まれる。

「カイルさんはイツキの魔力をもらった上にご飯もたくさん食べるんだね。お腹が空いて困ってるならまた相談して。木の実をあげる」

「おう……助かるぜ……」

「じゃあ、僕はこれで。明日はよろしく」

　話が盛大に逸れた気がしたが、成人前のレジオットにアレな話をしなくて済んだのはよかった。

カイルは……隠れ大食漢ということにしておこう。


　王都の街歩きはなかなか楽しかった。レジオットは様々な木の実パイに目を輝かせて、いろいろな店をはしごしている。

「姉さんから、この時期の王都には美味《おい》しい木の実パイがたくさん売られてるって聞いてたけど、こんなにあるなんて！」

　生真面目な顔を見せることが多いレジオットが、満面の笑みで喜んでいると、こっちまで嬉しくなってくる。

「全部買って食べ比べてみたらどうだ？」

「こんなに食べきれるかな」

「俺でよかったらつきあうぜ。カイルもどうだ？」

「いらない」

そうだよな、カイルは火を通したものは食べないからな。レジオットは俺たちのやりとりを見てカイルを注視した。

「……なんだ」

「カイルさん、あまり好き嫌いを言ってイツキを困らせたらダメですよ？」

「なんの話だ」

「あ、レジオット！　あそこに売ってるのは木の実パンじゃないか？　パンも美味《おい》しそうだ」

「本当だ、買いましょう」

駆けだす狐獣人にしばらく視線を送っていたカイルは、じとりと俺に目線を向けた。

「なにか言ったのか？」

「いや？　なにも？」

にっこりと渾身の笑顔をお見舞いすると、しばらく見つめあったのちカイルは視線を逸らした。

「あいにくだが食にはうるさいんだ。俺は今、イツキの魔力しか食べる気がしない」

「っ……！　そう、かよ」

「買ってきた！　……？　どうかした？」

「いや、なんでもないさ」

日が暮れはじめる頃にレジオットは暇を告げた。ぽつりぽつりと灯るろうそくの明かりが、美しく街を照らしはじめる。

「少し歩いてから帰らないか」

「夜の街は危険だ」

「そりゃそうだが、アンタが一緒にいれば大丈夫だろ？」

カイルは食いさがる俺に呆れた顔をして、辺りに視線をさまよわせた。ためらう素振りを見せながらも俺の手をとる。

「少しだけだ」

前を行くカイルの耳は暗い中でもわかるほどに赤く染まっている。なんだよ……こっちまで照れるだろ。ただの迷子防止の手繋ぎだってのに。

それともカイルも照れてるってことは、少しは俺のこと意識して……いや、やめよう。不毛な気持ちを抱くのは。

努めてなんでもないフリをしながらカイルの隣に並んで歩きだす。温かい飲み物を売る店やホットワインの匂いを嗅《か》ぎながら、ろうそくが灯る街を闊歩《かっぽ》する。

「冬はあったかいもんが飲みたくなるよな」

「……母はよく、冬になるとエッグノッグを作っていた」

「へえ」

カイルが自ら過去の話をするなんて初めてのことだ。

話の流れを途切れさせせないよう静かに相槌《あいづち》を打った。

「加熱すると魔力が飛んでほとんど栄養にならないのに、飽きもせずによく作っていた。魔人としては異質な考え方を持つ人だった」

「そうなんだな」

「母は言っていた、魔力だけを食べるのが立派な大人の魔人とされているが、貧しさからそうはいかない人もいる」

ん？　つまり魔人は大人になると、基本的に魔力しか口にしなくなるのか。

ああ……だから体が育ちきっていないのに五歳が成人年齢なんだろうか。五歳を過ぎると、魔力だけを口にして生きていけるってことか。

「少しでも魔力のあるものなら好き嫌いせず食べられるようになりなさいと。それがきっと、魔人の未来を繋ぐから、と。そう教えられた」

「そうか」

カイルの言っていることは感覚的にあまり理解できないが、彼にとっては大切なことなのだろう。

雑踏の中を歩きながら、カイルの気持ちに寄り添えるようにと願いつつ、温かい手を握りしめた。

ピクリとカイルが反応する。

「お前の手、冷えているな」

「こんくらい冬なら普通だろ……くしゅっ」

一際冷たい風が街路を通り抜けていき、くしゃみが出た。するとカイルがふわりと首にマフラーを巻いてくれた。

「ん？　なんだこれ、貸してくれるのか？」

「やる」

なんと、プレゼントらしい。肌触りのいい生地でできたマフラーはチャコールグレー、それともグレージュと言ったらいいのか。茶色みがかった灰色のような落ち着いた色あいだ。カイルの角の色と似ている。

俺は彼の頭に生えた立派な角を見上げた後、紫がかった柘榴《ざくろ》の瞳に焦点をあわせた。自然と口角が上がる。

「わざわざ用意してくれたのか？　ありがとうよ。俺もなんかアンタにお返ししなきゃな」

「別にいい。いつも魔力をもらっている礼だ。本当はコートがよかったんだが、気に入っている様子だったからな……」

「ああ、これか？　あったかいし着心地いいぜ。そうだ、カイルもマフラーしてないだろ、なんか買ってやるよ」

「俺はお前とは違って寒さには強いんだ」

「いいからついてこいよ、見てて寒々しい」

渋るカイルの手を引いて、営業終了間近の服屋に滑りこむ。いくつかあるマフラーの中からカイルに似合いそうな物を選んだ。

シンプルでカッコいい黒のマフラーと目が覚めるような色あいが綺麗な青のマフラーの、どっちがいいか決めかねてカイルに尋《たず》ねる。

「黒と青だったら、どっちが好みだ？」

カイルは無言で青を受けとり、じろじろと俺の顔とマフラーを見比べてから首に巻いてみせる。

「んー、寒そうな色あいだな……やっぱりこっちの黒のほうが似合うんじゃないか」

「これがいい」

青いほうが気に入ったそうなのでお買いあげした。ほっこりと温かくなった心と体でクインシーの屋敷に戻った。

余談だが、二人そろってマフラーを着用しはじめた俺たちにテオは目を見張り、仲良しっスね……と頬《ほお》を染めていた。そんなに恥じらうことか？　おそろいのデザインでもあるまいし。

カイルに目で尋《たず》ねると彼は俺のマフラーの先を手にとって、キスするかのように口元をつけた。

「似合ってるな」

「そうかよ……ありがとうな。カイルも似合ってるぞ」

「ご馳走様っス、もうお腹いっぱいだからやめてー」

「どうしたのテオ、朝ご飯食べすぎた？」

レジオットは無垢《むく》な瞳をテオに向けた。テオはやるせなく首を横に振る。

「違うよレジー……大人には、口にはできない秘密の関係があるんっス。お互いの色をまとうなんて、もはや隠す気なさそうって思っちゃうけど」

お互いの色？　カイルはともかく俺は……ん？　俺の目は青色に変わってたんだっけか？　最近鏡をあまり見ていないから忘れてたな。

カイルが青のマフラーを気に入ったのは俺の瞳の色だったからか？　……まさかな。

「そうなんだ……僕テオの言ってること、よくわからない」

「レジーはそのままでいてね……！」

「？　うん」

なんやかやありつつ、その後もダンジョン探索にいそしんだ。


冬立月は日本での師走《しわす》と同じように、あっという間に過ぎていく。テオとレジオットとともに、時々クインシーも加えてダンジョンに潜ったり、王都で見つけた小物屋や本屋、ポーション屋で物を買い漁ったり、女将《おかみ》から頼まれた土産を買い集めたりした。

米がないことに落胆したり、魔法金属が売っていないか探し歩いたり、カイルと二人でダンジョンで稼いだりしていると、瞬く間に時間は過ぎ去った。

早いもので、あと三日で新年を迎える。王都で初雪が降ったその日も、俺はカイルと二人でダンジョン通いをしていた。

モンスターまみれの三十五階層も魔法めった打ち戦法でなんなく通り過ぎ、今は四十六階層までおりてきている。

通路は土埃《つちぼこり》のせいで一寸先すら見えやしない。カイルの魔力が心許《こころもと》なくなってきたんじゃないかと思い、振り向いた。視界が悪くて表情がわからねえな。

「そろそろ帰るか？　魔力残量はどうなんだ」

「あと三分の一程度残っている」

どうすっかな、冬中月になったらじきに予選がはじまっちまうから、今日か明日あたりで五十階層まで挑戦しておきたいんだが……

俺が迷っているのを察したのか、カイルが提案をしてきた。

「ダンジョン内で野宿をすればいいだろう」

「やっぱそれしかねえか。できればやりたくないんだがなあ」

「どうせヤツらと泊まることになるだろう。早いか遅いかの違いだ」

言われてみるとその通りだなあと納得する。ここはカイルの言葉を受け入れるか。

「どっか休めるところを探そうぜ」

土埃《つちぼこり》を風魔法で吹き飛ばしながら辺りを探ると、ちょうど小部屋のようになっている地形を見つけた。ここで結界を張れば安全に休めそうだ。

空気を綺麗にしてから結界を張り、インベントリから温かいスープをとりだした。かじかんだ指先があったまる感覚にホッと一息つく。

土属性のダンジョンは火属性のダンジョンのように温度変化はないが、光が差しこまない洞窟の奥と同じようにひんやりとしている。

スープをのみ終えても体が温まりきらずに身を震わせていると、カイルが俺を手招きした。

「イツキ、こっちへ来い」

カイルはインベントリから毛布を三枚とりだし一枚は床に、一枚は俺にかけて、もう一枚は自分が羽織った。

さらに、床の毛布の下にはクッションを追加で敷いてくれている。至れり尽くせりだな、尻が冷えなそうでありがたい。

そして毛布に包まれる俺をさらに腕の中に抱きしめて、敷いたクッションの上に座らせてくれる。背中全体からカイルの体温が伝わって、気持ちまで温かくなった。

いやでもこれじゃあ、俺がよくても支えているカイルが大変なのではと気づき、もぞもぞと腕の中から出ようともがくと、さらに抱きしめられてしまう。

「なあ、俺は大丈夫だから。そんなんじゃカイルが寝られねえだろ？」

「俺は一晩程度寝なくても平気だ」

「マジか……いや、気になって眠れねえから。毎回気になってたけど、なんでいつも俺を抱いて寝たがるんだ？」

胸の中に渦巻いていた疑問がポロッと口をついて出た。カイルは数秒考えたのちに、囁《ささや》くように回答する。

「……お前を抱きしめて眠ると、安心するんだ」

「安心……？　なんだそれは、どういう意味だ」

「俺はイツキを失いたくない」

その声音が妙に真に迫っていて、思わず体ごと振り向いた。暗い葡萄《ぶどう》色に染まった瞳は、真摯《しんし》に俺を見つめている。

「……そう簡単に死ぬ気はねえよ？」

「わかっている。お前は抜けているようでいて、致命的なミスを犯さないようにうまく立ちまわっている。ただ、それでも俺はお前を守りたい」

心臓がドクンと音を立てて、触れあっている場所が変に熱くなる。慌てて茶化した。

「そうかよ、そんだけ俺の魔力を気に入ってくれたのなら本望だ」

「今は魔力の話をしていない。俺が気に入っているのはイツキ自身だ」

目を見開き、言葉もなくカイルを見つめた。彼はピクリとも笑わない。からかっているわけではなさそうだ。

いつもはよく回る舌が張りついたように動かない。声を出そうとして、けれどうまく言葉にならず、つっかえながらもなんとか話した。

「は……は、そりゃあ……相棒冥利につきるな」

「相棒じゃない」

「え……」

「相棒じゃない、お前は……そばにいて守ってやりたい、大切な存在だ」

やばいぞ、カイルは藪《やぶ》から棒にいったいなにを言いだすんだ。

（これじゃまるで……こ、告白みたいじゃねえか）

「……そんなこと言われたら、うっかり惚れちまうぞ？」

思わず呟いた言葉尻がわずかに震えた。羞恥に苛《さいな》まれて目を伏せる。

カイルはちょっと驚いた後、抱きしめた俺の肩を撫でて考えていた。

やがて得心がいったかのように青く染まった瞳を見つめた。

「いいなそれは。俺に惚れてしまえ」

「え……は？」

カイルはやけに嬉しそうな、色っぽくて魅力的な笑みを浮かべた。

「俺にしておけ、イッキ。後悔はさせない」

「や、待て待て待て、どういう流れだこれは」

「俺はどうやら、お前のことが好きらしい」

「はぇ⁉」

（うっそだろ⁉　なんでここにきて急に口説かれてんの⁉）

ここ、ダンジョン！　モンスター、いる！　ＴＰＯを大事にしてくれ⁉

「カイル、悪かった。ダンジョンの奥が気になるからってつきあわせすぎて、無理させちまったんだろ？」

「そんなことはない。俺はイッキが行きたいと願う場所ならどこへでもついていってやりたい」

「いきなり発言が甘々なんだが⁉　どうしたんだカイル！」

「普段通りだ、なにも変わらない。それで、返事は？」

「へ？」

返事？　なんの？　やっべえよ、心に負荷《ふか》がかかりすぎて、まともに頭が働いていないぞ!?

「俺にしておけと言っただろう。いいのか、嫌なのか、どっちなんだ」

「いっ……」

（そんなんいいに決まってるわけがないはずなくてでもカイルが俺に甘く囁《ささや》いて夢でも見てるのかそんな馬鹿な……無理！）

「ほ、保留で！」

「保留？」

カイルはグッと眉根を寄せた。俺の瞳をのぞきこみ、おそらく真っ赤になっている頬《ほお》を目撃したのだろう、ニヤリと笑う。

「満更じゃなさそうだが」

「保留ったら保留だ！　ダンジョン内なんだから、ちゃんと警戒しねえと！」

「そうだな、一理ある。ではダンジョンから出たら返事をくれ」

「それだと俺が考える時間がなさすぎるって！　せめて……そうだ、聖火祭！　聖火祭で返事をするから、それまで待ってくれよ、な？」

カイルは考える素振りをみせたが、納得がいったのかうなずいた。

「……いいだろう。聖火祭まで待ってやる」

某空に浮かぶ城の話の悪役みたいなセリフを告げられ、三分間ならぬ三日間の猶予《ゆうよ》を得られた。

いやでも、マジでどうしよう。カイルが、俺とつきあう……？

（ど、どどどうすんの？　そんなことが現実に起こりえるのか⁉）

意識すると余計にいたたまれない気持ちになってくる。腕を押しのけようとすると、また力強く抱えこまれた。

「どこへ行く、ここにいろ」

「心臓がそろそろ限界なんだ……っ！」

「心臓？　なにか持病でもあるのか」

「違う、そうじゃない……」

歯切れ悪く視線を逸らす俺に、カイルはなにか勘づいたのか、クイっと顎《あご》を捉えられてしまう。

「やめろよ」

とっさに顔を腕で隠したが、情けない顔をしていることは薄明かりの中でもモロバレだろう。なんせものすごい至近距離だ、キスができそうなくらい。

「隠さなくてもいいだろう、俺を意識して瞳を潤ませるお前はひどく愛らしい」

「なっ、あ……駄目だっ、ダンジョン内で口説くの禁止！　怪我してコケて誤射しちまうから！」

「そんなに動揺しているのか？　そうか……では今は勘弁してやろう。口説くのはな」

カイルは壮絶な色気を放ちながら余裕の笑みを浮かべ、追い討ちをかけてくる。

「なあイツキ、なにか忘れていると思わないか」

「な、なにをだよ」

「明日もダンジョン攻略を続けるのだろう？　魔力補給が必要だとは思わないか？」

「そっ……れは、そう……いや！　至急考えなきゃいけないことができたから、もう帰るって！」

「だとしても、俺は腹が減った」

（勘弁してくれよ、この流れで粘膜《ねんまく》接触なんてできるはずがねえだろうが！）

ぷるぷる震える指先をカイルの目の前に差し出すと、彼はわざとらしく笑みを深める。

「そうじゃないだろう、イツキ」

「今日だけは、本気で！　マジで、無理だから！　絶対指にしてくれ！」

「そうか、そこまで言うなら妥協しよう……三日後を楽しみにしている」

濡れた舌が指先に迫る。生温かい舌先が絡みつく感覚に内心悲鳴を上げるがなんとか押し殺す。わざと煽《あお》るように水音を立ててるんじゃないかと疑うくらい、淫靡《いんび》な音が洞窟内に響く。

「……っ、う」

いつもより時間をかけて丁寧に舐《な》めとられ、指の股まで唾液でびしょびしょにされてしまった。いっそキスのほうが早く済んでマシだったのではと思うほどに、舌先で愛撫を受ける。

「それ、反則……！」

「なにがだ」

「そんな、舐《な》めるなよ……っ」

「舐《な》めないと味わえないだろう」

もうやばいそろそろ勃つという頃になって、やっと解放された。

ダメだ、これ以上こいつと密着していたら、なにを口走るかわからねえ。

急いでダンジョンの入り口まで帰還陣を使って戻る。ダンジョンから出ると同時にピュウッと吹いた北風に身を竦《すく》ませると、カイルが左手を握ってきた。ビクリと肩が反応してしまう。

「また冷たくなっているな。温めてやる」

「いいって」

「遠慮するな。行くぞ」

（遠慮じゃないんだって、もう本気の本気で心臓が保たないんだ！）

指先から鼓動の強さが伝わるんじゃないかってくらい、早鐘を打ちはじめる心臓を、宥《なだ》めることすらできやしない。

暗がりの中灯った光に必死に視線を逸らす。なるべく手から伝わる温度を意識しないように気を配りながら、雪が降る中帰路へついた。

クインシーの屋敷に入って部屋に戻り、修理された扉を閉めると、当然のようにカイルも入ってきて寝支度をはじめる。俺は頭を抱えた。

「なあ……今日こそ、別の部屋で寝ないか」

「俺は告白の返事を聞かずに想い人を襲うほど、節操のない男ではない」

ありがたいが、そういう問題じゃなくてだな……動揺しきっている頭ではうまいこと言い返せる気がしなくて、逃げるようにしてシャワーを浴びた。

カイルも汗を流すとまた部屋に入ってくる。反射的に逃げ出そうとする俺の脇に手を入れて、背中越しに抱きしめる体勢でベッドの中に引きずりこんだ。

「っ！　カイル！」

「ああ、イツキ……やはり抱いていると安心する」

心底安堵したような声でそう囁《ささや》かれると、離せと言い続ける気力がみるみるうちに萎《な》えていく。

（はあ、今夜は眠れそうにねえな……）

無理矢理目を閉じて体を丸める。これ以上なにかされたら心臓がぶっ壊れちまう。頼むからなにもしてくれるなよと願っていると、しばらくして健やかな寝息が聞こえてきた。

こいつ、人の気も知らねえでと恨めしく思ったものの、腕の中から抜け出す気にはなれなくて。

さっきの告白から魔力摂取までの一連の流れが脳内で再生され、がむしゃらに足を振りまわしたくなったが、両手で膝を抱えこんでなんとか堪える。

頭の中で叫び倒して疲れきった頃、温かな背中の体温に導かれ、気がつけば意識が落ちていた。


まだ日が昇りはじめたばかりの時間に、なんとなく寝苦しくて目が覚めた。

（なんだ？　尻のあいだになにか当たって……）

寝ぼけた頭でそこまで考えて、一気に覚醒する。カイルが朝勃ちしている、だと……⁉

今まで抱きこまれて眠っていても、ここまで隙間なく密着されていなかったから気づかなかったのだろう。未だかつてない大事件に身を強張らせていると、事の元凶が悩ましげな呻き声を上げた。

「ん……」

「っあ……！」

（ま、待て待て待て。寝ぼけて腰を擦りつけるんじゃない、余計に硬くなっているだろうが！）

尻のあいだを硬いブツで刺激されて淡い快感が生まれたのを自覚した瞬間に、身を捩《よじ》って腕から抜け出そうとした。しかしカイルは離れない。それどころか余計に腕の中に抱きこまれた。

（やっ、やばいって！）

「カイル！　起きろ！」

「……なんだ、もう朝か」

彼が目覚めると同時に腕の力が抜けたので、急いでベッドの端に逃げる。

カイルは不思議そうに俺の反応を見つめていたが、やがてなにをしていたのか思い出したらしい。

バツが悪そうにそっぽを向いた。

「すまない、寝ぼけていたようだ」

「まったく、朝から驚かすんじゃねえよ」

「目の前で想いを寄せる相手が寝ているんだ。なにも反応しないほうが不自然だろう」

「うぐっ⁉」

不意打ちの口説き文句を受けて噎《む》せた。カイルはもの言いたげに俺の尻のほうに視線を向けている。

（なんだよ、だ、駄目だからな？　考える時間をくれるって約束しただろ）

身の危険を感じて起きあがると、彼も身を起こした。カイルはしばらくベッドの上で目を閉じて耐えるような表情をしていたが、名残惜しげに俺の髪を撫でてから、結界を張るように念押しして自分の部屋に戻った。

あ、なんだ。なにもしないのか……って、なにかしてほしいわけじゃない。なにか言われたりされたりするかと思っていたから、意外に思っただけだ。

それにしても、あの状態で手を出さないでいられるカイルの精神力はすごいな。まともな恋愛をせずに適当な相手と寝ていた頃の俺は、ヤリたくなったら深く考えず誘いに乗っていたんだが。

欲望に流されず我慢するってことは、俺の体目当てでもないってことで、つまり本気で俺のことが好……ああああ、無理だ。とても平常心ではいられず頭を振った。揺れる垂れ耳が鬱陶《うっとう》しい。

朝食をもらいに行ってもいいがまだ腹も空かないし、本でも読むか……しかしページを開いても一向に文字が頭に入ってこない。何度も何度も同じ文を目で追ってしまう。

窓から明るい光が差しこんできて、かなりの時間が経ったことに気づいた。腑抜《ふぬ》けすぎだな、気晴らしに散歩でもしてこよう。

部屋を出て、数秒迷ってからカイルの部屋をノックする。扉越しにすぐ返事があった。

「誰だ、イツキか？」

「ああ、少し散歩してくる」

「そうか、一緒に行くか？」

「いや、いい。ちょっと一人にしてくれ」

カイルが扉を開けた。彼はもうすっかりいつもの調子に戻っていて、ジロリと俺を見下ろす。

「もし豹野郎《ひょう》に会ったら魔力を放出しろ。察知して駆けつける」

「クインシーをそんな危険人物みたいな扱いしなくてもいいだろ」

「約束を守れないならついていく」

「……わかったよ」

相変わらず過保護なカイルに嘆息する。ふと彼の寝転んでいたベッドを確認した拍子に、衝撃的なものが目に飛びこんできた。

「……おい、カイル」

「なんだ」

「その本はなんなんだ」

「チッ、なんでもない」

なんでもないって……表紙にポップな文体で『かわいすぎる兎獣人、その魔性の魅力～パートナーも大満足！　発情期の過ごし方も収録』ってタイトルがバッチリ見えたんだが。

動揺する俺の様子を見て、カイルは居心地悪そうに言い訳をした。

「俺はあまり、兎獣人の生態について詳しくないからな……知っておいたほうがいいと思ったんだ」

「だ、だからって……」

発情期の過ごし方って、なにをどう面倒見てくれるつもりなんだと膝を突きあわせて問い詰めたい。しかしどう考えても危ない気配しかしない。

カイルは開き直って頬《ほお》を染めたまま、まっすぐ俺に視線をあわせた。

「兎獣人の事情についてお前自身も知らないだろう。換毛期は知らなくて俺も焦ったからな、もうあんな無様な姿を晒しはしない」

「そうかよ……」

だからってそんなあからさまずぎる題名の本を選ばなくてもいいじゃねえか。俺になにを実践するつもりなんだよ。

カイルは俺のほうがよほど恥ずかしがっていることに気づいたらしい。顎《あご》をクイっととらえて顔を上げさせる。ニヤリと企むように、上気した頬《ほお》のまま色っぽく笑った。

「期待しておけ。じゃあな」

パタリと扉が閉められた。しばらく立ち尽くした後、猛烈な勢いで競歩のごとく歩みだす。

なんっだよあの顔、さっきまで恥ずかしがっててそれもかわいかったのに、その後の色気爆発の表情！　ときめきの供給過多だ。

でたらめに歩いていると、テオとレジオットの二人に廊下で出くわした。彼らは驚いたように俺の顔を凝視する。

「あれ、イツキの旦那どうしたんっスか？　顔が真っ赤だけど」

「体調悪い？　部屋まで送ろうか」

「いや、なんでもねえよ。ちょっと外の空気を吸ってくる」

「えっ、体調が悪いんじゃないんっスか？」

心配した二人が中庭までついてくる。雪がわずかに積もった庭は震えるほど寒い。よく頭を冷やせそうだ。

レジオットが気遣わしげに、そっと俺の背に手を当てた。

「イツキ、なにかあった？　ここは寒いから中に入ろう？」

「旦那ってば本当に風邪引いちゃうって。俺あったかい飲み物淹《い》れるんで、一緒に飲みましょ！」

「大丈夫なんだが……あ、おいこら」

明らかに俺の様子がおかしかったのだろう、二人は有無《うむ》を言わせず応接室へ俺をひっぱっていき、暖炉の前に座らせた。

「レジー、飲み物持ってくるから、そのあいだイツキの旦那をよろしく！」

「わかった」

テオが足早に去っていく。レジオットは無表情のままだったが、俺の冷えた手を優しく握った。

「イツキ、僕にできることがあったら力になる。なにかあったんだよね、話してほしい」

ひたと見つめてくるレジオットから気まずげに目を逸らす。

ははは、と空虚な笑いが口の端から溢れでた。

「本当になんでもねえんだって」

「嘘。今のイツキは迷子の子どもみたいな顔してる」

「そんなことは……はあ、みっともねえな」

強がれば強がるほど墓穴を掘る気がして、俺は力なく首を振った。わずかに眉根を寄せたレジオットは自分まで苦しそうな顔をしている。

「僕はイツキみたいに強くもかっこよくもないけれど、なにか力になれることがあるならなりたい」

「心配してくれてありがとうよ……」

こんな子どもにまで気を遣わせて、ざまあねえな。本当に恋愛だけはうまくいった試しがねえんだ。自分でもとても動揺している自覚がある。

レジオットの綺麗な紫色の瞳と目があった。つり目がへにょりとゆがんでいる。こんな顔されちゃ、話さないわけにもいかないよな……俺は勇気を出して、懺悔《ざんげ》でもするような気持ちで言葉を紡いだ。

「カイルがな……」

「うん」

「カッコいいんだ」

「……うん」

いきなりなにを言うのかと、片眉を上げながらもレジオットは相槌《あいづち》を打ってくれた。その反応に励《はげ》まされて、思いのままに内心を吐露《とろ》する。

「顔もカッコいいし声もいい、見た目も性格もとても好ましくて頼りになって、俺の推しなんだ」

だから相棒になってほしいと、ずっと思っていた。それだけのはずだったのにな。

「推し……そうなんだ」

レジオットは生真面目に、ふんふんとうなずいてくれた。

「そんなカイルがさ、俺のことが大切で、そばにいて守ってやりたいって、そう言うんだ……」

ガチャリと扉が開く音がして、テオがお茶を載せたお盆を持ってきてくれた。

俺とレジオット、自分の前にも茶器を置いたテオは、ぴこぴこと興味深げに犬耳を動かしている。

「なにを話してたんっスか？」

「イツキにとって、カイルさんは推しなんだって」

「推し？」

ああもうやっぱ言わなきゃ駄目なのかよ。俺は顔を両手で覆いながら、ヤケクソな気分で言ってやった。

「つきあってほしいって言われた。聖火祭の日に答えが聞きたいってさ」

「えっ、むしろまだつきあってなかったんっスか⁉」

そうなんだよ、あいつは俺にキスもすりゃ一緒のベッドで眠るが、今までのそれに恋愛的な好意は一切含まれてないと思ってたんだよ！　なのに、好意があったなんて言われたら……

「どうすりゃいいんだ……」

「つきあえばいいんじゃないっスか？　もう今でもつきあってるような感じだし」

「全然違うんだよ、恋愛的な好意があるのとないのじゃ、俺が受ける心の衝撃度合いが違うんだ」

「そんな難しく考える問題かなー、別につきあってみて嫌ならやめるでもいいじゃないっスか」

こういう時に正論を言われると立つ瀬がない。でも、そう簡単に割り切れないんだよ。

(なんか、怖いっていうかさ……やっぱり間違いだったとか、言われねえかなって……)

ああ、本当に情けねえな。だから恋愛は苦手なんだ。

レジオットは俺の話を聞いてなにか考えこんでいたが、やがて納得がいったように顔を上げた。

「推し……そうか、わかった。僕にとって、イッキは推しだ。カッコよくて頼りになって、会うと嬉しくなって応援したくなる人」

レジオットは首をかしげながら言葉を重ねた。

「イッキもカイルさんに対して同じ気持ちなの？　それともちょっと違うのかな」

「違うと思うなー。だってイッキの旦那はそれ以上に慌てたり恥ずかしがったりしてるっスよ」

テオは小動物を愛《め》でるような目を俺に向けた。なんだよ、そんな目で俺を見るんじゃねえ。

二人はさっさとお茶を飲み終えると、俺の背を押して部屋まで送ってくれた。

「自分の気持ちに素直になるのが一番っスよ、イッキの旦那」

「イッキとカイルさんが、うまくいくように願ってる」

「う……いいから、もう帰れよな」

やたらにこにこ微笑むテオと、穏やかな顔で俺を勇気づけたレジオットは、手を振りながら帰っていった。

窓から差しこむ朝の光も、犬と狐の光属性な二人も、今の俺の目にはちと眩《まぶ》しい。

片想いしていた相手に好きだと言われた、けれどそれはただの冗談で、真に受けて想いを返した俺が馬鹿を見ただけだった。過去の手痛い失敗が頭をよぎりそうになるが、無理矢理思考を追い出す。

（あいつとカイルは違う、カイルは本気で俺のことを好いてくれている、はずだ）

そう信じたいのに、信じようと思えば思うほど、傷を負った心が怖いと叫ぶ。

聖火祭までに覚悟を決めなきゃな……ベッドの上で腹を守るような体勢で丸くなった。


今年最後の日、それはすなわち聖火祭が行われる日だ。

クインシーは朝食の席で、俺と一緒に聖火祭を過ごせないことをおおげさに嘆《なげ》きながら王城へ向かった。テオとレジオットは、カイルと並んで朝食をとる俺を微笑ましげに見守ってくる。やめてくれよ、緊張しちまうだろうが。

カイルは俺の皿から果実を一つつまんで、意味深な視線を投げた。

「今日は約束の聖火祭だが」

「わかってる。夜、一緒に祭りを見に行こう」

「ああ」

夜は盛大に、キャンプファイヤーのように薪《まき》を組んで街の中央広場で焚くらしい。俺はそれを見ながら、カイルに告白の返事をする予定だ……ああ、緊張しすぎてどうにかなりそうだ。

食堂から出る時、テオとレジオットが声をかけてきた。

「イツキ、がんばって」

「中央広場は激混みするんで、東塔の上とかおススメっスよ！　適度に静かで、火も街明かりも見えるんで」

いらん世話を焼いて去っていく二人に顔を赤くしていると、カイルが片眉を上げた。

「あいつらになにか言ったのか」

「……ちょっと相談をな」

「そうか」

なにも手につかない気持ちで夜まで部屋で過ごした後、夕暮れが街を包む頃にカイルと連れだって外へ出かけた。

雪で白く染まった街を夜のとばりが徐々に色を塗り変えていく。街灯と雷魔の灯りと、ところどころに飾られたろうそくが、幻想的に夜の街を彩りはじめた。

本格的に冬が到来し人通りが少なくなっていた大通りにも、この日ばかりは活気が満ちる。街行く人々の顔は朗らかで、恋人や家族と思い思いに過ごしていた。

そんな中、俺はカイルと手を繋いで歩いていた。人混みをすり抜けながら、カイルはチラリと俺を振り向く。

「どうする。一度広場を見に行くか」

「せっかくだし、そうしてみるか」

中央広場に近づくにつれて、人々は密集し騒めきが大きくなる。二階建ての建物をのみこみそうなほど大きな焚き火の周りで、獣人たちが輪になって踊っていた。

燃える炎の勢いは留まることを知らず、どこか神聖な儀式のようにも思えたが、火をとり囲む獣人たちの顔はみな綻んでいた。

周りの人も歌いながら手拍子を打ったり、口笛を吹いたりしてはやしたてている。とても楽しそうだ。俺も見ているうちに、自然と口角が上がっていた。

「なんか、いいな。楽しそうで」

「そうだな……」

カイルも眩《まぶ》しいものを見るかのような目でしばらく踊りを見つめていたが、やがて俺の手を引いた。

「どこか二人きりになれる場所へ行こう」

「……じゃあ、東塔とやらに行ってみるか」

道中、露店に立ち寄ったカイルは、ホットワインを二人分買った。人目を避けてインベントリにしまって、再び俺と手を繋ぐ。

東塔はイルミネーションで飾られてはおらず、ひっそりと街の端に建っていた。入り口は開放されていたので中に入り、階段をのぼっていく。

息が弾むほどの段数をのぼると、やっと終点が見えてくる。頂上には先客がおらず独占できた。

城下町を見下ろすと、遠くのほうにある焚き火の光がここからでもよく見えた。確かに穴場だな。

風が直撃するのでとても冷えるが。

首に風が当たらないようカイルにもらったマフラーを巻き直していると、彼がホットワインを差し出してくれる。

「ありがとな」

「寒くないか」

「飲んでりゃあったかくなるだろ」

一口飲んで、温かさにホッと一息ついた。カイルも隣で同じようにして飲んでいる。

その首元には青いマフラーが巻かれていて、今さらながらに顔に熱が昇る。

部屋で確認してみたら、本当に俺の目の色と同じ青だったんだよな……あの時からすでに、カイルは俺のことを……

まともに顔が見られないままちびちびとホットワインを口に含んでいたが、飲めば減るわけで。なくなってしまったカップを見ながら、カイルになんて声をかけたらいいのか考えた。

あの件だが、と話を切りだせばいいのか？　俺の心は未だに迷っていた。

カイルのことは……好きだ。それは間違いない。

けれど伝えようとすると、喉が張りたように声が出なくなる。ああ、情けねえ。モンスターと戦う時ですら、こんなに足が竦《すく》んだりしねえのに。

空のカップがすっかり冷たくなった頃に、残った酒を飲み干したカイルが口を開いた。

「イツキ、返事を聞いてもいいか」

きた。俺は冷えきった手をギュッと握りしめる。

ずっと相棒だと思って接してきた相手が返事次第で恋人になるなんて、実感が湧かなさすぎて目眩がしそうだ。

無言でカイルを見上げると、彼は目を細めながら俺の手をとった。温かい指先の動きは常とは違い、遠慮がちでぎこちない。まるで俺の返事を怖がっているようだ。

(本当に、カイルは俺と恋人になりたいと思ってくれているんだな)

繋がった手から、情熱的な想いが流れこんでくるようだった。急かすことなく返事を待つ彼の、祈るような視線を受けて、逃げ出そうとするのをなんとか踏みとどまることができた。

(きっとカイルだったら、俺が好きだと返事をしても、同じ想いを返してくれる。相棒じゃなくったって、信頼できる相手として関係を築ける……はずだ)

なあ、そうだよな？

問いかけるように見つめると、カイルは俺の手を強く握りこむ。その力強さに勇気をもらって、やっとのことで返答した。

「俺は……カイルが好きだ」

心臓がバクバクと音を立てて破裂しそうになる。それ以上言葉にならずに黙りこむ俺を、カイルは宝物に触れるかのような手つきで抱きしめた。

大きな体に包みこまれて寒さが和《やわ》らぐ。思いきってカイルの肩に顔を寄せると、さらに強く抱きしめられた。

「イツキ、顔を見せてくれ」

絶対に情けねえ顔をしているはずだから、あまり見られたくはないんだが。そろりと顔を上げると、痛いくらいに真剣な眼差しで見つめられる。

「好きだ」

そっと唇がおりてきた。魔力をやりとりしない、初めてのキスだった。

「ん……、ぅん……ふっ……ぁ」

幸せなキスだった。慈《いつく》しむようにそっと粘膜《ねんまく》を舌先でくすぐられる。

ちゅく、ちゅぱ、としばらく唇をあわせていたが、やがて顔が離れていく。目尻に滲《にじ》んだ涙を、そっと指先でぬぐわれた。唇を震わせる俺を見て、カイルは妖艶に微笑んだ。

「愛くるしいな……このままさらってしまいたくなる」

「……っ」

耳をくすぐられてもカフが反応することはなかった。俺が完全にカイルに心を許しているのを見てとって、彼はひどく満足そうに甘く微笑んだ。

カイルは俺の長耳を撫でながら、穏やかな声音でとんでもないことを告げた。

「今夜は宿をとった。誰にも邪魔されず、お前のことを愛したい」

「なん……だって？」

タダで滞在できる屋敷があるのにわざわざ別の宿をとるなんて、ヤル気に満ちあふれてるな⁉

告白したら即ベッドインは、さすがに早くないか⁉

俺が動揺して目を白黒させるのを、カイルは楽しげに見つめている。

「なにをためらっているんだ？　お前は俺を堪能したくはないのか？」

「まだ、待ってくれ、心の準備ってものがだな」

「いつまで待てばいい」

垂れ耳の付け根、俺の弱いところをくすぐりながらカイルが問いかけてくる。内心悲鳴を上げながらなんとか答えた。

「そ、そういうのは、今受けてる仕事が終わってからだ……！」

「それでは遅すぎる。俺は早くお前と触れあいたい」

「うう……それは、俺だってそう、だけどさ」

カイルは俺の腰と、服の下に隠れた尻尾を撫であげる。背筋を走った快感に身を震わせた俺に、うっとりとした声音で囁《ささや》いた。

「怖がらなくていい。優しくする」

美声がまるで甘い毒のように体中に回って、ときめきが抑えられない。もうやめてくれ、俺の心臓はとっくに限界なんだ！

へなへなに力の抜けた俺の体を大切に片腕で抱きかかえたカイルは、予約した宿に悠々とした足どりで向かった。

もうこの時点でいっぱいいっぱいなんだが。ツンデレでかわいいお子ちゃまカイルはどこに行ってしまったんだ……！

翻弄《ほんろう》されっぱなしは性にあわない。宿の前の食事処で晩飯を食べてなんとか立ち直った俺は、自分の足で歩いて宿へ向かった。

カイルのとった宿の客室は大きなベッドが一つだけある部屋だった。連れこみ宿より高級そうな気配がする。明らかに恋人や夫婦向けの部屋だ。

竦《すく》みそうになる足を無理矢理動かして、部屋の奥の脱衣所に移動する。

「じゃあ……綺麗にしてくる」

「俺がやってもいいし、そもそも魔法で綺麗にすればいいだろう」

「いいからアンタは待っててくれよ、気持ちの問題だ」

覚悟を決める時間をくれ。

裸になってお湯に整えたシャワーを浴びながら、自分の体を見下ろした。腹は出ていないし、それなりに筋肉もついていて貧相でもない……いや、ちょっと細すぎるだろうか。幻滅されたりしなきゃいいんだが。

一つ深呼吸をしてから尻の穴を触った。窄みは処女のようにピッタリと閉じていた。もしかしたら日本にいた時の俺の体とは別物なのかもしれない。だとしたら念入りにほぐさねえと。もたつきながらも、なんとか魔法で綺麗にした。これで浣腸しなくても大丈夫なはずだ。

「ん……っ」

水をまとった指を一本挿れてみたが、やはりキツい。第一関節まで挿れるので精一杯だ。浴槽の縁に手をついて体を支えながら中を弄《いじ》る。

「くぅ……う」

ザーザーというシャワー音に混じって、悩ましい声が浴室に反響する。カイルがコンコンと扉をノックした。

「遅いぞ、なにをしている」

「あ、カイル待て、来るな……！」

止めたのに浴室に入ってこられて、尻に指を挿れている姿をバッチリ見られてしまった。羞恥で首まで赤くなる。

カイルは瞳をギラつかせながら上半身の服を脱ぎ去ると、シャワーを止めて歩み寄ってきた。

「俺がやるから、お前はなにもするな」

そっとタオルで俺の体を包むと、自分も服を脱いでサッとシャワーを浴びた。水を滴らせたカイルは目に毒なほどに色気をまとっている。

体を拭いた彼は俺の垂れ耳に残った水分を丁寧にぬぐい、ベッドに導いた。

外よりは暖かくても、やはり冬だから肌寒い。毛布の中に連れこまれ温かな腕に包まれると、体の強張りが解けていく。

二人でベッドに横向きで寝転がり裸になって抱きあうと、カイルの鼓動の音も聞こえてきた。

いつもより速い……カイルも興奮しているのか。

頬《ほお》を染めてうつむいていると、カイルは俺の耳を指先で梳《す》いた。ピクリと反応すると、フッと笑われる。

「かわいいな、イッキ」

「くっそ、からかうなよ」

悪態をつくと、くくっと肩を震わせて笑われる。しばらく耳をもてあそんでいたカイルはそっと背中を撫で下ろした。

うっとりと息を吐いていると、尻尾に触れた手がイタズラをはじめた。敏感な地肌をやわやわとくすぐるように指先でなぞられて、ゾワッと体中の産毛が立つ。

「……っ」

「ここがいいのか？」

「うっ……あ」

こちょこちょと尻尾の付け根を触られて、快感が背骨を駆け抜けていく。尻をもじもじと動かしてしまい、たまらなくなってギュッとカイルに抱きつき背中に腕を回した。

「ふわふわだな。お前の毛は触り心地がいい」

「そりゃ……ありがとよ……っん」

イタズラな指がさらに下へおりてくる。尻の割れ目を控えめになぞられて、ハッと吐息が漏《も》れでた。嫉妬の混じった声が静かに耳元に吹きこまれる。

「……慣れているのか？」

「いや、多分、初めてだ」

「どういうことだ」

「俺の体……日本にいた時とは、勝手が違うから」

「……そうか」

カイルは指先で尻の奥に隠された場所を探りあてた。縁を撫でられる。

「……っ」

「狭そうだな」

「ん……っ」

指を押しこもうとされるが、ピッタリ閉じていて入らない。そこを使うのは久しぶりすぎて、少しばかりおっかない。

俺の恐怖心に配慮したのか、カイルは無理矢理押し進めようとはしなかった。代わりに標的を変えて乳首に指を這わせる。

「ここはどうだ？　感じるのか」

「つぁ、」

敏感な尖《とが》りをいきなり触られて、ピクリと肩が跳ねる。

「感じるようだな」

「……っ、あ」

こねられ、押しつぶされ、その度にビクビクと背をしならせてしまう。

なんか前より敏感になってる気がする。乳首でここまで感じたことはなかったはずだ。それとも好きな相手にされると、こうも感じるものなのか……？

カイルは俺の体を確かめるように手のひらを滑らせた。足の内側を撫でるだけでも吐息を漏《も》らす俺に、カイルは愉快そうに笑った。

「ずいぶんと敏感な体だ」

「アンタの触り方が……エロいんだって、ぅ……」

「そうか？」

「あっ！」

前触れもなく半分勃っていた陰茎を握られて、高い声が上がる。にゅくにゅくと指先でなぶられて、みるみるうちに硬くなった。

「だからそれ……っ！　あ、アンタこそずいぶんとうまいな!?」

「閨《ねや》教育の賜物《たまもの》か、それとも元々才能があったのかもな」

「なに……ひ、あ、ぁっ！　あぁっ」

なにやら気になることを言っていたから追及したいのに、尻尾と前とを同時に触られて喘ぎ声が止まらなくなる。

腰から背筋にかけて悦楽の波が絶え間なく与えられて、先走りがじわっと漏《も》れるのがわかった。

「あ、やめっ……俺ばっかり……カイル、俺も……！」

カイルのソコはすでに大きく、腹につくほど興奮していた。ギュッと竿を握ると彼は息を詰める。

「……っ、イツキ」

「俺ばっか触ってんなよ。俺だってアンタのこと、触りたい」

息を乱しながらもそう口にすると、悩ましげに眉根を寄せたカイルがフッと息を吐いた。

「じゃあ、どっちが早くイカせられるか競争だ」

「え、やっ、あ……あっ!?」

しゅ、シュッと速いストロークで俺の屹立《きつりつ》を掴《つか》んで手を上下させはじめたカイル。俺もカイルの太くて立派な雄を握り必死で手を動かす。

けれど彼の巧みな指は止まることを知らず、俺を的確に追い詰め限界へ導いていく。

「なんっ……や、そんなしたら、すぐイっちまう……っ！」

「イけよ」

「ひっ、あ、ぁん！　あ、ぁ……あっ、あぁああ！」

絶妙な力加減でシコシコと肉棒を擦られるとひとたまりもなかった。俺はあっという間に昇りつめ、カイルと俺の腹をしとどに濡らした。

「あ、ぁ……っ」

「ひゃ、あぁん！」

「イツキ、イツキ、かわいいな。もっとよくしてやる」

イッたばかりの敏感な雄を、カイルのゴリゴリした硬いのと一緒に掴《つか》まれて再び扱かれる。俺の先走りと吐きだした精液が潤滑油の役割を果たして、とんでもなく気持ちいい。

「ひゃあ、あぁぁ！」

「く……っ、イツキ、顔を上げろ」

「んっ、ぅう、むぅう！」

イッた後の敏感な場所を容赦《ようしゃ》なく刺激されて、壊れた蛇口のように喘ぎ声が止まらない。舌を絡めてジュッと吸われ、頭の中が快感でいっぱいになる。

扱く速度を上げたカイルが腰を突きあげながら射精した。俺の雄芯からもピュッと精液が噴きだす。二回も立て続けにイかされてビクビクと震える背を大きな手のひらが撫でた。宥《なだ》めるような優しい動きにも感じてしまって、あえかな声を漏《も》らす。

「あぁ……っ」

解放された唇をチュッと口先でつままれた。カイルはニヤリと企むように笑う。

「俺の勝ちだな」

「なん……アンタ、なにを勝手に……勝負にしてんだよ」

「フ……ククッ」

カイルが珍しく声を出して笑っている。楽しそうに鼻や頬《ほお》にキスを繰り返されて、俺も笑いがこみあげてきた。

「なんだよ、楽しそうだな」

「お前が受け入れてくれて、案外浮かれているらしい」

そっか、そりゃよかったな……俺もカイルみたいに、嬉しくてたまらないって表情をしているのだろうか。頬を染めながらそっと視線を逸らした。

濡れて気持ち悪い腹に腰をもぞもぞさせていると、カイルがハンカチで綺麗にぬぐってくれた。水魔法で粘液を出現させると、俺の尻に塗りこめはじめる。蕾は硬く閉じてカイルの指を頑なに拒んでいたが、滑りをまとった指先で根気よくくすぐられるとだんだん綻んでくる。

「んっ」

つぷ、と指先が侵入してきた。息を詰めて肩を強張らせていると、大丈夫だと勇気づけるかのように撫でられる。はあ、と漏《も》らした呼吸にあわせてさらに奥へ侵入される。

「う、あ……」

「痛みはないか」

「な、い」

俺の記憶の通りの体であれば、もう少し進んだところに前立腺があるはずなんだが……期待と不安に心臓を高鳴らせながらうごめく指を体内で感じていると、腹側のしこりに指の腹が当たった。

「あ!」

「ん、これは……ここがいいのか?」

「ひっ、んぁ!」

押される度に体に電流が流れて、ヒクヒクと背を震わせてしまう。

(どうしちまったんだ俺の体は、敏感なんてもんじゃねえぞ!?)

ちょっとイイところを擦られただけで、溢れ出る嬌声《きょうせい》が抑えきれないほどに感じ入ってしまう。

「っふぁ、あ……!」

「イツキ……気持ちよさそうだ」

「い、言うな、バカ……!」

俺が悪態をつく様子すらかわいいとでも言いたげに、カイルは妖艶に微笑む。性懲りもなく頭をもたげはじめた雄を見て、彼は笑みを深めた。

「まだまだ達せそうだな」

「あっ」

ツンと先端を指でつつかれて、ますます大きく育ってしまう。かあっと頬《ほお》に熱が昇ると、彼はますます熱心に中をほぐしはじめた。

「う、ぁ」

指が二本に増えたのがわかった。圧迫感が増して指をきゅうきゅう締めつけてしまう。カイルは真剣な眼差しで局部を凝視している。

「あんま、見んなよ」

「見ないと状態がわからないだろう。キツいな……」

くち、ぐちゅと水音が立つ度に、よすぎる聴覚を今だけ捨て去りたくなった。

行きずりの男じゃなくカイルが相手だと思うと、とても平常心ではいられない。じっとしていられなくて足を閉じてカイルの体を挟むと、ぐいっと割り開かれた。

「あっ」

「隠さないでくれ」

「無茶、言うな……！」

バタバタと足を動かして抗議すると、カイルは俺の雄芯に手を這わせた。ゆるく勃ったソレはますます硬くなる。

「あ、ぁっそれ、反則……」

いとも簡単に抵抗する気力が封じられてしまい、快感一色に頭を染められる。体が勝手にくねりだすのをもはや止められない。

「問題なさそうか？　もう一本増やすぞ」

カイルは一度達したからか、熱のある視線をよこしながらも念入りに俺を気遣ってくれているのがわかった。コクリとうなずくと指が増やされて、中の圧迫感がより増してくる。シーツを力強く掴《つか》みながら、意識して息を吐き迎え入れた。

「う、はあ、あ」

「熱いな、だいぶとろけてきたようだ。早くお前の中に入りたい」

「ん、もういいから……来いよ」

誘うようにカイルの屹立《きつりつ》を指先で包みこみ、軽く上下に扱く。ガチガチに硬くなったソレはうっとりとため息をつきたくなるくらいに立派で、思わず笑ってしまった。

(俺ん中に入るのを期待してこうなってんのかよ。かわいいじゃねえか)

カイルは眉根を寄せて、俺のだらしなくゆるんだ顔を見ながら頬《ほお》を染めた。

「っ、その顔はまずい、抱き潰したくなる」

「ははっ、お手柔らかに頼むぜ？」

「……できる限り要望に応えられるよう努力しよう」

もっとも自分勝手なくらいに激しく突かれるのだって、嫌いじゃないんだがな……カイルはどんな風に俺を抱くんだろうか。

チラリと紫がかった柘榴《ざくろ》の瞳を見上げると、優しくキスを落とされる。

それから唇を引き結んだカイルは俺の下腹部に視線を落とし、切先を穴に当てた。

「イツキ、挿れるぞ」

「……ん」

やばいな、いっそ抵抗を封じこめるくらいの勢いで抱いてくれればいいのに、そんな風に大事に扱われたらどんな顔をすればいいのかわからなくなっちまう。

顔を背けながら下半身に意識を集中させていると、グッと硬いモノが体内に入ってきた。

(あ、来てる、カイルが……)

浅くなりそうな息を意識してゆっくり吐きだす。少しずつ隘路《あいろ》を割り開いて、奥へ奥へと亀頭が侵入してくる。

「は、あっぁ」

カイルはじれったくなるほどの時間をかけて、深いところまで雄を納めた。熱い体を抱きしめるようにして背中側に手を回す。

「入った、か……?」

「ああ……温かいな」

「ん……」

うなずくと、耳をふわりと撫でられた。何度も慈《いつく》しむように撫でられて心地よさに目を細める。

「ふぅ、ん……」

「そろそろ動いてもいいか」

「大丈夫だ……っ、あ、ぁ」

滑りをまとった雄がずりずりと引き抜かれて、ゆっくりと奥へ入ってくる。腹のしこりが押される度に、じわりと快感が体中に駆けめぐった。

「ひ、あっあ！」

「くっ、絡みついてくる……！」

快感に反応して喘ぎながらぎゅっとナカを締めると、舌打ちが聞こえた。

「優しくしたいんだ、あまり煽《あお》るな」

カイルは堪えるように眉間に皺《しわ》を寄せながら、ゆるやかに中を行き来する。大切にされているのが伝わってきて、キュンと心が震えた。

俺の顔を悩ましげに見つめるカイルは、衝動を堪えながらゆっくり腰を動かす。体だけじゃなく心まで満たされるようで、不覚にも泣いちまいそうだ。

潤む瞳を隠そうとすると、顎《あご》をとられてキスをされた。

「ん、ふぅん……」

柔らかな唇で口を吸われる感覚にうっとりと酔いしれる。目を閉じてカイルのキスに夢中になった。目尻から涙が垂れてベッドシーツに染みこんでいく。

唇を離したカイルは俺のこめかみに走った水跡をなぞる。気遣うような視線が降ってきた。

「どうした、痛かったのか？」

「……なんでもねえよ、気持ちよすぎただけだ」

とっさに目元を腕で隠した。頭ん中が痺《しび》れたみたいにふわふわして、まるでずっと探し続けていた片割れを見つけたかのような、途方もない安らぎを感じる。

こんな風になったのは初めてで気持ちの整理が追いつかない。カイルは慈《いつく》しむような手つきで、俺の涙の跡を指先で消した。

「つらくはないんだな？」

「ん……もっと動けよ」

腰を振ってカイルを誘うと、彼の瞳がスッと細まった。一度動きを止められて、しこりの辺りを狙って刺激される。腰が砕けるかと思うくらい気持ちよくて、悲鳴のような喘ぎ声を漏《も》らした。

「あぁあっ！」

「ふ、イツキ……！」

だんだんカイルの腰の動きが速くなる。イきたいのに奥の刺激だけじゃ足りなくて、たまらず前に手を添えて力強く扱いた。カイルも俺の限界が近いのを悟ったようで、情熱的に中を穿《うが》つ。

「そろそろ出るっ」

「ん、俺も……ぅあっ！」

敏感なカリをぎゅっと握りこんだ瞬間、ゴリッと前立腺を押し潰される。射精欲が限界を超えて、先端から白濁した液を吐き出した。三回目だからか、ぱたたと勢いなく腹の上に落ちていく。

肉壁が痙攣《けいれん》し、カイルの屹立《きつりつ》を締めつける。彼は一際奥を突いた後すぐに引き抜き、熱い飛沫を俺の下半身にかけた。

「ふ、ぁあ……」

「……ふ」

中で出してくれたって気にしねえのに、と茹《ゆ》だった頭で漠然と思う。気遣われていることにむず痒さを感じて、そっと視線を逸らした。

逞《たくま》しい腕で抱きしめられてため息を吐く。しばらくのあいだカイルと抱きあって呼吸を整えた。少し速い鼓動の音が彼の体越しに伝わってきて、ふと心の深いところで納得をした。

（ああ、そうか……相棒にこだわる必要なんてなかったんだな。だってカイルは俺が素直な反応を見せても、さっきのように馬鹿みたいに乱れた後だって、こんなにも俺を大事にしてくれる）

きっと恋人同士になった後でも、信頼できる間柄でいられる。それどころか前以上にずっと、深く気持ちを繋げることができる。

体を繋げたことでハッキリわかった。カイルは過去のセフレたちとも初恋の彼とも違う、唯一無二の大切な存在だ。感慨深くため息を漏らした。

背中を撫でると、薄いながらもしっかりと筋肉がついているのがわかる。じわじわと頬《ほお》をゆるませると、心の奥まで見透かすような神秘的な瞳と目があった。

カイルは眩《まぶ》しいものでも見るように目を細めた後、啄《ついば》むようにして俺の唇に口づける。何度も離れてはくっつく唇を追いかけて、俺からもキスをした。

お互いに気が済むまでキスを贈りあった後、満足したのかカイルは顔を離す。

「イツキ、好きだ」

飾り気のない愛の告白は、胸の奥をトンと突いた。体の芯から熱が昇ってきて、彼の胸板に顔を擦りつける。

「お、俺だって……カイルのことが、好きだ」

「そうか、ふ……」

「なに笑ってんだよ」

「恥じらうお前は愛らしい」

「っ！　も、もう寝るぞ。明日もダンジョンに潜りてえんだから」

「一日くらい休まないか？　俺はもっとお前をかわいがりたい」

「……！」

だ、か、ら！　心臓が保たねえってば！　これ以上会話を続けたらますます追いこまれるばかりなので、ささっと浄化魔法で体を綺麗にしてから彼に背を向けて寝る体勢に入る。

「なあ、イツキ。返事は？」

「っ聞くなよ」

「なぜだ？　俺は恋人を喜ばせてやりたいのに」

こここ、恋人……！

耳をぎゅうっとひっぱって叫び出したい衝動を堪えた。これ以上カイルに会話の主導権を握らせてたまるかと、早口で答える。

「わかったから！　明日は休んでどっか出かけようぜ、行き先は朝決める！」

「ああ。楽しみだ」

首筋にキスがおりてくる。反射的にびくつきそうになるのをなんとか押し留めて、浄化魔法で体とシーツを綺麗にしてから目を閉じた。なにがなんでもカイルより先に寝てやると、はやる鼓動を宥《なだ》めるように深呼吸を繰り返す。疲れた体はそう時間をかけずに、眠りについた。


翌日は昼前には宿を発って、雪の積もる街をカイルと寄り添って歩いた。中央広場には大きな焚き火の跡が残っていて、祭りの後特有の侘しさを醸《かも》しだしている。

「あ、泉があるな」

昨日は火に気をとられて目に入っていなかったが、焚き火跡のそば、道の中心部なんて目立つところに噴水があったみたいだ。真冬でも水は噴射されていて、人がやってきてはコインを投げ入れたり、拝んだりしていた。

「なにしてるんだ、あれは……ああ、そういや王都に向かう最中にレジオットから聞いた覚えがあるな。願いの泉とかいう観光スポットがあるって」

せっかくだからなにか願い事でもするかと、カイルを誘って噴水のそばに赴《おもむ》く。

泉の前に立った時にパンパンと手をあわせそうになって、慌ててやめた。神社じゃねえんだから悪目立ちしちまう。コインを投げ入れて目を閉じた。

この世界に神様なんているかどうかもわからんが、語りかけるつもりで願い事を考える。

異世界に来て謎に兎耳まで生えちまってどうなることかと思ったが、悪くないどころか満ち足りた気分でいられている。それもこれもカイルがいてくれたおかげだな。

カイルとずっと一緒にいられますようにと、強く願った。

なぜこの世界に来たのかわからない、これから急に日本に帰るってこともあるかもしれねえ。突然ダンジョンで命を落とすってことも可能性としてはある。

そうならないように努力をするが、もしもそんな事態が起きた時に後悔しないように、カイルを精一杯愛したい。柄にもなく真剣に願い事をしてから、閉じていた目を開けた。

ふと視線を感じてカイルを見上げると、赤紫色に輝くアレキサンドライトのような瞳がまっすぐに俺を見つめていた。

「終わったか。なにを願ったんだ」

「大事なことをな」

「そうか。俺も大事なことを願っておいた……お前とともに生きていきたいと」

俺は照れくさくて返答をぼかしたっていうのに、カイルはごまかすことなく口にした。しかも俺と同じ願いだなんて。衝動のままに彼の手を握りこみ、もう片方の手で顔を覆った。

(ああクッソ、かっこいいなオイ……！　俺だって同じ気持ちだよ！)

「どうした？」

意を決して、きっと真っ赤になっているであろう顔をさらけだす。驚いたように見開かれている、赤みがかった紫色の瞳をひたと見据えた。

「ずっと、一緒にいような」

「そうだな。絶対にだ」

手を繋いだまま歩くのは気恥ずかしかったが、そのうち慣れると言い聞かせてカイルの手を引いた。俺から積極的に指を絡めると、カイルは目を細めて微笑む。

この笑顔を守りたい。応えるように微笑み返し、寒々しい道を歩き出す。

繋いだ手も心の奥も、温かさに満ちていた。

ハッピーエンドのその先へ ー
ファンタジックなボーイズラブ小説レーベル

アンダルシュノベルズ
&arche NOVELS

断罪後は、
激甘同棲ライフ!?

今まで我儘放題でごめんなさい！これからは平民として慎ましやかに生きていきます！

華抹茶／著

hagi ／イラスト

ある日、婚約者のクズ王子に婚約破棄された公爵令息エレン。そのショックで前世の記憶が蘇った彼は、自分がとんでもない我儘令息で、幼い頃からの従者であるライアスも傷つけていたことを自覚する。これまでの償いのため、自ら勘当と国外追放を申し出てライアスを解放しようとしたエレンだが、何故かライアスはエレンの従者を続けることを望み彼に押し切られる形で、二人で新生活を送ることに……こうして始まった同棲生活の中、もう主従ではないはずがライアスはこれまで以上の溺愛と献身ぶりを見せてきて——!?

詳しくは公式サイトにてご確認ください。
https://andarche.alphapolis.co.jp

異世界BLサイト“アンダルシュ”
新刊、既刊情報、投稿漫画、ツイッターなど、BL情報が満載！

ハッピーエンドのその先へ ―
ファンタジックなボーイズラブ小説レーベル

アンダルシュノベルズ
&arche NOVELS

スパダリ王と
ほのぼの子育て

断罪された当て馬王子と愛したがり黒龍陛下の幸せな結婚

てんつぶ ／著
今井蓉／イラスト

ニヴァーナ王国の第二王子・イルは、異世界から来た聖女に当て馬として利用され、学園で兄王子に断罪されてしまう。さらには突然、父王に龍人国との和平のために政略結婚を命じられた。戸惑うイルを置いてけぼりに、結婚相手の龍人王・タイランは早速ニヴァーナにやってくる。離宮で一ヶ月間共に暮らすことになった二人だが、なぜかタイランは初対面のはずのイルに甘く愛を囁いてきて——?　タイランの優しさに触れ、ひとりだったイルは愛される幸せを知っていく。孤立無援の当て馬王子の幸せな政略結婚のお話。

詳しくは公式サイトにてご確認ください。
https://andarche.alphapolis.co.jp
異世界BLサイト“アンダルシュ”
新刊、既刊情報、投稿漫画、ツイッターなど、BL情報が満載!

ハッピーエンドのその先へ ー
ファンタジックなボーイズラブ小説レーベル

アンダルシュノベルズ
&arche NOVELS

利害一致の契約結婚じゃ
なかったの!?

平凡な俺が
双子美形御曹司に
溺愛されてます

ふくやまぴーす ／著

輪子湖わこ／イラスト

平凡でお人好しな青年、佐藤翔《さとうしょう》。ある日、突然高級車に乗せられた翔は、神楽財閥の双子御曹司、神楽蓮《かぐられん》と神楽蘭《かぐららん》のもとに連れられる。そして二人から結婚を申し込まれた!?　話を聞くに、二人は財産や地位目当ての相手を阻むため、結婚しているという事実が欲しいらしい。利害が一致したことと生来のお人好しのせいでその申し出を引き受けた翔は、二人と結婚し神楽家で過ごすようになる。契約結婚らしく二人とは一定の距離を置いていたが、ある日を境に二人は翔に触れるようになってきて――

詳しくは公式サイトにてご確認ください。
https://andarche.alphapolis.co.jp

異世界BLサイト“アンダルシュ”
新刊、既刊情報、投稿漫画、ツイッターなど、BL情報が満載!

ハッピーエンドのその先へ ー
ファンタジックなボーイズラブ小説レーベル

アンダルシュノベルズ
&arche NOVELS

孤独な令息の心を溶かす
過保護な兄様達の甘い温もり

余命僅かの悪役令息に転生したけど、攻略対象者達が何やら離してくれない

上総啓 ／著

サマミヤアカザ／イラスト

ひょんなことから、誰からも見捨てられる『悪役令息』に転生したフェリアル。前世で愛されなかったのに、今世でも家族に疎まれるのか。悲惨なゲームのシナリオを思い出したフェリアルは、好きになった人に途中で嫌われるくらいならと家族からの愛情を拒否し、孤独に生きようと決意をする。しかし新しい家族、二人の兄様たちの愛情はあまりにも温かく、優しくて——。愛され慣れていない孤独な令息と、弟を愛し尽くしたい兄様たちの、愛情攻防戦！
書き下ろし番外編を２本収録し、ここに開幕！

詳しくは公式サイトにてご確認ください。
https://andarche.alphapolis.co.jp

異世界BLサイト“アンダルシュ”
新刊、既刊情報、投稿漫画、ツイッターなど、BL情報が満載！

この作品に対する皆様のご意見・ご感想をお待ちしております。

おハガキ・お手紙は以下の宛先にお送りください。

【宛先】

〒 150-6019 東京都渋谷区恵比寿 4-20-3 恵比寿ｶﾞｰﾃﾞﾝﾌﾟﾚｲｽﾀﾜｰ 19F
(株) アルファポリス　書籍感想係

メールフォームでのご意見・ご感想は右のＱＲコードから、
あるいは以下のワードで検索をかけてください。

アルファポリス　書籍の感想　検索

ご感想はこちらから

本書は、「アルファポリス」(https://www.alphapolis.co.jp/) に掲載されていたものを、
改題、改稿、加筆のうえ、書籍化したものです。

超好《ちょうこの》みな奴隷《どれい》を買《か》ったがこんな過保護《かほご》とは聞《き》いてない

兎騎かなで（とき かなで）

2024年 2月 20日初版発行

編集－渡邉和音・森 順子
編集長－倉持真理
発行者－梶本雄介
発行所－株式会社アルファポリス
〒150-6019 東京都渋谷区恵比寿4-20-3 恵比寿ｶﾞｰﾃﾞﾝﾌﾟﾚｲｽﾀﾜｰ19F
TEL 03-6277-1601（営業） 03-6277-1602（編集）
URL https://www.alphapolis.co.jp/
発売元－株式会社星雲社（共同出版社・流通責任出版社）
〒112-0005 東京都文京区水道1-3-30
TEL 03-3868-3275
装丁・本文イラストー鳥梅 丸
装丁デザインーおおの蛍（ムシカゴグラフィクス）
（レーベルフォーマットデザインー円と球）
印刷－図書印刷株式会社

価格はカバーに表示されてあります。
落丁乱丁の場合はアルファポリスまでご連絡ください。
送料は小社負担でお取り替えします。
©Kanade Toki 2024.Printed in Japan
ISBN978-4-434-33452-8 C0093